Présence du futur / 4
Toutes vos étoiles en poche

La couleur tombée du ciel

H.-P. LOVECRAFT

La couleur tombée du ciel

Traduit de l'américain
par Jacques Papy

DENOËL

Titre original des nouvelles

THE COLOUR OUT OF SPACE
THE DUNWICH HORROR
THE SHADOW OVER INNSMOUTH
THE WHISPERER IN DARKNESS

© by Éditions Denoël, 9, rue du Cherche-Midi, 75006 Paris
and agence A.P.I.A., Paris 1954,
and by Arkbam Home Sauk City, Wisconsin U.S.A.
ISBN 2-207-30004-8
B 30004-3

H.-P. Lovecraft (1890-1937)

L'univers accessible à nos sens se prolonge à l'infini pour devenir le nouvel univers révélé par la science. Des distances énormes dans l'espace et le temps, une infinité de mondes dont beaucoup sont probablement habités par des êtres très différents de nous, des frontières qui reculent constamment, des mystères toujours nouveaux : tel nous apparaît cet autre cosmos.

Il est permis d'avoir, à l'égard de ce domaine prodigieux, d'autres attitudes que l'admiration béate des manuels d'astronomie populaire. Howard Phillips Lovecraft avait adopté l'attitude de l'effroi. Le silence des espaces infinis effrayait Pascal ; Lovecraft, lui, redoute l'activité hostile des êtres monstrueux qu'il sent autour de lui, êtres dont la puissance infiniment supérieure à la nôtre, l'emporte même sur celle des dieux que nous avons imaginés. Ces êtres nous ont créés un jour par plaisanterie ou par erreur (by jest or mistake) ; *un jour viendra où ils nous anéantiront.*

Des historiens de la littérature arriveront sans aucun doute à montrer pourquoi Lovecraft a choisi cette voie. La misère dans laquelle il a vécu toute sa vie, une mauvaise santé, un mariage malheureux y sont certainement pour quelque chose. Pourtant, il n'y a eu qu'un Lovecraft dans la littérature de tous les pays... Et c'est pourquoi toutes les explications données seront toujours nécessaires mais non pas suffisantes.

Ce qui est certain, c'est que Lovecraft a inventé un genre nouveau : le conte matérialiste d'épouvante. Plus que tout autre il sait créer la terreur ; mais c'est sur les découvertes de la science que repose son pouvoir, plus grand à nos yeux que celui de Poe lui-même.

Sa cosmogonie et sa mythologie nous effraient parce qu'elles sont possibles. Des méthodes scientifiques irréfutables ont montré que la vie existait déjà sur notre globe il y a deux milliards sept cent millions d'années ! Nous ignorons tout de la forme de cette vie : nous savons seulement que, dans des roches datant de deux milliards sept cent millions d'années, nous trouvons du carbone dont le rapport des isotopes est celui de la vie.

Ces êtres d'un passé infiniment lointain ont pu atteindre des pouvoirs étonnants et signer des pactes avec d'autres intelligences dans l'espace et le temps. Toute existence terrestre est peut-être soumise à des lois inconnues, appartient à des maîtres lointains depuis l'époque « où la Vie et la Mort, l'Espace et le Temps contractaient des alliances sinistres et impies », selon les termes de notre auteur. Et peut-être subsiste-t-il encore de cette époque des portes s'ouvrant sur d'autres points du continu espace-temps, sur des galaxies lointaines, sur le passé et l'avenir ; des portes dont les clés se trouvent dans notre inconscient, « mondes d'une réalité sardonique se heurtant à des tourbillons de rêves fébriles ».

C'est dans ce cadre immense que Lovecraft place son œuvre. Il utilise un « réalisme fantastique » qui lui appartient en propre. Les sources qu'il cite existent toutes à une exception près : le livre maudit, le noir Necronomicon, écrit par l'Arabe Abdul Alhazred qui devint fou après avoir achevé la rédaction de son œuvre. (Notons en passant, à ce propos, que la Bibliothèque du British Museum reçoit fréquemment des lettres demandant où l'on peut se procurer cet ouvrage !) Ce réalisme fantastique est encore renforcé par l'incrédulité du narrateur, qui cherche toujours des explications rationnelles et prosaïques.

La lecture de l'œuvre de Lovecraft exige des nerfs solides. C'est une liqueur forte qui doit être absorbée à petites doses. Mais elle offre d'étranges plaisirs, dans cet « ailleurs absolu » dont parle Einstein.

JACQUES BERGIER.

La couleur tombée du ciel

A l'ouest d'Arkham s'érigent des collines farouches, séparées par des vallées plantées de bois profonds dans lesquels nulle hache n'a jamais pratiqué de trouée. On y trouve des gorges étroites et sombres où les arbres s'inclinent étrangement, où filtrent de minces ruisselets qui ne connaissent pas la lumière du soleil. Sur les pentes les moins abruptes se dressent de vieilles fermes dont les chaumières trapues, tapissées de mousse, méditent éternellement sur les antiques secrets de la Nouvelle Angleterre, à l'abri des grandes corniches rocheuses ; toutes sont vides aujourd'hui : les larges cheminées s'effritent peu à peu, et les parois recouvertes de bardeaux bombent dangereusement sous les toits en croupe.

Les anciens occupants s'en sont allés, et les étrangers n'aiment pas vivre en ce lieu. Des Canadiens français, des Italiens, des Polonais, ont essayé de s'y installer mais n'ont pas tardé à partir. Ce qui les a chassés, ce n'est rien qu'ils aient pu voir, entendre ou toucher, c'est ce qu'ils ont pu imaginer. Le pays est funeste à l'imagination, et il n'apporte point de rêves reposants. Ce doit être pour ce motif que les étrangers s'en écartent, car Ammi Pierce ne leur a jamais rien raconté de ses souvenirs des « jours étranges ». Ammi n'a plus toute sa tête depuis bien des années. C'est le seul qui soit resté là, le seul qui ose parler des jours étranges : il manifeste cette audace parce que sa maison est très près des champs découverts et des voies fréquentées autour d'Arkham.

Jadis, une route franchissant collines et vallées traversait en droite ligne l'emplacement actuel de la lande foudroyée ; puis, les gens ayant cessé de l'utiliser, on en traça une autre qui s'incurve considérablement vers le sud. On trouve encore des traces de l'ancienne route parmi les herbes folles qui recommencent à pousser ; certaines persisteront encore lorsque la moitié des vallées aura été inondée pour constituer le nouveau réservoir. Alors les bois sombres seront abattus, et la lande foudroyée sommeillera sous les eaux profondes dont la surface azurée reflétera le ciel et se ridera sous la brise. Les secrets des jours étranges ne feront plus qu'un avec les secrets du gouffre, avec le savoir caché de l'antique océan, avec tout le mystère des premiers âges du monde.

Lorsque je partis pour les vallées et les collines afin de lever le plan du réservoir projeté, on m'informa que ces lieux étaient maudits. Cet avertissement me fut donné à Arkham ; comme c'est une très vieille ville pleine de légendes de sorcières, j'attribuai la malédiction à des racontars de grand-mère transmis de génération en génération au cours de plusieurs siècles. L'expression « lande foudroyée » me sembla particulièrement mélodramatique, et je me demandai comment ces puritains avaient pu l'inclure dans leur folklore. Néanmoins, lorsque je vis à l'ouest ce fouillis de gorges et de pentes, je ne pensai plus qu'à son antique mystère. L'ombre s'y embusquait à longueur de journée. Les arbres y poussaient en rangs serrés et leurs troncs étaient beaucoup trop gros pour un bois normal de la Nouvelle Angleterre. Un trop grand silence régnait dans les allées obscures qui les séparaient ; le sol était recouvert d'une couche trop molle de mousse humide et de feuilles putréfiées depuis des années.

Dans les espaces découverts, le long de l'ancienne route, se dressaient de petites fermes à flanc de colline. Certaines avaient gardé tous leurs bâtiments intacts ; d'autres n'en conservaient qu'un ou deux ; d'autres encore se réduisaient à une cheminée solitaire ou à une cave qui se comblait rapidement. Les ronces et les mauvaises herbes envahissaient le terrain, des animaux sauvages se déplaçaient furtivement dans les broussailles. Le décor baignait dans une brume d'inquiétude accablante ; on y discernait une note d'irréalité grotesque, comme si un élément essen-

tiel de perspective ou de clair-obscur eût été faussé. Je ne
m'étonnai plus que les étrangers eussent refusé de demeu-
rer dans cette région qui n'était point faite pour le sommeil. Elle ressemblait trop à une gravure sur bois illus-
trant un conte fantastique.

Cependant la lande foudroyée l'emportait en horreur
sur tout le reste. Je la reconnus au premier coup d'œil, au
fond d'une large vallée, car nul autre nom n'aurait
mieux convenu à ce lieu, et nul autre lieu n'aurait mieux
porté ce nom. On aurait pu croire que le poète (1) avait
forgé cette expression après avoir vu ce désert. Tout en le
contemplant, je me dis qu'il avait dû être ravagé par un in-
cendie ; mais, dans ce cas, pourquoi nulle végétation
n'avait-elle repoussé sur ces deux hectares de désolation grise étalée sous le ciel comme une immense tache
creusée par un acide rongeur au milieu des champs et des
bois ? Elle se trouvait au nord de l'ancienne route, mais
empiétait légèrement sur l'autre côté. J'éprouvai une
étrange répugnance à m'en approcher ; pourtant, je finis
par m'y résigner, car mon travail m'obligeait à la traverser. Je n'y discernai pas la moindre trace de végétation :
partout régnait une fine poussière grisâtre que nul vent ne
semblait jamais soulever. Les arbres rabougris du voisinage dépérissaient ; plusieurs troncs morts, debout ou couchés, bordaient son périmètre. Tandis que j'avançais à pas
pressés, j'aperçus à ma droite les pierres et les briques
écroulées d'une cheminée et d'une cave, ainsi que la noire
ouverture béante d'un puits abandonné dont les vapeurs
stagnantes prenaient d'étranges teintes au soleil. La longue
pente couverte de bois profonds qui s'étendait à l'autre extrémité de la lande me parut agréable par contraste, et je
ne m'étonnai plus des propos apeurés que murmuraient les
habitants d'Arkham. Je n'avais vu ni maison ni ruine à
proximité ; de tout temps, ce lieu avait dû être solitaire. Au
crépuscule, n'osant pas affronter une deuxième fois le sinistre désert, je regagnai la ville par la nouvelle route in-
curvée vers le sud. Je me surpris à souhaiter vaguement la
venue de quelques nuages, car le vide des abîmes célestes
au-dessus de moi avait empli mon âme d'une bizarre inquiétude.

(1) SHAKESPEARE : dans *Macbeth* (acte I, sc. III). (*N. d. T.*)

Dans la soirée, j'interrogeai certains vieillards d'Arkham au sujet de la lande foudroyée, et leur demandai ce
qu'ils entendaient par les mots « jours étranges » que tant
d'entre eux chuchotaient d'un ton évasif. Je n'obtins aucune réponse satisfaisante ; néanmoins, j'appris que le
mystère était beaucoup plus récent que je ne l'imaginais. Il
ne s'agissait pas d'une vieille légende, mais de faits con-
temporains des gens qui me parlaient. Ils s'étaient produits peu après 1880 : une famille entière avait disparu ou
avait été tuée. Mes interlocuteurs ne voulaient rien préciser, et, comme ils m'avaient tous recommandé de ne prêter
aucune attention aux folles histoires du vieux Pierce, j'allai
lui rendre visite dès le lendemain matin, après avoir appris
qu'il vivait seul dans une chaumière branlante à l'endroit
précis où les bois deviennent plus touffus. La vieille demeure commençait à exhaler cette odeur malsaine qui
s'attache aux maisons bâties depuis trop longtemps. Je dus
frapper avec insistance avant d'éveiller Ammi Pierce, et,
lorsqu'il eut gagné la porte d'un pas traînant, je compris
à son air gêné qu'il n'était pas très content de me voir. Il
paraissait moins décrépit que je ne l'aurais cru, mais il tenait les yeux constamment baissés ; de plus, ses vêtements
en désordre et sa barbe blanche lui donnaient un aspect
lugubre.

Ne sachant trop comment m'y prendre pour lui faire
entamer son récit, je prétendis être venu le consulter à
propos de mon travail d'arpentage et lui posai de vagues
questions sur le pays. Il était beaucoup plus intelligent et
instruit qu'on ne me l'avait donné à entendre : avant que
je m'en fusse rendu compte, il avait compris le sujet mieux
que tous les habitants d'Arkham avec lesquels je m'étais
entretenu. Il différait des autres paysans que j'avais connus
dans les régions où l'on devait installer des réservoirs. Il ne
protesta pas contre le projet qui allait anéantir une grande
étendue de bois et de champs (peut-être parce que sa
chaumière se trouvait en dehors des limites du lac futur).
Au contraire, il manifesta un immense soulagement en
apprenant que les antiques vallées où il avait erré toute sa
vie étaient condamnées. Il valait mieux qu'elles soient
sous l'eau, déclara-t-il ; oui, il valait mieux qu'elles soient
sous l'eau, après ce qui s'était passé pendant les jours
étranges... A la suite de ce préambule, sa voix enrouée de-

vint un faible murmure, tandis qu'il se penchait en avant
et pointait devant lui l'index tremblant de sa main droite
pour donner plus de poids à ses paroles.

Ce fut alors que j'entendis l'histoire, et, pendant que la
voix chevrotante exposait son récit décousu, je frissonnai
à maintes reprises malgré la chaleur de cette journée d'été.
Plusieurs fois, je dus couper court aux digressions du con-
teur, compléter certains détails scientifiques que sa mémoire affaiblie avait retenus sans les comprendre, à la manière d'un perroquet, combler des brèches lorsqu'il som-
brait dans l'incohérence. Quand il eut terminé, je compris
pourquoi il n'avait plus toute sa raison et pourquoi les
gens d'Arkham répugnaient à parler de la lande foudroyée.
Je me hâtai de regagner mon hôtel avant le crépuscule,
peu désireux de voir surgir les étoiles au-dessus de moi en
terrain découvert. Le lendemain je rentrai à Boston pour
donner ma démission. Il m'eût été impossible de pénétrer
de nouveau dans ce fouillis obscur de pentes boisées,
d'affronter une deuxième fois cette étendue grisâtre où
béait le puits noir à côté d'un amas de pierres et de briques. A présent le barrage ne tardera pas à être cons-
truit, et tous ces anciens secrets seront ensevelis à jamais
sous plusieurs brasses d'eau. Mais, même alors, je crois
que je n'aimerais pas visiter le pays de nuit, surtout quand
les sinistres étoiles scintillent dans le ciel ; et rien ne saurait m'amener à boire l'eau du nouveau réservoir d'Arkham.

D'après Ammi Pierce, tout avait commencé avec le météorite. Jusqu'alors il n'y avait pas eu la moindre légende
depuis les procès des sorcières, et, même à cette époque,
ces bois occidentaux étaient bien moins redoutés que la
petite île du Miskatonic où le diable tenait sa cour à côté
d'un curieux autel de pierre plus vieux que les Indiens. Ils
n'étaient pas hantés, et leur extraordinaire pénombre
n'inspirait nul effroi avant la venue des jours étranges.
Puis, il y avait eu ce nuage blanc en plein midi, cette série
d'explosions dans l'air, cette colonne de fumée issue de la
vallée, au cœur des bois. Au coucher du soleil, toute la
ville d'Arkham savait qu'un gros rocher était tombé du
ciel pour s'enfoncer à côté du puits dans la cour de la
ferme de Nahum Gardner (c'était la maison qui se trouvait
alors sur l'emplacement de la lande foudroyée, coquette

demeure aux murs blanchis à la chaux, entourés de vergers et de jardins fertiles).

Nahum s'était rendu à Arkham pour annoncer la nouvelle ; il en avait fait part à Ammi Pierce en passant devant chez lui. Ammi avait quarante ans à cette époque, et tous ces événements bizarres s'étaient fortement gravés dans son esprit. Accompagné de sa femme, il avait suivi les trois professeurs de l'université de Miskatonic, qui, le lendemain matin, s'étaient empressés d'aller examiner l'étrange visiteur venu des espaces interplanétaires. A la vue de la pierre, ils s'étonnèrent que Nahum l'eût qualifiée de « grosse ». Le fermier déclara qu'elle avait rapetissé depuis la veille, tout en montrant du doigt le monticule brunâtre au-dessus de la terre éventrée et de l'herbe calcinée, près du puits archaïque de la cour ; mais les savants répondirent que les pierres ne rapetissent pas. Le météorite gardait toute sa chaleur, et Nahum affirma qu'il avait émis une faible clarté au cours de la nuit. Les professeurs frappèrent la pierre avec un marteau de géologue et la trouvèrent étrangement molle ; si molle, en vérité, qu'elle était presque plastique. Ils durent la creuser au lieu de l'ébrécher pour en retirer un spécimen qu'ils emportèrent à l'université afin de le soumettre à divers réactifs. Ils le placèrent dans un seau emprunté à la cuisine de Nahum, car même ce petit fragment refusa de se refroidir. En route, ils s'arrêtèrent chez Ammi pour se reposer, et prirent un air pensif lorsque Mme Pierce leur fit observer que le spécimen rétrécissait et brûlait le fond du seau ; en fait, il n'était pas très grand, mais peut-être en avaient-ils pris moins qu'ils ne le croyaient.

Le lendemain (tout ceci se passait en juin 1882), les professeurs étaient revenus, très agités. En passant devant la chaumière d'Ammi, ils lui racontèrent la manière bizarre dont le spécimen s'était comporté, et comment il s'était volatilisé quand ils l'avaient mis dans un verre à expériences. Le verre s'était volatilisé, lui aussi, et les savants parlèrent de l'affinité de l'étrange pierre avec le silicium. Dans ce laboratoire si bien équipé, elle avait résisté à toutes les épreuves : chauffée sur du charbon de bois, elle n'avait émis aucun gaz caché ; elle s'était montrée insensible à l'action dissolvante du borax ; aucune température, y compris celle du chalumeau oxhydrique, n'avait pu la volatili-

ser. Martelée sur une enclume elle s'était révélée fort malléable, et elle répandait une lueur très nette dans les ténèbres. Son entêtement obstiné à ne pas se refroidir eut tôt
fait de mettre l'université en ébullition. Quand on la chauffa
devant le spectroscope elle étala des raies brillantes qui ne
rappelaient en rien les couleurs du spectre normal : alors
on parla beaucoup d'éléments nouveaux, de bizarres propriétés optiques, bref de toutes ces choses que disent les
savants confrontés avec l'inconnu.

Toute brûlante qu'elle était, on la plaça dans un creuset
pour la soumettre aux réactifs habituels. L'eau et l'acide
chlorhydrique restèrent sans effet. L'acide nitrique et
l'eau régale elle-même se contentèrent de siffler et de crachoter sans entamer cette invulnérabilité torride. Ammi
eut beaucoup de mal à se rappeler tout cela, mais il reconnut certains dissolvants à mesure que je mentionnais leurs
noms dans l'ordre usuel. On utilisa l'ammoniaque, la soude
caustique, l'alcool, l'éther, le bisulphite de carbone, et une
bonne douzaine d'autres : le poids de la pierre diminua régulièrement et elle sembla se refroidir un peu à mesure
que le temps passait, mais nulle modification des dissolvants
ne montra qu'ils avaient attaqué la substance. Tout ce que
l'on put en conclure, c'est que c'était un métal. En premier
lieu, elle avait des propriétés magnétiques ; par ailleurs, à
la suite de son immersion dans les acides, on crut pouvoir
distinguer de légères traces des figures de Widmänstätten
que l'on trouve sur le fer météorique. Quand le refroidissement eut atteint un degré suffisant, on continua les réactions dans des verres, et ce fut dans un verre que l'on mit
tous les fragments qui restaient du spécimen original à la
suite des diverses expériences. Le lendemain matin, verre
et fragments avaient disparu sans laisser d'autre trace
qu'un emplacement calciné sur l'étagère de bois où on les
avait placés.

Les professeurs racontèrent tout ceci à Ammi lorsqu'ils
s'arrêtèrent devant sa porte ; une fois de plus, il les accompagna pour examiner le messager venu des étoiles,
mais sa femme resta au logis. La pierre avait bel et bien
rapetissé. Tout autour de la masse brune près du puits se
trouvait un espace vide, sauf à l'endroit où le sol s'était
creusé ; alors qu'elle mesurait deux . mètres cinquante
de large la veille, elle atteignait à peine deux mètres main-

tenant. Elle était encore brûlante, et les savants étudièrent sa surface avec curiosité tout en détachant un gros morceau avec un ciseau à froid. Tandis qu'ils creusaient profondément pour prélever le nouveau spécimen, ils constatèrent que le centre du météorite n'était pas homogène.

Ils avaient mis à découvert ce qui semblait être la surface d'un gros globule encastré dans la substance. Sa couleur, semblable à certaines raies de l'étrange spectre de la pierre, était impossible à décrire : en fait ils employèrent le mot « couleur » par simple analogie. Le globule, d'une texture lustrée, paraissait creux et cassant. L'un des professeurs l'ayant frappé vigoureusement de son marteau, il éclata avec un petit bruit sec. Aucun gaz n'en sortit, et il disparut entièrement, laissant un espace sphérique vide d'environ trois pouces ; tous les savants jugèrent que d'autres globules seraient découverts à mesure que la substance enveloppante disparaîtrait.

Cette hypothèse se révéla fausse. Après avoir vainement essayé de trouver de nouveaux globules en forant la pierre, les chercheurs se retirèrent avec leur second spécimen qui, au laboratoire, se montra aussi déconcertant que son prédécesseur. Il était presque plastique ; possédait chaleur, magnétisme et luminosité ; se refroidissait légèrement dans des acides puissants ; avait un spectre inconnu ; se volatilisait dans l'air ; attaquait les composés de silicium qu'il détruisait et qui le détruisaient ; mais, en dehors de ces caractéristiques, il ne présentait aucun trait permettant son identification, et, au terme de leurs expériences, les savants se virent contraints de reconnaître qu'ils ne pouvaient le situer. Le météorite n'appartenait pas à cette terre ; c'était un fragment de l'univers du dehors, qui, en tant que tel, obéissait à des lois indéchiffrables.

Cette nuit-là, un violent orage éclata. Le lendemain, lorsque les professeurs se rendirent chez Nahum, ils éprouvèrent une amère déception. La pierre avait dû posséder une propriété électrique particulière, car, ainsi que le déclara Nahum, elle avait « attiré la foudre » avec une étrange persistance : six fois en une heure le fermier vit les éclairs frapper la cour de devant. Quand l'orage eut pris fin, rien ne restait auprès du vieux puits qu'une excavation aux bords déchiquetés, à demi comblée par les éboulis. C'est en vain que Nahum avait creusé l'emplacement, et

les savants purent constater la disparition totale du météorite. En présence de cet échec, il ne leur restait plus qu'à
regagner leur laboratoire et à poursuivre leurs expériences
sur le second spécimen soigneusement enfermé dans un
coffret de plomb. Ce fragment dura une semaine, mais l'on
ne put rien apprendre de nouveau à son sujet. Il s'évanouit
sans laisser la moindre trace, et, à mesure que les jours
passaient, les professeurs commencèrent à douter d'avoir
jamais vu autrement qu'en rêve ce mystérieux vestige des
abîmes insondables du dehors, cet étrange message d'autres univers, d'autres domaines de matière, de force, d'entité.

Naturellement, les journaux d'Arkham montèrent en
épingle cet incident et son parrainage universitaire. Ils en-
voyèrent des reporters pour interviewer Nahum Gardner,
et un quotidien de Boston dépêcha également l'un de ses
scribes au fermier. Ce dernier devint bientôt une célébrité
locale ; c'était un homme maigre et jovial, âgé de cinquante
ans, qui vivait avec sa femme et ses trois fils du produit de
ses terres. Lui et Ammi se voyaient fréquemment, leurs
femmes échangeaient des visites, et Ammi n'avait jamais
eu qu'à se louer de son voisin. Celui-ci, tout fier de la notoriété qu'il avait acquise, parla très souvent, au cours des
semaines suivantes, de la pierre tombée du ciel. Juillet et
août furent très chauds. Nahum travailla dur à faire les
foins dans son pré de quatre hectares au-delà de Chapman's Brook. Cette tâche le fatigua beaucoup plus que
pendant les années précédentes, et il se dit qu'il commençait à sentir les effets de l'âge.

Puis vint l'époque des fruits et de la moisson. Les pommes et les poires mûrirent lentement, et Nahum jura que
jamais ses vergers n'avaient été si prospères. Les fruits,
d'une grosseur phénoménale, d'un éclat inaccoutumé,
poussaient en telle abondance qu'il commanda des tonneaux supplémentaires en vue de la récolte future. Mais
il connut une grande déception lorsqu'ils atteignirent la
maturité : malgré leur somptueux déploiement de succu-
lence trompeuse, pas un seul n'était mangeable. Dans
l'exquise saveur des pommes et des poires s'était insinuée
une répugnante amertume, si bien que la moindre bouchée engendrait le dégoût. Il en allait de même des melons
et des tomates, et Nahum, le cœur plein de tristesse, com-

prit que toute sa récolte était perdue. Etablissant immédiatement une relation de cause à effet, il déclara que le
météorite avait empoisonné le sol, et rendit grâces au
Ciel de ce que la majeure partie des autres récoltes se
trouvât dans les hautes terres le long de la route.

L'hiver fut précoce et très froid. Ammi vit Nahum moins
souvent, et constata qu'il avait l'air soucieux. Sa femme
et ses enfants, eux aussi, paraissaient d'humeur taciturne ;
ils n'assistaient plus régulièrement aux offices ni aux
diverses réjouissances du village. Nul ne put trouver le
motif de cette réserve ni de cette mélancolie. Néanmoins,
tous les habitants de la ferme avouèrent à plusieurs reprises qu'ils ne se sentaient pas en très bonne santé et
éprouvaient un malaise indéfinissable. Nahum lui-même
se montra plus précis, en déclarant qu'il était troublé par
certaines empreintes dans la neige. Il s'agissait des empreintes habituelles d'écureuils, de lapins blancs et de
renards ; toutefois, le fermier jura qu'il y avait quelque
chose d'anormal dans leur dimension et leur disposition.
Il ne donna pas de détails, mais sembla juger qu'elles ne
correspondaient ni à l'anatomie ni aux habitudes des animaux en question. Tout d'abord, Ammi ne fit guère attention à ces propos ; puis, un soir qu'il passait en traîneau
devant la maison de Nahum en revenant de Clark's Corner, il vit un lapin traverser la route au clair de lune ; les
bonds de l'animal étaient si longs qu'ils déplurent fort à
Ammi et à son cheval. En fait, ce dernier se serait em-
ballé s'il n'eût été retenu par la main ferme de son maître. Par la suite, Ammi écouta les histoires de Nahum
avec plus d'intérêt, et se demanda pourquoi les chiens du
fermier semblaient si déprimés tous les matins : ils avaient
presque perdu le courage d'aboyer.

En février, les fils Mac Gregor, de Meadow Hill, au
cours d'une chasse à la marmotte, tuèrent, non loin de
chez Gardner, un spécimen fort curieux. Les proportions
de son corps semblaient légèrement modifiées d'une
étrange façon impossible à décrire ; quant à la tête, elle
avait une expression que nulle marmotte n'avait jamais
eue auparavant. Les jeunes gens, vraiment effrayés, jetèrent la dépouille de l'animal, de sorte que les campagnards ne connurent cette marmotte que par leur récit
ridicule. Mais c'était maintenant un fait bien établi que

les chevaux prenaient peur aux abords de la ferme de Nahum, et la base d'un cycle de légendes orales s'établissait rapidement.

Les gens affirmaient que la neige fondait autour de la ferme plus vite que partout ailleurs, et, au début de mars, il y eut une longue discussion dans la boutique de Potter, à Clark's Corner. Stephen Rice, étant passé en voiture non loin de chez les Gardner dans la matinée, avait remarqué les choux punais (1) qui émergeaient de la boue près des bois de l'autre côté de la route. Jamais on n'en avait vu d'aussi énormes, et il était impossible d'en définir la couleur. Ils affectaient des formes monstrueuses, et le cheval avait renâclé en sentant une odeur qui, au dire de Stephen, ne ressemblait à rien de connu. Au cours de l'après-midi, plusieurs personnes allèrent voir à leur tour cette végétation anormale : toutes convinrent que les plantes de ce genre ne devraient jamais pousser en terrain sain. On parla sans contrainte des fruits gâtés de l'automne précédent, et le bruit se répandit que les champs de Nahum étaient empoisonnés. Bien entendu, le météorite en était cause ; se rappelant que les professeurs de l'université avaient trouvé la pierre fort étrange, quelques fermiers allèrent leur exposer la situation.

Un jour, les savants rendirent visite à Nahum ; néanmoins, n'attachant aucune foi aux récits fantastiques et au folklore, ils se montrèrent très modérés dans leurs conclusions. Sans doute les plantes incriminées étaient-elles fort bizarres, mais tous les choux punais sont plus ou moins bizarres de forme et de couleur. Peut-être un élément minéral du météorite avait-il pénétré dans le sol : les pluies ne tarderaient pas à l'entraîner. Quant aux empreintes anormales et aux chevaux effrayés, c'était là pur bavardage que la venue d'un aérolithe ne pouvait manquer de susciter. Des gens sérieux se trouvaient désarmés devant ces propos insensés, car les paysans superstitieux disent et croient n'importe quoi. En conséquence, pendant toute la durée des jours étranges, les professeurs dédaigneux se tinrent à l'écart de ces rustres ignorants. Toutefois, l'un d'eux, quand on lui donna deux flacons de pous-

---

(1) *Skunk cabbage* : nom populaire du *symplocarpus fœtidus*, genre d'arum à l'odeur particulièrement écœurante. (*N. d. T.*)

sière à analyser pour le compte de la police, un an et
demi plus tard, se rappela que l'étrange couleur des choux
punais était fort semblable à l'une des raies lumineuses du
spectre du météore et à la teinte indéfinissable du globule
encastré dans la pierre. Au cours de son analyse, il constata que les échantillons de poussière émettaient le même
spectre inconnu.

Les arbres bourgeonnèrent prématurément autour de
la ferme des Gardner. La nuit, ils oscillaient d'une façon
inquiétante au souffle du vent. Thaddeus, le second fils
de Nahum, âgé de quinze ans, jura qu'ils oscillaient également quand nulle brise ne soufflait, mais les bavards
les plus invétérés refusèrent de le croire. Néanmoins, à
n'en pas douter, il y avait une certaine agitation dans l'air.
Tous les membres de la famille prirent l'habitude d'écouter à la dérobée, sans pouvoir préciser quelle sorte de
bruit ils guettaient. Bientôt, on commença à murmurer
que les Gardner étaient un peu détraqués. Lorsque les
premiers saxifrages s'épanouirent, ils avaient une couleur
étrange, un peu différente de celle des choux punais, mais
nettement apparentée à elle et tout aussi inconnue. Nahum
apporta quelques fleurs à Arkham, pour les montrer au
rédacteur en chef de *La Gazette* ; toutefois, ce grand personnage se contenta d'écrire à leur sujet un article humoristique où les craintes mystérieuses des campagnards
étaient poliment tournées en ridicule. Nahum avait commis l'erreur de raconter à un citadin dépourvu d'imagination la manière dont se comportaient d'énormes papillons
noirs depuis l'épanouissement des saxifrages.

En avril, les paysans semblèrent frappés d'une sorte de
démence : à cette époque ils commencèrent à ne plus
emprunter la route qui passait devant la ferme et qui
devait être complètement abandonnée par la suite. Ce
fut la végétation qui les épouvanta. Tous les arbres du verger se couvrirent de fleurs aux teintes bizarres ; sur le sol
pierreux de la cour ainsi que dans le pré adjacent, pous-
sèrent des plantes curieuses que seul un botaniste aurait
pu rattacher à la flore habituelle de la région. L'herbe et
les feuilles gardaient encore leur vert normal ; partout ailleurs régnaient les variantes d'une teinte morbide fonda-
mentale impossible à situer parmi les couleurs connues. Les adlumias devinrent un sinistre objet d'épouvante,

les sanguinaires manifestèrent une perversité chroma-
tique. Ces couleurs parurent familières aux Gardner et à
Ammi : elles rappelaient le globule cassant du météorite.
Nahum laboura et ensemença le pré de quatre hectares
ainsi que les champs à flanc de colline, mais il ne toucha
pas au terrain autour de la maison : il savait que ce serait
inutile. Il se contenta d'espérer que l'étrange végétation de
l'été drainerait le sol de tout son poison. Maintenant, il
s'attendait à n'importe quoi ; il s'était accoutumé à sentir
près de lui la présence d'une chose qui allait se révéler
clairement un jour ou l'autre. Lorsque ses voisins évi-
tèrent sa maison, il en fut naturellement très affecté, mais sa
femme le fut bien davantage. Ses fils étaient mieux partagés
car ils allaient tous les jours à l'école ; néanmoins, les
commérages leur inspiraient une certaine frayeur. Thaddeus, d'une nature particulièrement sensible, en souffrait
plus que ses frères.

En mai arrivèrent les insectes : la ferme de Nahum
devint un cauchemar de créatures rampantes et bourdonnantes. La plupart d'entre elles avaient un aspect et des
mouvements légèrement anormaux ; leurs mœurs nocturnes contredisaient tout ce que l'on savait à leur sujet.
Les Gardner prirent l'habitude de veiller, guettant ils ne
savaient quoi pendant des nuits entières. A cette époque
ils reconnurent tous que Thaddeus avait dit vrai au sujet
des arbres. Mme Gardner fut la première après son fils à
observer le phénomène par sa fenêtre tandis qu'elle contemplait les rameaux gonflés d'un érable qui se détachaient sur le ciel baigné de clarté lunaire. Ils bougeaient,
à n'en pas douter, bien qu'il n'y eût pas un souffle de vent.
Tout ce qui poussait présentait un élément bizarre. Pourtant la découverte suivante ne fut pas effectuée par les
Gardner. L'accoutumance avait émoussé leurs sens, et ce
qu'ils ne pouvaient pas voir fut aperçu par un timide
commis-voyageur de Boston, ignorant tout des légendes du
pays, qui, une nuit, passa en voiture dans les parages. *La
Gazette* d'Arkham consacra un court paragraphe à son
récit, et c'est dans le journal que tous les fermiers, y compris Nahum, apprirent la chose pour la première fois. La
nuit avait été très sombre, les lanternes du boghei n'éclai-
raient pas beaucoup ; néanmoins, autour d'une ferme de
la vallée, dans laquelle chacun reconnut celle de Nahum

d'après certains détails, les ténèbres avaient paru moins
denses. Toute la végétation : herbe, feuilles et fleurs, semblait imprégnée d'une luminosité faible mais très nette ;
par moments, un fragment isolé de cette phosphorescence
se déplaçait furtivement dans la cour près de la grange.

Jusqu'alors les prés semblaient intacts ; les vaches pais-
saient librement à proximité de la maison. Or, vers la fin
du mois de mai, le lait commença à se gâter. Alors
Nahum envoya les vaches sur les hautes terres, et tout rentra dans l'ordre. Peu après, un changement très net se manifesta dans l'herbe et dans les feuilles : la verdure devenait grise et singulièrement cassante. A présent, Ammi
était le seul qui allât voir Nahum, et ses visites se faisaient
de plus en plus rares Quand l'école ferma ses portes, les
Gardner se trouvèrent pratiquement retranchés du
monde ; ils durent confier parfois à Ammi le soin de faire
leurs courses à la ville. La famille entière semblait victime d'une étrange dégénérescence physique et mentale :
aussi   personne   ne   fut-il   surpris   d'apprendre   que
Mme Gardner était devenue folle.

Cela se produisit en juin, environ un an après la chute
du météore : la pauvre femme se mit à crier qu'elle voyait
dans l'air des choses impossibles à décrire. Dans son
délire, elle n'employait pas un seul nom déterminé, mais
uniquement des verbes et des pronoms. Des choses bougeaient, volaient, se transformaient ; ses oreilles tintaient
sous l'effet de vibrations qui n'étaient pas exactement des
sons. Quelque chose lui était enlevé,... on lui arrachait
quelque chose,... quelque chose s'attachait à elle,... quelqu'un devrait bien l'en débarrasser,... rien n'était immobile dans la nuit,... les murs et les fenêtres se déplaçaient...
Nahum ne l'envoya pas à l'asile ; il la laissa errer à travers
la maison tant qu'elle fut inoffensive pour elle-même et
pour les autres, même quand l'expression de son visage
commença à changer. Mais lorsque les enfants prirent
peur, lorsque Thaddeus faillit s'évanouir à la vue des gri-
maces menaçantes de sa mère, il décida de l'enfermer
dans la mansarde. En juillet elle avait cessé de parler et se
traînait à quatre pattes ; avant la fin du mois, Nahum
conçut l'idée insensée qu'elle luisait légèrement dans le
noir, tout comme la végétation environnante.

Peu de temps auparavant, les quatre chevaux s'étaient

enfuis. Mystérieusement réveillés au cours de la nuit, ils s'étaient mis à hennir et à ruer de façon terrifiante. Il semblait qu'il n'y eût pratiquement rien à faire pour les calmer, et, quand Nahum avait ouvert la porte, ils s'étaient sauvés comme des daims craintifs. On les retrouva au bout d'une semaine, mais on s'aperçut alors qu'ils étaient indomptables et on dut les abattre. Nahum ayant emprunté un cheval à Ammi pour rentrer ses foins, constata qu'il refusait d'approcher de la grange. Il faisait des écarts, hennissait, restait sur place, si bien que, finalement, le fermier dut le conduire dans la cour, tandis que les hommes tiraient à bras le lourd chariot assez près du fenil pour pouvoir le décharger à la fourche. Pendant tout ce temps, la végétation devenait grise et cassante. Même les fleurs aux teintes si bizarres tournaient au gris, ainsi que les fruits ratatinés et insipides. Gris, les asters ; grises, les verges d'or ; tous gris et affreusement déformés. Dans la cour de devant, les roses, les zinnias et les roses trémières étaient de telles horreurs que Zenas, le fils aîné de Nahum, les coupa impitoyablement. Les insectes monstrueux moururent vers cette époque, y compris les abeilles qui avaient quitté leurs ruches pour gagner les bois.

En septembre, la végétation s'émietta rapidement en poudre grisâtre ; Nahum craignit que les arbres ne vinssent à mourir avant que le sol fût débarrassé du poison. Sa femme était sujette à des accès de hurlements si horribles que lui et ses fils subissaient une tension nerveuse constante. A présent, ils évitaient leurs voisins, et, lorsque l'école rouvrit ses portes, les enfants restèrent à la maison. Mais ce fut Ammi qui découvrit, au cours d'une de ses rares visites, que l'eau du puits n'était plus bonne. Elle avait un mauvais goût indéterminé, ni fétide ni salé, et Ammi conseilla au fermier de creuser un autre puits à flanc de colline en attendant que le sol fût purifié. Néanmoins, Nahum ne tint aucun compte de ce conseil, car il était devenu indifférent aux choses étranges et déplaisantes. Lui et ses fils continuèrent à boire l'eau souillée avec la même apathie machinale qu'ils apportaient à manger leurs maigres repas mal préparés ou à faire leurs travaux ingrats et monotones. Tous manifestaient une résignation passive, comme s'ils eussent cheminé dans un

autre monde, entre deux rangées de gardes anonymes,
vers une mort certaine et déjà familière.

Thaddeus fut frappé de folie en septembre. Après être
allé au puits pour y remplir un seau, il en revint les mains
vides, criant, gesticulant, secoué parfois par un rire dément, parlant à voix basse des « couleurs qui bougeaient
dans l'eau ». Deux fous dans la même famille, c'était
beaucoup, mais Nahum se montra très courageux. Il
laissa le gamin en liberté pendant une semaine, jusqu'à ce
qu'il commençât à trébucher et à se blesser en se co-
gnant ; alors il l'enferma dans une autre pièce de la mansarde en face de la chambre de sa mère. Les hurlements
qu'ils échangeaient à travers leurs portes terrifiaient particulièrement le petit Merwin : il s'imaginait qu'ils conversaient
dans un langage effroyable qui n'était pas de ce monde.
L'enfant avait une imagination débordante, et son agitation
s'accrut lorsqu'il se vit privé de son frère, son compagnon de
jeux favori.

Presque en même temps les animaux de la ferme péri-
rent les uns après les autres. Poules et coqs devinrent grisâtres et moururent rapidement : leur chair desséchée
était infecte. Les porcs grossirent démesurément, puis
commencèrent soudain à subir des transformations répugnantes que nul ne put expliquer. Bien entendu, leur chair
s'avéra inutilisable, et Nahum ne sut plus à quel saint se
vouer. Aucun vétérinaire rural ne voulait s'approcher de
la ferme ; quant à celui d'Arkham, il était manifestement
déconcerté. Les porcs, eux aussi, prenaient une couleur
grisâtre et tombaient littéralement en lambeaux avant de
mourir, tandis que leurs yeux et leur groin présentaient
des altérations singulières, d'autant plus étranges qu'ils
n'avaient jamais mangé de plantes souillées. Ensuite, les
vaches succombèrent à un mal mystérieux. Certaines parties du corps, ou bien l'animal tout entier, se recroque-
villaient ; après quoi survenait un affaissement ou une
désintégration particulièrement atroce. Quelque temps
avant la mort (qui était le terme inévitable de la maladie),
la chair devenait grise et friable comme celle des porcs.
Il ne pouvait être question d'empoisonnement, tous les
animaux atteints se trouvaient enfermés dans une grange
bien close. Nulle morsure d'une bête de proie n'avait pu
transmettre ce virus, car aucun être vivant ne pourrait

traverser l'obstacle d'un mur ou d'une porte. Il s'agissait certainement d'une maladie naturelle, mais personne ne parvenait à deviner quelle maladie pouvait avoir des résultats aussi effroyables. Quand arriva l'époque de la moisson, il ne restait pas un seul animal chez les Gardner : la volaille et le bétail étaient morts ; et les trois chiens avaient fui pour ne plus jamais reparaître. Les cinq chats s'étaient sauvés quelques semaines auparavant, mais on n'y avait guère prêté attention : en effet, il semblait n'y avoir plus de souris dans la ferme.

Le 19 octobre, Nahum entra en titubant dans la maison d'Ammi et lui apprit la terrible nouvelle : Thaddeus était mort dans sa chambre. Son père, qui ignorait la cause du décès, avait creusé une fosse dans le petit cimetière familial, pour y ensevelir ce qu'il avait trouvé dans la mansarde. La mort n'avait pu venir de l'extérieur : en effet, l'étroite fenêtre munie de barreaux et la porte fermée à clé étaient intactes. Les Pierce consolèrent le pauvre homme de leur mieux, en frissonnant. Une terreur sans nom s'attachait aux Gardner et à tout ce qu'ils touchaient : la présence de l'un d'eux semblait une émanation des régions infernales. Ammi accompagna Nahum chez lui avec beaucoup de répugnance, et fit ce qu'il put pour apaiser les sanglots convulsifs du petit Merwin. Zenas, lui, n'avait pas besoin d'être calmé. Depuis quelques jours, il passait son temps à regarder le vide et à exécuter machinalement les ordres de son père. Parfois, aux cris stridents de Merwin répondaient les cris étouffés de la folle enfermée dans la mansarde ; sur un regard interrogateur de son visiteur, Nahum déclara que sa femme s'affaiblissait de plus en plus. A la tombée de la nuit, Ammi s'arrangea pour prendre congé : en dépit de sa vive amitié pour le fermier, rien n'aurait pu le faire rester en ce lieu où la végétation commençait à émettre une lueur phosphorescente, où les arbres semblaient osciller en l'absence de la moindre brise. Fort heureusement pour lui, il était dépourvu d'imagination. Malgré cela, sa raison fut légèrement affectée par cette aventure ; mais, s'il eût été capable de réfléchir et de relier entre eux les prodiges auxquels il assistait, il serait devenu complètement fou. Poursuivi par les cris horribles de la démente et de l'enfant, il se hâta de regagner sa demeure.

Trois jours plus tard, Nahum faisait irruption dans la cuisine d'Ammi, et, en l'absence de ce dernier, annonçait une nouvelle catastrophe à Mme Pierce paralysée de terreur. Cette fois, le petit Merwin avait disparu. Il était allé au puits, tard dans la nuit, portant un seau et une lanterne, et il n'était pas revenu. Depuis quelque temps, il avait perdu tout contrôle de ses nerfs et de ses actes. Un rien le faisait crier. Cette nuit-là, Nahum avait entendu un hurlement frénétique dans la cour, mais l'enfant avait disparu avant même que son père eût ouvert la porte. Le fermier avait cru tout d'abord que la lanterne et le seau s'étaient volatilisés également ; néanmoins, au lever du soleil, après avoir fouillé vainement les champs et les bois, il avait découvert près du puits des objets fort curieux. Une masse de fer informe, à demi fondue, représentait certainement la lanterne ; à côté, une poignée et des cercles de fer tordus, devaient être les débris du seau. Nahum se perdait en conjectures ; Mme Pierce ne savait que penser ; Ammi, lorsqu'il revint au logis et qu'il eut entendu l'histoire, fut incapable d'émettre une hypothèse. Merwin avait disparu, et il était inutile d'en informer les fermiers du voisinage qui évitaient les Gardner. Inutile également d'en parler aux gens d'Arkham qui se moquaient de tout. Thad était mort, Merwin était mort. Quelque chose rampait autour de la ferme, quelque chose qu'on ne pouvait voir ni entendre,... quelque chose rampait,... rampait... Bientôt Nahum disparaîtrait, lui aussi ; il désirait qu'Ammi veillât sur sa femme et sur Zenas, si jamais ils lui survivaient. Ce devait être un châtiment du Ciel, mais il n'arrivait pas à comprendre pourquoi, car il avait toujours suivi les voies du Seigneur.

Pendant plus de deux semaines, Ammi ne revit plus Nahum ; puis, inquiet à l'idée de ce qui avait pu se passer, il surmonta sa répugnance et se rendit chez les Gardner. Nulle fumée ne montait de la grande cheminée, et, pendant un instant, le visiteur redouta le pire. La ferme avait un aspect effrayant : des feuilles et des herbes grisâtres couvraient le sol ; des débris de vignes cassantes tombaient des pignons et des murs ; les grands arbres nus griffaient le ciel gris de novembre avec une méchanceté étudiée qui se manifestait dans une modification subite de l'inclinaison de leurs branches. Néanmoins, Nahum vivait encore.

Etendu sur un petit lit, dans la cuisine au plafond bas, il semblait très affaibli mais parfaitement conscient et capable de donner à Zenas des ordres simples. Dans la pièce régnait un froid glacial ; voyant frissonner Ammi, le maître de maison cria à son fils d'apporter d'autre bois. En vérité, l'âtre caverneux avait bien besoin de quelques bûches, car il était *complètement vide,* et la bise qui soufflait par la cheminée soulevait un nuage de suie. Bientôt Nahum demanda à son visiteur si cette nouvelle brassée de bois l'avait réchauffé, et Ammi devina alors ce qui s'était passé : la corde avait fini par se rompre, le fermier n'éprouverait plus désormais aucun chagrin.

Ammi posa quelques questions pleines de tact, sans pouvoir obtenir de renseignements précis sur la disparition de Merwin. Nahum ne sut lui répondre qu'une seule phrase « Dans l' puits..., y vit dans l' puits... » Brusquement, le visiteur songea à la folle, et demanda où elle se trouvait. « Nabby ? ben, voyons, alle est ici ! » s'exclama son interlocuteur d'un ton stupéfait. Ammi comprit qu'il devrait chercher tout seul. Laissant Nahum marmotter des paroles incohérentes, il prit les clés accrochées à un clou près de la porte, et gravit l'escalier aux marches grinçantes qui menait à la mansarde. Une odeur infecte régnait dans le couloir où l'on n'entendait aucun bruit. Une seule des quatre portes était fermée. Ammi introduisit trois clés dans la serrure avant de trouver la bonne, puis, après avoir farfouillé quelques secondes, il ouvrit le battant.

Il faisait très sombre dans la pièce, car la fenêtre était petite et à demi obturée par des barreaux de bois, de sorte qu'Ammi ne distingua rien sur le plancher. Une puanteur intolérable emplissait la chambre : avant de poursuivre ses recherches, il dut battre en retraite pour gonfler ses poumons d'air respirable. Quand il entra enfin, il aperçut une forme noire dans un coin ; lorsqu'il l'eut discernée plus clairement, il se mit à hurler... A ce moment, il lui sembla qu'un nuage passait devant la fenêtre ; un instant plus tard, il se sentit frôlé par une immonde brume vaporeuse. D'étranges couleurs dansèrent devant ses yeux : s'il n'avait pas été paralysé par l'horrifiant spectacle qu'il contemplait, il aurait songé au globule fracassé par le marteau du géologue, à la végétation malsaine du printemps précédent. En l'occurrence, il ne pensa qu'à la chose monstrueuse qui se trouvait devant lui. Elle avait certainement subi le sort épouvantable de Thaddeus et du bétail, mais le plus affreux, c'était que cette abomination *bougeait*, tout en continuant à s'effriter sur le plancher.

Ammi ne me fournit pas d'autres détails. Je remarquai simplement que la forme tapie dans un coin de la pièce ne reparaissait pas au cours de son récit comme un objet mouvant. Il y a certaines choses qu'on doit passer sous silence, et un acte inspiré par un sentiment d'humanité élémentaire est parfois cruellement jugé par la loi. Je compris qu'il ne restait rien de vivant dans la mansarde : en vérité, quiconque y aurait laissé un être capable de mouvement eût commis un péché monstrueux et se fût condamné à la damnation éternelle. Tout autre qu'un fermier flegmatique se serait évanoui ou aurait perdu la raison ; mais Ammi franchit la porte en pleine possession de ses sens et enferma le secret maudit. Il lui fallait à présent s'occuper de Nahum, le conduire en un lieu où l'on pût le soigner.

Au moment où il commençait à descendre l'escalier sombre, il entendit un bruit sourd et un cri étouffé au-dessous de lui : alors, il se rappela avec inquiétude la brume gluante qui l'avait frôlé dans la chambre de terreur. Quelle présence son entrée et son hurlement avaient-ils fait surgir ? Il s'arrêta sous l'effet d'une crainte vague, et perçut d'autres sons au bas de l'escalier : oui, à n'en pas douter, on traînait un objet pesant sur le sol ; par ailleurs, il y avait un bruit diabolique, ignoble, visqueux..., le bruit d'une succion immonde... Son imagination enfiévrée se rattacha inexplicablement à ce qu'il avait vu dans la mansarde. Grand Dieu ! Dans quel hideux cauchemar était-il tombé ? Incapable d'avancer ou de reculer, il contempla en tremblant la noire courbe de l'escalier encaissé. Le moindre détail de la scène se grava profondément dans son cerveau : les bruits, l'atroce sensation d'attente, les ténèbres, l'escalier raide aux degrés étroits, et surtout, bonté divine ! la faible luminosité de toutes les boiseries visibles : marches, lattes et poutres.

A ce moment retentit le hennissement frénétique de son cheval, suivi par le fracas d'un galop furieux. Quelques instants plus tard, l'animal et le boghei se trouvaient trop loin pour qu'on pût les entendre, et l'homme épouvanté, dans les ténèbres de l'escalier, se demandait avec anxiété ce qui avait pu déterminer cette fuite. Mais ce n'était pas tout. Il y avait eu un autre bruit au-dehors, une espèce d'éclaboussement provenant du puits près duquel Ammi avait laissé Hero sans l'attacher. Une roue de la voiture avait dû détacher une pierre de la margelle et la faire tomber dans l'eau... Et ces boiseries anciennes continuaient à émettre une pâle lueur phosphorescente. Grand Dieu ! Que la maison était vieille ! La majeure partie datait de 1650, et le toit en croupe, de 1730 pour le moins.

Il perçut distinctement un léger bruit de reptation sur le plancher, et resserra son étreinte sur un lourd bâton qu'il avait ramassé dans la mansarde. Rassemblant tout son courage, il acheva de descendre l'escalier, puis se dirigea hardiment vers la cuisine. Mais il n'eut pas à y pénétrer, car la créature qu'il cherchait ne s'y trouvait plus. Elle était venue à sa rencontre et gardait encore un semblant de vie. Ammi n'aurait su dire si elle avait rampé jusqu'à lui ou si elle avait été traînée par des forces extérieures ; quoi qu'il en fût, elle était frappée à mort. Tout s'était passé au cours de la dernière demi-heure, mais, déjà, l'affaissement, la coloration grisâtre et la désintégration paraissaient extrêmement avancés. La chair, horriblement friable, se détachait en fragments desséchés. Ammi, épouvanté, regarda fixement l'immonde parodie de ce qui avait été un visage humain.

« Quoi qu' c'était donc, Nahum ? quoi qu' c'était ? » murmura-t-il.

Et les lèvres tuméfiées, fendillées, parvinrent à articuler cette réponse :

« C'est ren,... ren que d' la couleur... a' brûle,... froide et humide qu'alle est, mais a' brûle,... a' vivait dans l' puits,... j' l'ons ben vue,.. une espèce ed fumée,... tout pareil qu' les fleurs au printemps,... l' puits y brillait la nuit... Thad, Merwin, Zenas,... tout c' qu'est vivant,... a' suce la vie,... c'te pierre,... pour sûr qu'alle est v'nue dans c'te pierre,... tout qu'alle a empoisonné,... c' machin rond qu' les professeurs ont tiré ed la pierre,... y l'ont cassé,... l'était ed la même couleur,... tout pareil qu' les plantes et les fleurs,... devait y en avoir d'aut'... des graines... des graines qu'ont poussé... j' l'ons vue pour la première fois c'te semaine,... alle a dû prendre ed la force en tuant Zenas qu'était un

gars solide, plein d' vie,... a' vous attaque l' cerveau et
après ça a' vous prend tout entier,... a' vous brûle,... dans
l'eau du puits,... pour ça t'avais raison,... c'est d' l'eau qu'est
mauvaise,... Zenas il est jamais r'venu du puits,... tu peux
pas t'en aller,... a' t'attire,... tu sais qu'y va t'arriver quéque
chose mais tu peux pas bouger,... j' l'ons vue pas mal ed
fois depuis qu'Zenas a disparu,... et Nabby, où c'est-y
qu'alle est, Ammi ?... j'ons pus ma tête à moi,... j' sais pus
quand c'est-y qu' j'y ai donné son manger,... c'te couleur
va la tuer, alle aussi,... c'est ren que d' la couleur,... sa figure commence à prendre c'te couleur pendant la nuit,...
c'te couleur qui brûle et qui suce,... a' vient d'un endroit
où les choses sont pas pareilles qu'ici,... un des professeurs
l'avait ben dit,... il avait ben raison,... fais attention, Ammi,
alla a 'core pas fini son travail,... a' suce la vie... »

Ce fut tout. La chose qui venait de parler ne put en dire
davantage car elle s'était complètement affaissée. Ammi
jeta une nappe à carreaux rouges sur les débris informes, et
sortit en chancelant par la porte de derrière. Il gravit la
pente qui menait au pré de quatre hectares, puis regagna
sa demeure par la route du nord et à travers bois. Il n'avait
pu se résoudre à passer devant ce puits qui avait mis son
cheval en fuite. Après l'avoir observé par la fenêtre, il
s'était aperçu que la margelle était intacte. Donc, la voiture
n'avait délogé aucune pierre : l'éclaboussement était dû à
autre chose qui avait sauté dans le puits après en avoir
fini avec le pauvre Nahum...

· Quand Ammi atteignit sa maison, Mme Pierce était folle
d'angoisse, car le cheval et la voiture étaient arrivés avant
lui. Il la rassura sans lui donner d'explication, se mit immédiatement en route pour Arkham, et informa les autorités que la famille Gardner n'existait plus. Il se contenta
de déclarer que Nahum et Nabby avaient succombé, semblait-il, au même mal inconnu qui avait tué le bétail et
Thaddeus. Il ajouta que Merwin et Zenas avaient disparu
sans laisser de trace. Après un interrogatoire interminable
au commissariat de police, il fut contraint de conduire trois
inspecteurs à la ferme de Nahum, ainsi que le coroner, le
médecin légiste, et le vétérinaire qui avait soigné les animaux malades. Il accepta à contrecœur car l'après-midi
était déjà fort entamé, et il redoutait de se retrouver dans
ce lieu maudit à la tombée de la nuit ; néanmoins il se

sentait réconforté par la présence de tant de gens auprès de lui.

Les six hommes suivirent le boghei de leur guide dans une charrette anglaise, et arrivèrent à la maison pestiférée vers les quatre heures. Malgré leur habitude des spectacles macabres, ils furent tous bouleversés par ce qu'ils trouvèrent dans la mansarde et sous la nappe à carreaux rouges. L'aspect de la ferme entourée de son désert grisâtre était suffisamment impressionnant, mais les deux tas de chair qui tombaient en poussière dépassaient les limites de l'horreur. Le médecin reconnut qu'ils n'offraient pas grand-chose à examiner ; toutefois on pouvait analyser des spécimens qu'il se mit en devoir de prélever. Par la suite, comme je l'ai déjà dit, le professeur chargé d'analyser les deux flacons de poussière dans le laboratoire de l'université fit une curieuse découverte. Soumis au spectroscope, les échantillons présentèrent un spectre inconnu dont certaines raies correspondaient exactement à celles de l'étrange météorite. La poussière perdit la propriété d'émettre ce spectre au bout d'un mois : elle se composait essentiellement de phosphates et de carbonates alcalins.

Ammi n'aurait pas parlé du puits s'il n'avait su que ses compagnons se proposaient d'agir sans plus attendre. Le jour touchait à sa fin, et il lui tardait de rentrer chez lui. Néanmoins, il ne put s'empêcher de jeter des coups d'œil anxieux sur la margelle, et, quand l'un des détectives lui demanda la raison de sa nervosité, il avoua que Nahum redoutait une présence fatale au fond des eaux, à tel point qu'il n'avait jamais envisagé d'y chercher les corps de Merwin et de Zenas. A ces mots, les policiers entreprirent de vider le puits immédiatement. Ammi, tremblant de tous ses membres, fut obligé de rester là pendant que les autres hissaient des seaux d'eau nauséabonde qu'ils répandaient sur le sol en reniflant d'un air dégoûté : vers la fin, ils durent se boucher le nez, tellement la puanteur était forte. La besogne dura beaucoup moins qu'ils ne le craignaient, car le niveau de l'eau était extraordinairement bas. Il est inutile de décrire en détail ce qu'ils trouvèrent : Merwin et Zenas, presque réduits à l'état de squelettes ; un daim et un gros chien présentant le même aspect ; les ossements de plusieurs animaux de petite taille. La vase du fond semblait inexplicablement poreuse et pleine de bulles ; un

homme, qui descendit en prenant appui sur les mains de
fer, constata qu'il pouvait enfoncer une perche jusqu'au
bout sans rencontrer d'obstacle solide.

On apporta des lanternes de la maison car la nuit venait de tomber. Puis, lorsqu'il fut bien évident que le puits
ne leur apprendrait rien d'autre, les enquêteurs entrèrent
dans le vieux salon pour délibérer tandis que la blême
clarté d'une demi-lune spectrale baignait la désolation
grise qui s'étendait au-dehors. Ils reconnurent franchement
que toute cette affaire les déconcertait : ils ne parvenaient
pas à trouver un seul élément commun qui reliât l'étrange
état de la végétation, la maladie inconnue des animaux et
des hommes, la mort inexplicable de Merwin et de Zenas
dans le puits souillé. A vrai dire, ils étaient au courant des
racontars du pays, mais ils ne pouvaient croire à des événements contraires aux lois naturelles. A n'en pas douter,
le météorite avait empoisonné le sol ; toutefois, comment
expliquer la maladie de personnes et d'animaux qui
n'avaient mangé aucune des plantes poussant dans ce sol ?
Fallait-il incriminer l'eau du puits ? Peut-être. Il ne serait
pas mauvais de la faire analyser. Mais quelle folie singulière avait poussé les deux garçons à sauter dans le puits ?
Leurs restes montraient qu'ils avaient subi l'un et l'autre la
même mort, car leur chair était grise et friable. Pourquoi
trouvait-on partout cette couleur et cette désintégration ?

Le coroner, assis près d'une fenêtre donnant sur la cour,
fut le premier à remarquer la lueur provenant du puits. Les
terres abhorrées environnant la ferme semblaient impré-
gnées d'une faible clarté qui n'était pas due aux rayons de
la lune ; mais cette nouvelle lueur, nettement accusée, paraissait jaillir du trou noir, comme le faisceau d'un pro-
jecteur, et se reflétait dans de petites flaques d'eau à l'endroit où les seaux avaient été vidés. Elle était d'une étrange
couleur, et, tandis que tous les hommes s'attroupaient autour de la fenêtre, Ammi sursauta violemment car la teinte
de ce faisceau de miasmes funestes lui paraissait familière. Il l'avait déjà vue ailleurs et n'osait pas envisager ce
que cela pouvait signifier. Il l'avait vue sur le globule
cassant du météorite ; il l'avait vue sur la hideuse végétation printanière ; il croyait l'avoir vue le matin même devant la petite fenêtre de la mansarde où des choses indescriptibles s'étaient passées. Oui,... elle avait fulguré devant

cette fenêtre l'espace d'un instant ; ensuite, un immonde flot de brume visqueuse l'avait frôlé dans l'ombre,... et puis le pauvre Nahum avait été attaqué par quelque chose qui possédait cette même couleur... Il l'avait dit avant de mourir... Enfin, il y avait eu la fuite du cheval, le bruit d'une chute dans le puits,... et maintenant ce puits vomissait à la face du ciel un pâle faisceau lumineux de cette même teinte démoniaque.

Ammi fit preuve d'une vivacité d'esprit remarquable en la circonstance : tout bouleversé qu'il fût, il se préoccupa d'un détail essentiellement scientifique. Il s'étonna d'avoir éprouvé la même impression devant une brume entrevue en plein jour par une fenêtre ouverte sur le ciel matinal, et devant une exhalaison nocturne se détachant comme un brouillard phosphorescent sur un paysage noir. C'était contraire aux lois de la nature, et il se rappela les derniers mots de son ami mourant :

« A' vient d'un endroit où les choses sont pas pareilles qu'ici,... un des professeurs l'avait ben dit... »

A présent, les trois chevaux, attachés à un jeune arbre rabougri au bord de la route, hennissaient et piaffaient frénétiquement. Le conducteur de la charrette se dirigea vers la porte pour aller les calmer, mais Ammi lui posa sur l'épaule une main tremblante :

« Allez pas là-bas, murmura-t-il. Tout ça est ben pus compliqué qu' ça en a l'air. Nahum m'a dit qu'y avait une chose dans l' puits qui vous suce la vie. Y m'a dit qu'alle avait dû v'nir d'une boule ronde pareille à celle qu'on a vue dans c'te pierre qu'est tombée l'été passé. A' suce et a' brûle, qu'y m'a dit, et alle est dans un nuage ed couleur, tout pareil que c'te lumière qu' vous voyez là, et on sait pas du tout c' que ça peut ben être. Nahum, y croyait qu'a' s' nourrit de tout c' qu'est vivant et qu' ça y donne ed la force. Y l'a vue la s'maine passée. Ça doit être quéque chose qui vient ed très loin dans l' ciel, tout pareil qu' la pierre qu'est tombée l'an passé. D' la façon qu'alle est faite et d' la façon qu'a' tue, pour sûr qu'alle appartient pas à not' monde créé par not' Seigneur. »

Les hommes indécis restèrent donc sur place tandis que la lumière émanée du puits devenait plus forte et que les chevaux hennissaient et piaffaient avec une violence croissante. Les enquêteurs connurent alors des minutes effroyables. En effet, dans la vieille ferme maudite régnait une hideuse terreur engendrée par les quatre tas de débris monstrueux (dont deux provenaient de la maison et deux autres du puits) placés dans le bûcher derrière la ferme ; au-dehors, la gueule noire de la margelle dardait son faisceau de clarté maléfique, issu de la boue putride. Ammi avait arrêté le conducteur de la charrette sous l'effet d'une impulsion irraisonnée, oubliant que lui-même restait indemne après avoir été frôlé par la brume colorée de la mansarde. Mais peut-être avait-il agi sagement. Nul ne saura jamais ce qui hantait l'air nocturne ce soir-là. Quoique cette émanation de l'au-delà n'eût jamais causé aucun mal à un être humain en pleine possession de sa raison, il est impossible de dire ce qu'elle aurait pu faire au dernier moment, surtout si l'on considère les manifestations très nettes de volonté qu'elle ne tarda pas à révéler sous le ciel où la lune brillait parmi les nuages.

Brusquement, l'un des détectives postés devant la fenêtre avala son souffle. Ses compagnons lui jetèrent un coup d'œil surpris, puis suivirent son regard qui, après avoir erré à l'aventure, s'était fixé sur un point précis. Tout commentaire fut inutile. Ce dont les campagnards avaient tant discuté n'était plus discutable : si personne à Arkham ne consent à parler des jours étranges, c'est en raison du fait dont les enquêteurs furent témoins et qu'ils convinrent de ne jamais mentionner autrement qu'à voix basse. Tout d'abord il faut bien préciser que nul vent ne soufflait à ce moment-là. Les tiges grises et flétries de l'herbe aux chantres qui subsistaient encore étaient parfaitement immobiles. Pourtant, au sein de ce calme surnaturel, les rameaux dénudés de tous les arbres de la cour s'agitaient spasmodiquement comme s'ils avaient tenté vainement, dans un accès de démence épileptique, de griffer les nuages éclairés par la lune ; à les voir se tordre convulsivement dans cet air empoisonné, on aurait pu les croire secoués par les mouvements chaotiques de je ne sais quelles monstruosités cachées grouillant dans le sol sous les racines noires.

Les spectateurs retinrent leur respiration pendant plusieurs secondes. Puis un nuage épais passa devant la lune, et la silhouette des branches griffues disparut momentanément. Alors un cri d'épouvante s'étrangla dans leur gorge, car la terreur n'avait pas disparu avec la vision des rameaux frénétiques : au cours de ces quelques instants de ténèbres plus denses, ils virent se tortiller, au niveau du faîte des arbres, mille points lumineux auréolant chaque brindille comme le feu Saint-Elme ou les flammes qui couronnèrent la tête des apôtres le jour de la Pentecôte. La monstrueuse constellation, semblable à un essaim de lucioles dansant une infernale sarabande au-dessus d'un marécage maudit, avait cette couleur indescriptible qu'Ammi connaissait trop bien et qu'il craignait par-dessus tout. Pendant ce temps, le faisceau de clarté phosphorescente émanant du puits devenait de plus en plus intense, si bien que les spectateurs, incapables de concevoir consciemment une image normale, avaient l'impression d'assister à la fin du monde. Ce n'était plus un rayon lumineux qui sortait de la margelle, mais un *torrent* de couleur indéfinissable qui semblait *se déverser* directement dans le ciel.

Le vétérinaire frissonna et se dirigea vers la porte d'entrée pour y placer une barre supplémentaire plus lourde que les autres. Ammi, tremblant de tout son corps, dut tirer ses compagnons par le bras et montrer la cour du doigt lorsqu'il voulut leur signaler la luminosité croissante des arbres, car il était incapable de parler. Les chevaux faisaient un vacarme effrayant, mais pas un seul membre du groupe réuni dans la ferme ne se serait aventuré au-dehors pour tout l'or du monde. D'une minute à l'autre, les points lumineux qui criblaient la cime des arbres augmentaient d'intensité, les branches semblaient tendre de plus en plus vers la verticale. Le bois de la bascule du puits s'était mis à briller, et, bientôt, un des inspecteurs de police montra sans mot dire les appentis et les ruches placés contre le mur de pierre du côté ouest : eux aussi commençaient à luire, alors que les véhicules des visiteurs semblaient encore indemnes. Puis il y eut un grand fracas et un bruit de sabots sur la route : Ammi ayant éteint la lampe pour mieux voir, ils s'aperçurent que les deux chevaux gris, ayant brisé leur arbuste, s'étaient enfuis en entraînant la charrette.

Cet incident délia des langues, et les spectateurs échangèrent à voix basse quelques phrases embarrassées.

« Ça s'étend sur tout ce qu'il y a d'organique dans les parages », murmura le médecin légiste.

L'homme qui avait sondé le puits insinua que sa perche avait dû réveiller une chose intangible.

« C'était effroyable, ajouta-t-il. Il n'y avait pas de fond. Uniquement de la vase et des bulles... et l'impression que quelque chose s'embusquait là-dedans. »

Le cheval d'Ammi piaffait toujours sur la route, et ses cris assourdissants étouffèrent presque la voix de son propriétaire lorsque celui-ci marmonna faiblement :

« Ça vient de c'te pierre..., ça a grandi au fond du puits,... ça a tué tout c' qu'était vivant,... ça s'est nourri d' leur corps et d' leur esprit... Thad et Merwin, Zenas et Nabby, et Nahum pour finir... Y-z-ont tous bu ed l'eau du puits,... ça vient d'un aut' monde où les choses sont pas pareilles que chez nous,... et maintenant, ça r'part là d'où c'est v'nu... »

A ce moment, comme la colonne de couleur jetait un éclat plus vif et assumait de vagues formes extraordinaires dont chaque spectateur donna plus tard une description différente, le pauvre Hero poussa un cri déchirant, tel que jamais aucun cheval n'en avait poussé, au dire des assistants. Tout le monde se boucha les oreilles, et Ammi, horrifié jusqu'à la nausée, se détourna de la fenêtre. Il ne put me décrire ce qu'il avait vu... Lorsqu'il regarda de nouveau, l'animal gisait inerte sur le sol baigné de clarté lunaire, entre les brancards brisés du boghei. Mais son maître n'eut pas le temps de déplorer cette fin tragique, car, au même instant, l'un des détectives attira silencieusement leur attention sur un phénomène qui se produisait dans le salon même où ils se trouvaient. Maintenant que la lampe était éteinte, on pouvait constater qu'une légère phosphorescence commençait à envahir la pièce. Elle luisait sur les larges lattes du plancher, sur le châssis des fenêtres aux vitres étroites, sur les poteaux d'angle, sur le dessus de la cheminée, sur les portes et les meubles. Elle devenait plus intense d'une minute à l'autre, et, bientôt, il fut évident que tout être vivant en bonne santé devait quitter la maison sans plus attendre.

Ammi montra à ses compagnons la porte de derrière et le sentier qui, à travers champs, conduisait au pré de quatre hectares. Ils effectuèrent le trajet d'un pas mal assuré, comme en rêve, sans oser se retourner une seule fois. Ils furent trop heureux d'emprunter ce chemin, car ils n'au-

raient pu se résoudre à sortir dans la cour de devant et à
passer à côté du puits. Ce leur fut d'ailleurs une dure
épreuve que de longer la grange et les appentis phospho-
rescents, ainsi que de traverser le verger dont les arbres
luisants tordaient leurs bras noueux de façon démoniaque :
mais, Dieu merci, les branches s'agitaient verticalement.
D'épais nuages noirs cachèrent la lune au moment où ils
franchissaient le pont rustique qui enjambe Chapman's
Brook ; dès lors, ils durent gagner la prairie à tâtons.

Quand ils se retournèrent enfin pour regarder la vallée,
ils virent un spectacle terrifiant. La ferme tout entière
baignait dans cette hideuse couleur indéfinissable : les bâtiments, les arbres, et même les herbes qui n'avaient pas
encore tourné à ce gris fatal. Les branches tendues vers le
ciel étaient couronnées de langues de flamme ; des ruisselets de ce même feu monstrueux coulaient le long du faîtage de la maison, de la grange et des appentis. Sur l'ensemble régnait ce torrent de lumière amorphe, ce mystérieux arc-en-ciel empoisonné issu du puits, bouillonnant,
clapotant, scintillant, tâtant le terrain, s'étendant sans
cesse, en un chromatisme cosmique impossible à identifier.

Puis, brusquement, cette abomination s'enleva tout droit
vers le ciel comme une fusée ou un météore, sans laisser la
moindre trace derrière elle, et disparut par un trou rond
étrangement régulier à travers les nuages, avant qu'un seul
des spectateurs eût pu pousser un cri. Ammi regardait
d'un air hébété la constellation du Cygne où la couleur inconnue venait de se fondre dans la Voie Lactée, lorsqu'un
craquement soudain attira de nouveau son attention sur la
vallée : (un craquement de bois qui se rompt, et non pas
une explosion comme les autres le prétendirent). En un instant, tous virent jaillir de la ferme maudite un étincelant
cataclysme d'étincelles monstrueuses, aveuglantes, qui
bombarda le zénith d'une nuée de fragments dont les couleurs fantastiques n'étaient pas de cette terre. A travers les
nuages rapidement reformés, ces fragments suivirent l'horreur qui les avait précédés, et s'évanouirent à leur tour.
Dans la vallée il ne resta plus qu'un amas de ténèbres vers
lequel les hommes n'osèrent pas revenir. Peu après, ils furent assaillis par un vent violent qui semblait se déverser
du haut des espaces interplanétaires en sombres rafales
glacées. Criant et hurlant, il flagella les champs et les bois

avec une fureur frénétique, et, bientôt, les spectateurs tremblants comprirent qu'il serait inutile d'attendre la réappa-
rition de la lune pour voir ce qui subsistait de la ferme des
Gardner.

Trop épouvantés pour hasarder la moindre théorie, les
sept hommes se dirigèrent vers Arkham d'un pas traînant
en suivant la route du nord. Ammi, plus bouleversé que
ses compagnons, les supplia de l'accompagner jusqu'à sa
demeure au lieu de regagner la ville directement. Il se sentait incapable de rentrer seul chez lui à travers les bois
fouettés par le vent. En effet, il souffrait d'un choc qui
avait été épargné aux autres, et qui lui inspira pendant
plusieurs années une crainte rongeuse dont il n'osait même
pas parler. Au moment où ses compagnons, au sommet de
cette colline battue par les rafales, s'étaient résolument
tournés vers la route, Ammi avait jeté un dernier coup
d'œil sur l'emplacement de la ferme du malheureux Nahum. De ce lieu pestiféré, il avait vu quelque chose monter
faiblement puis retomber aussitôt à l'endroit précis où la
grande horreur informe venait de jaillir vers le ciel. C'était
une couleur, rien de plus, mais une couleur qui n'appartenait pas à notre monde. Si Ammi n'avait plus depuis
lors toute sa tête, c'est parce qu'il avait reconnu cette couleur et savait que ce dernier vestige devait encore s'embusquer au fond du puits.

Quarante-quatre ans se sont écoulés depuis le cataclysme, mais Ammi n'est jamais revenu à cet endroit maudit, et il se réjouira de le voir disparaître sous les eaux du
nouveau réservoir. Je m'en réjouirai tout autant, car je
n'aime pas la façon dont la lumière solaire changeait de
couleur autour de la margelle du puits abandonné lorsque
je passai à côté. J'espère que l'eau sera toujours très profonde ; de toute façon, je n'en boirai jamais. Et je crois
que je ne reverrai jamais le pays qui s'étend autour d'Arkham... Trois des compagnons d'Ammi revinrent le lendemain matin examiner les ruines de la ferme, mais ce n'était
pas des ruines à proprement parler. Il ne restait que les
briques de la cheminée, les pierres de la cave, quelques débris minéraux et métalliques, et la margelle de ce puits né-
faste. A l'exception du cheval mort qu'ils ensevelirent, et
du boghei qu'ils ramenèrent à son propriétaire, il n'y
avait plus qu'un désert de poussière grise où plus rien n'a

jamais poussé. Aujourd'hui encore, il s'étale sous le ciel comme une grande tache rongée par un acide au milieu des champs et des bois. Les rares personnes qui ont osé le contempler malgré les histoires terrifiantes des campagnards l'ont appelé « la lande foudroyée ».

Les récits des paysans sont étranges. Ils pourraient l'être bien davantage si l'on pouvait amener les chimistes de l'université à analyser l'eau du puits abandonné et cette poussière grise que nul vent ne semble disperser. Les botanistes, eux aussi, devraient étudier la flore rabougrie qui entoure ce lieu : peut-être confirmeraient-ils l'opinion de ceux qui prétendent que la flétrissure s'étend d'environ un pouce par an. Les gens affirment que la couleur des herbages voisins n'est pas tout à fait normale au printemps, et que les animaux sauvages laissent des empreintes bizarres pendant l'hiver. La couche de neige qui recouvre la lande est toujours moins épaisse que partout ailleurs. Les chevaux deviennent ombrageux dans la vallée silencieuse ; les chasseurs ne peuvent plus se fier à leurs chiens dès qu'ils approchent de cette tache de poussière grise.

On prétend également que la lande a une influence pernicieuse sur le cerveau. La raison de beaucoup de gens a été sérieusement affectée au cours des années qui ont suivi la mort de Nahum, et pas un seul d'entre eux n'a eu la force de s'en aller. Alors, tous ceux qui avaient la tête solide ont quitté la région. Seuls les étrangers ont essayé de vivre dans les vieilles fermes croulantes. Néanmoins, ils ont dû partir, eux aussi ; on se demande parfois quel discernement surhumain leur a été donné au cours de leur séjour. Ils chuchotent d'étranges histoires de magie, et déclarent que d'horribles rêves n'ont pas cessé de les hanter. En vérité l'aspect de ce coin sinistre suffit à susciter des idées morbides. Nul voyageur n'a jamais vu ces gorges sombres sans éprouver un sentiment de malaise ; les artistes frissonnent en peignant ces bois touffus dont le mystère inquiète notre âme en même temps qu'il frappe nos regards...

Ne me demandez pas mon opinion : je vous répondrais que je ne sais rien. En effet, je n'ai recueilli que le témoignage d'Ammi, car les gens d'Arkham refusent de parler des jours étranges, et les trois professeurs qui examinèrent l'aérolithe et le globule coloré sont morts depuis quelques années. Je crois pouvoir affirmer que la pierre tombée du ciel contenait d'autres globules. L'un d'eux s'est nourri de tous les organismes vivants de la lande foudroyée avant de regagner les espaces interplanétaires, mais il doit y en avoir un second, encore embusqué dans le puits, car je sais que la lumière solaire n'a pas une teinte normale au-dessus de la margelle.

Quelle que soit la chose infernale prête à éclore au fond du puits, elle doit être prisonnière d'une façon ou d'une autre, sans quoi elle se propagerait rapidement. Serait-elle attachée aux racines de ces arbres qui griffent l'air de leurs branches ? L'une des histoires d'Arkham relate que de gros chênes brillent et s'agitent la nuit d'une manière surnaturelle...

Dieu seul sait de quoi il s'agit !

L'abomination de Dunwich

Les Gorgones, les Hydres, les Chimères, (les sinistres légendes de Célaeno et des Harpies), peuvent se reproduire dans le cerveau de la superstition, *mais elles se trouvaient là auparavant*. Ce sont des transcriptions, des types : les archétypes sont en nous, et ils sont éternels. Comment expliquer autrement que nous soyons affectés le moins du monde par le récit de ce que nous savons être faux à l'état de veille ? Serait-ce que ces objets nous inspirent une terreur naturelle dans la mesure où nous les jugeons capables de nous infliger un dommage corporel ? Nullement ! *Ces terreurs remontent à beaucoup plus loin. Elles datent de bien avant le corps...* Et le corps n'eût-il pas existé qu'elles auraient tout de même été présentes. Que la crainte dont nous traitons ici soit purement spirituelle, qu'elle soit d'autant plus forte qu'elle n'a point d'objet visible appartenant à cette terre, qu'elle prédomine au cours de notre enfance sans péché : voilà autant de problèmes difficiles dont la solution pourrait nous permettre de mieux connaître notre condition antérieure à la création du monde, et de jeter au moins un coup d'œil dans la ténébreuse contrée de la pré-existence.

CHARLES LAMB : *Des Sorcières
et autres Craintes nocturnes.*

Lorsqu'un voyageur qui parcourt le centre nord du Massachusetts se trompe de direction à l'embranchement de la barrière de péage d'Aylesbury, au-delà de Dean's Corner, il se trouve dans une région étrange et désolée. Le terrain s'élève peu à peu, les murs de pierre bordés de broussailles se pressent de plus en plus vers les ornières de la route sinueuse et poussiéreuse. Les arbres des forêts semblent trop grands ; les herbes et les ronces manifestent une luxuriance qu'on leur voit rarement dans les pays défrichés. Par contre, les champs cultivés sont particulièrement rares et improductifs, tandis que les vieilles maisons éparses ont toutes le même aspect sordide et délabré. Sans savoir pourquoi, on hésite à demander son chemin aux figures noueuses et solitaires que l'on aperçoit de temps à autre sur une marche de seuil croulante ou dans une prairie déclive jonchée de rocs. Elles sont tellement silencieuses et furtives que l'on a l'impression de se trouver devant des êtres maudits avec lesquels mieux vaut n'avoir point de commerce. Parvenu en haut d'une côte, notre voyageur découvre les collines qui s'érigent au-dessus des bois profonds : alors son malaise indéfinissable s'accroît. Les sommets sont trop arrondis, trop symétriques, pour paraître naturels, et, parfois, il voit se découper très nettement sur le ciel d'immenses colonnes de pierre disposées en cercles au faîte de la plupart d'entre eux.

Des ravins insondables coupent la chaussée ; les ponts de bois rudimentaires qui les franchissent ne semblent guère sûrs. Quand la route redescend, elle traverse une étendue marécageuse qui inspire une aversion instinctive ; cette aversion devient crainte après la tombée de la nuit, lorsque les engoulevents invisibles jettent leur cri et que des vols de lucioles étrangement épais viennent danser au rythme insistant du rauque pipeau des crapauds-buffles. L'étroit ruban scintillant du cours supérieur du Miskatonic évoque irrésistiblement les anneaux d'un serpent par les méandres qu'il décrit au pied des collines en dôme où il prend sa source.

A mesure que le voyageur approche d'elles, il s'intéresse moins à leur sommet qu'à leurs pentes : il souhaiterait qu'elles restent à distance, tant elles sont abruptes et sombres, mais nulle route ne permet de leur échapper. Au-delà d'un pont couvert, il aperçoit un petit village blotti entre le fleuve et le flanc vertical de Round Mountain, et s'étonne de voir des toits en croupe appartenant à une époque architecturale beaucoup plus ancienne que celle de la région avoisinante. Il n'est guère rassuré en constatant que la plupart des maisons désertes tombent en ruine, que l'église au clocher démantelé abrite l'unique boutique du hameau. Il craint de s'aventurer dans le ténébreux tunnel du pont, mais il lui est impossible de l'éviter. Après l'avoir franchi, il ne peut s'empêcher de sentir une légère odeur pernicieuse, odeur de pourriture entassée au cours des siècles. Il éprouve un grand soulagement à s'éloigner de ce lieu en suivant l'étroit chemin qui longe la base des collines et traverse une vaste plaine pour rejoindre enfin la barrière de péage d'Aylesbury. Plus tard, il apprend qu'il est passé par le village de Dunwich.

Les étrangers visitent Dunwich le moins souvent possible, et, depuis une certaine période d'épouvante, tous les poteaux indicateurs qui montraient sa direction ont été abattus. Le paysage, si on le juge d'après les canons esthétiques habituels, est d'une beauté peu commune ; néanmoins, il n'y a pas d'afflux de touristes ni d'artistes. Deux siècles auparavant, alors que les sorcières, le culte de Satan, et les étranges habitants des forêts, n'étaient pas des objets de risée, on donnait des motifs précis d'éviter le village. A notre époque raisonnable (car les terribles événements qui se sont déroulés à Dunwich en 1928 ont été étouffés par des gens soucieux du bien-être du pays et du monde entier), on l'évite sans savoir exactement pourquoi. A vrai dire, il existe un motif plausible, encore qu'il ne soit pas valable pour des étrangers non informés : les indigènes sont victimes d'une dégénérescence répugnante beaucoup plus accentuée que celle qui sévit communément dans plusieurs coins retirés de la Nouvelle-Angleterre. Ils en sont arrivés à former une race à part, présentant des stigmates très nets de décadence physique et mentale due aux mariages entre consanguins. Le niveau moyen de leur intelligence est lamentablement bas ; en outre, leur chronique est fort riche en dépravations, en meurtres, en incestes, en actes de violence et de perversité presque innommables. La vieille aristocratie (issue de deux ou trois familles émigrées de Salem en 1692) s'est maintenue un peu au-dessus de cette corruption générale ; néanmoins plusieurs de ses rejetons sont si profondément enfoncés dans la sordide populace que seuls leurs noms révèlent leur noble origine. Certains Whateley et certains Bishop envoient encore leurs fils aînés à l'université de Harvard ou de Miskatonic, mais ces jeunes gens reviennent rarement aux demeures croulantes où eux-mêmes et leurs ancêtres ont vu le jour.

Personne, même parmi ceux qui sont en possession de

tous les faits concernant la récente abomination de Dunwich, ne peut dire au juste quelle malédiction pèse sur le
village. S'il faut en croire les vieilles légendes, les Indiens se
réunissaient jadis en ce lieu pour pratiquer des rites impies
au cours desquels ils évoquaient les ombres maudites ve-
nues des collines rondes, et prononçaient des prières or-
giaques qui suscitaient des grondements souterrains. En
1747, le révérend Abijah Hoadley, nouveau pasteur de
l'Eglise congrégationaliste de Dunwich, fit un sermon mémorable sur la proche présence de Satan et de ses acolytes,
dont voici le passage capital :

*Il le faut admettre : ces blasphèmes d'un infernal
cortège de démons sont matières trop publiquement connues pour qu'on les puisse nier ; les voix souterraines
d'Azazel et de Buzrael, de Belzébuth et de Bélial, ayant été
entendues par plus de vingt témoins dignes de foi. Personnellement, il m'a été donné, il y a quinze jours, d'ouïr un
conciliabule des puissances du mal, sur la colline derrière
ma demeure; lequel se composait de grondements, gémissements, hurlements et sifflements, tels que nulle créateur
vivante de ce monde n'en pourrait émettre, et qui devaient
nécessairement provenir de ces cavernes que seule la magie noire peut déceler, que seul le diable peut ouvrir.*

M. Hoadley disparut peu de temps après avoir prononcé
ce sermon dont le texte, imprimé à Springfield, existe encore à l'heure actuelle. Au cours des années suivantes, les
gens continuèrent à percevoir dans les collines des bruits
qui constituent encore aujourd'hui une énigme insoluble
pour les géologues et les physiographes.

Selon d'autres traditions, des odeurs nauséabondes éma-
nent des cercles de colonnes de pierres sur les hauteurs, et,
à certaines heures, l'on entend vaguement la ruée de créatures invisibles qui partent d'endroits bien déterminés au
fond de grands ravins. D'autres enfin essaient d'expliquer
l'existence de la Salle de Bal du Diable, étendue calcinée
où ne poussent ni arbres, ni buissons, ni herbes. De plus,
les indigènes ont une peur effroyable des nombreux engoulevents qui donnent de la voix au cours des nuits chaudes. A
les en croire, ces oiseaux sont des psychopompes qui guet-
tent les âmes des agonisants, et rythment leurs cris étranges
sur le souffle haletant des malades prêts à trépasser. S'ils
parviennent à saisir l'âme au moment où elle quitte le

corps, ils s'envolent sans plus tarder en poussant des ri-
canements démoniaques ; s'ils échouent dans leur tentative, ils finissent par observer peu à peu un silence déçu.

Bien sûr, ces contes sont ridicules et surannés car ils datent de temps très anciens. En vérité, Dunwich est extraordinairement vieux ; beaucoup plus vieux que toutes
les agglomérations qui l'entourent dans un rayon de trente
milles. Au sud du village, on voit encore les murs de la
cave et la cheminée de la maison des Bishop, bâtie avant
1700 ; quant aux ruines du moulin qui date de 1806, elles
constituent le spécimen d'architecture le plus récent. Usines et manufactures n'ont jamais prospéré en ce lieu où le
mouvement industriel du XIXe siècle a été de courte durée.
Plus anciennes que tout le reste sont les colonnes de pierre
grossièrement taillée au faîte des collines : on les attribue
généralement aux Indiens. Les couches de crânes et d'ossements découvertes en leur centre et près du vaste rocher
en forme de table au sommet de Sentinel Hill confirment
l'opinion populaire d'après laquelle ces emplacements seraient les anciens charniers des Pocumtucks. Cependant,
certains ethnologues, malgré l'invraisemblable absurdité
de leur théorie, persistent à attribuer à ces vestiges une
origine caucasienne.

-:-

C'est dans la commune de Dunwich, dans une vaste
ferme à demi inhabitée bâtie à flanc de colline, à quatre
milles du village et à un mille et demie de toute autre habitation, que naquit Wilbur Whateley, le dimanche 2 février 1913, à 5 heures du matin. On n'oublia jamais cette
date car c'était la Chandeleur que les indigènes célèbrent
curieusement sous un autre nom ; en outre des bruits souterrains avaient retenti et tous les chiens du voisinage
avaient aboyé au cours de la nuit précédente. Signalons
enfin que la mère appartenait à la branche dégénérée de
la famille des Whateley : cette femme albinos, contrefaite
et laide, âgée de trente-cinq ans, vivait avec son père,
vieillard à demi fou, qui, dans sa jeunesse, passait pour un
terrible sorcier. Lavinia Whateley n'était pas mariée, mais,
selon la coutume du pays, elle ne fit pas la moindre tentative pour désavouer l'enfant. Tout au contraire, insou-
cieuse des conjectures des campagnards sur l'identité du

père, elle sembla étrangement fière de ce marmot dont le visage brun au profil de bouc formait un bizarre contraste avec la peau blême et les yeux roses de sa mère. A plusieurs reprises, on l'entendit murmurer de curieuses prophéties sur le formidable pouvoir que détiendrait le nouveau-né dans l'avenir.

Ces vaticinations n'avaient rien de surprenant : en effet, Lavinia était une créature solitaire qui errait à travers les collines au cœur des orages, et s'efforçait de déchiffrer les gros livres de son père, tout déchirés et rongés des vers, héritage de deux siècles de Whateley. Elle n'était jamais allée à l'école, mais elle avait la tête pleine de bribes éparses d'un antique savoir que lui avait inculquées le vieux Whateley. Depuis longtemps déjà la ferme isolée inspirait aux villageois une grande crainte, car son propriétaire passait pour s'adonner à la magie noire ; la mort violente et mystérieuse de Mme Whateley, à l'époque où sa fille atteignit l'âge de douze ans, avait contribué à accroître l'impopularité de la maison. Seule au milieu d'étranges influences, Lavinia se perdait dans de fantastiques rêves de grandeur et se livrait à des occupations singulières ; ses loisirs n'étaient guère remplis par les soins ménagers dans une demeure où il n'y avait plus trace d'ordre et de propreté depuis bien des années.

La nuit où Wilbur naquit, un cri hideux retentit plus haut que les bruits des collines et les aboiements des chiens, mais ni médecin ni sage-femme ne présidèrent à sa venue. Les voisins n'apprirent son existence que huit jours plus tard quand le vieux Whateley arriva en traîneau à Dunwich et tint des propos incohérents aux oisifs qui flânaient dans la boutique d'Osborn. Le vieillard avait subi une transformation surprenante : après avoir été si longtemps un objet de terreur, il semblait être à son tour en proie à une crainte mystérieuse. Cependant, il n'était pas homme à se laisser troubler par un événement aussi banal qu'une naissance dans sa famille. En fait, il manifesta le même orgueil dont sa fille fit preuve un peu plus tard, et ses auditeurs se rappelèrent pendant des années ce qu'il déclara au sujet du père de l'enfant :

« Tout c' qu'on pourra dire, ça m'est ben égal : mais si l' gars ed Lavinia y r'semblait à çui-là qui l'a fait, vous pouvez pas vous imaginer comment qu'y s'rait. Faut pas

croire qu' les seules gens qu'existent c'est les ceusses ed par
ici. Lavinia, alle a lu pas mal, et alle a vu ben des choses
qu' vous en parlez sans savoir. J' suis ben sûr qu' son
homme y vaut tous les maris du monde ; et si vous con-
naissiez les collines autant que j' les connais, vous sauriez
qu' son mariage y vaut mieux qu' si alle avait passé par
l'église. J' vas vous dire quéque chose : *un d' ces jours, vous
entendrez un des enfants ed Lavinia crier l' nom d' son
père tout en haut ed Sentinel Hill !* »

Les seules personnes qui virent Wilbur pendant le premier
mois de son existence furent le vieux Zechariah Whateley,
de la branche saine de la famille, et Mamie Bishop, com-
pagne de Earl Sawyer. La visite de Mamie était due à la
simple curiosité, mais Zechariah vint à la ferme pour y
mener deux vaches d'Alderney que le vieux Whateley avait
achetées à son fils Curtis. A dater de ce jour, la famille du
petit Wilbur acheta continuellement du bétail jusqu'en
1928, date à laquelle l'abomination de Dunwich se manifesta et disparut. Néanmoins, l'étable délabrée des Whateley ne fut jamais surpeuplée. Pendant une certaine période,
les gens qui eurent la curiosité de venir compter à la dérobée le troupeau en train de paître sur la pente raide au-
dessus de la vieille ferme, ne trouvèrent jamais plus de
dix ou douze spécimens curieusement exsangues. De toute
évidence, une maladie inconnue, due peut-être aux herbages malsains ou aux fongosités vénéneuses de l'immonde
étable, infligeait une lourde mortalité au bétail des Whateley. Les animaux visibles portaient d'étranges plaies semblables à des incisions ; par ailleurs, deux ou trois fois au
cours des premiers mois, certains visiteurs crurent discerner des plaies toutes pareilles sur la gorge du vieillard et de
sa fille.

Au printemps de l'année 1914, Lavinia se remit à errer
à travers les collines, avec son fils dans ses bras. Les campagnards cessèrent de s'intéresser à l'enfant après l'avoir
vu, et nul ne fit le moindre commentaire sur sa croissance vraiment phénoménale. Trois mois après sa naissance, Wilbur avait la taille et la force musculaire d'un
vigoureux bébé d'un an. Les mouvements et les sons qu'il
émettait révélaient une circonspection surprenante chez un
si petit être ; aussi personne ne fut-il très surpris lorsqu'il
marcha tout seul à l'âge de huit mois.

Quelque temps plus tard, le soir de la Toussaint, un grand feu s'alluma à minuit, au sommet de Sentinel Hill, à l'endroit où la vieille table de pierre se dresse au milieu de son tumulus d'ossements. Les langues allèrent bon train lorsque Silas Bishop (de la branche saine des Bishop) déclara avoir vu l'enfant gravir la colline en courant devant sa mère, une heure avant l'apparition des flammes. Silas, qui rabattait une génisse égarée, faillit oublier sa mission en apercevant les deux silhouettes à la lueur de sa lanterne. Elles filaient presque sans bruit à travers les broussailles, et le jeune homme crut discerner, à sa grande stupeur, qu'elles étaient entièrement nues. Plus tard, il exprima certains doutes à propos de l'enfant qui portait peut-être des pantalons noirs et une espèce de ceinture à frange. Par la suite, Wilbur ne se montra jamais que soigneusement vêtu de la tête aux pieds, boutonné jusqu'au menton ; si le moindre désordre menaçait l'ordonnance de sa mise, il manifestait aussitôt une certaine inquiétude. Le contraste qu'il offrait sur ce point avec son grand-père et sa mère, tous deux fort sales et débraillés, parut particulièrement remarquable jusqu'à ce que l'abomination de 1928 donnât la clef du mystère.

En janvier les commères du village s'intéressèrent au fait que « l' petit noiraud ed Lavinia » avait commencé à parler, à l'âge de onze mois. Son élocution présentait deux caractéristiques remarquables : elle ne comportait pas la moindre trace de l'accent du pays ni de balbutiement ; un enfant de trois ou quatre ans aurait pu être fier de s'exprimer ainsi. Wilbur n'était pas bavard ; néanmoins, lorsqu'il parlait, on discernait en lui un élément insaisissable que nul habitant de Dunwich ne possédait : cette impression d'étrangeté ne venait pas de ce qu'il disait ou des expressions qu'il employait ; elle semblait vaguement liée à son intonation ou aux organes internes qui produisaient les sons. Son visage était tout aussi remarquable par son air de maturité. Wilbur n'avait presque pas de menton, comme sa mère et son grand-père ; mais son nez ferme, précocement formé, et ses grands yeux noirs où brillait une intelligence surnaturelle, lui donnaient une expression presque adulte. Malgré cela, il était d'une laideur extrême, car il y avait quelque chose d'animal dans ses lèvres épaisses, sa peau jaunâtre aux pores dilatés, ses cheveux rudes, ses oreilles étrangement longues. On ne tarda pas à le détester beaucoup plus que sa mère et son grand-père, et toutes les hypothèses à son sujet furent assaisonnées de références aux anciennes pratiques magiques du vieux Whateley : celui-ci, tenant dans ses bras un gros livre ouvert, avait une fois ébranlé les collines en hurlant le nom redoutable de *Yog-Sothoth* au milieu d'un des cercles de colonnes. Les chiens haïssaient l'enfant qui était toujours obligé de prendre contre eux diverses mesures défensives.

-:-

Cependant, le vieux Whateley continuait à acheter du bétail sans jamais accroître son troupeau de façon appréciable. Il se mit également à abattre des arbres et entreprit de réparer les parties inutilisées de sa ferme dont le derrière était entièrement enfoui dans le flanc de la colline rocheuse, et dont les trois pièces les moins délabrées du rez-de-chaussée avaient toujours suffi au vieillard et à sa fille. Il devait posséder de prodigieuses réserves d'énergie pour accomplir un labeur si pénible, et, bien qu'il tînt parfois des propos incohérents, il fit œuvre de maître charpentier. En vérité, il s'était mis à la besogne dès la naissance de Wilbur : à cette époque, il avait brusquement mis en ordre un des nombreux hangars à outils qu'il avait recouvert de planches neuves et muni d'une solide serrure. Il se montra aussi bon ouvrier en réparant l'étage supérieur abandonné de la maison. Il ne révéla sa folie qu'en condamnant toutes les fenêtres de la partie restaurée. Les campagnards estimèrent que ce travail de réfection était pure démence ; ils s'expliquèrent encore moins pourquoi le vieillard aménageait une chambre au rez-de-chaussée pour son petit-fils (pièce que virent plusieurs visiteurs, alors que personne n'eut jamais accès au premier étage). Il en garnit les parois de solides étagères sur lesquelles il rangea peu à peu en bon ordre tous les vieux livres déchirés qui, jusqu'à présent, avaient jonché au hasard les différents coins de la maison.

« J' m'en suis ben servi, disait-il en recollant de son mieux une page couverte de caractères gothiques, mais l' gars est plus capab' d' s'en servir que moi. Faut qu'y

soyent en aussi bon état qu' possib', parce qu'y s'ront tout
c' qu'il apprendra jamais. »

En septembre 1914, Wilbur, âgé d'un an et sept mois,
avait la taille d'un enfant de quatre ans, parlait couram-
ment, manifestait dans ses propos une intelligence stupéfiante. Il errait en liberté à travers champs et collines, ou
accompagnait sa mère dans ses vagabondages. A la ferme,
il étudiait avec application les gravures et les cartes bizarres des livres de son grand-père qui l'instruisait ou l'inter-
rogeait au cours des longs après-midi silencieux. A cette
époque, la restauration de la maison était terminée, et
l'on s'étonna qu'une des fenêtres eût été transformée en
porte solide. Elle se trouvait sur le derrière du pignon est,
tout contre la colline ; nul ne put comprendre pourquoi
elle était reliée au sol par une passerelle de bois. Dès que
les différents travaux eurent pris fin, les gens remarquè-
rent que le vieux hangar à outils, si soigneusement clos,
avait été de nouveau abandonné. La porte restait ouverte,
et, un jour où Earl Sawyer y pénétra, après avoir vendu
du bétail au vieux Whateley, il fut bouleversé par l'odeur
singulière qui empestait l'air : il déclara n'avoir jamais
senti une pareille puanteur, sauf près des cercles de colonnes au sommet des collines. D'après lui, elle ne pouvait
émaner de rien qui appartînt à notre monde ; néanmoins,
il faut bien le dire, les maisons et les appentis de Dunwich
n'ont jamais été remarquables par leur propreté.

Au cours des mois suivants, il n'y eut aucun événement
visible, mais chacun jura que les bruits mystérieux des collines croissaient en intensité. La veille du 1er mai 1915, des
tremblements de terre furent ressentis jusqu'à Aylesbury.
La même année, la veille de la Toussaint, on entendit un
grondement souterrain, étrangement synchronisé avec
des jets de flamme (« ces manigances ed sorciers des Whateley ») au sommet de Sentinel Hill. Wilbur continuait à
grandir d'une façon prodigieuse : à quatre ans, il en paraissait dix. Il lisait avidement tout seul, mais il parlait
beaucoup moins qu'auparavant. Pour la première fois, on
fit remarquer ouvertement que son visage avait une expression maléfique. Il lui arrivait de marmonner des paroles dans une langue incompréhensible et d'entonner des
mélopées au rythme bizarre qui glaçaient les auditeurs d'un
sentiment de terreur inexplicable. L'aversion que lui té-

moignaient les chiens était à présent de notoriété publique ;
il devait porter sur lui un revolver pour parcourir le pays.
Parfois même il se voyait contraint de s'en servir, ce qui
n'augmentait pas sa popularité auprès des maîtres de ses
victimes.

Les rares visiteurs trouvaient souvent Lavinia seule au
rez-de-chaussée, tandis que des cris et des bruits de pas
résonnaient au premier étage. Elle ne consentit jamais à
dire ce que faisaient son père et son fils dans les pièces aux
fenêtres condamnées, mais un jour où un marchand am-
bulant tourna, pour plaisanter, la poignée de la porte fermée donnant sur l'escalier, elle blêmit et manifesta une
terreur atroce. Le marchand rapporta aux flâneurs de la
boutique principale de Dunwich qu'il avait cru entendre un
cheval frapper du pied au-dessus de lui. Les villageois
songèrent à la porte, à la passerelle, au bétail qui disparais-
sait si rapidement. Puis ils frissonnèrent en se rappelant les
rumeurs qui couraient sur la jeunesse du vieux Whateley,
et sur les êtres surnaturels que l'on fait sortir de terre en
sacrifiant un bœuf à certaines divinités païennes. Depuis
quelque temps, on avait remarqué que les chiens éprouvaient à l'égard de la ferme la même crainte et la même
haine que leur inspirait la personne de Wilbur.

En 1917, les Etats-Unis entrèrent en guerre. Le squire
Sawyer Whateley, président du Comité d'enrôlement, eut
beaucoup de mal à trouver à Dunwich des jeunes gens
aptes à être envoyés dans des camps d'instruction. Le gouvernement, alarmé de ces symptômes de dégénérescence
collective, dépêcha plusieurs experts chargés de procéder à
une enquête générale dont les lecteurs des journaux de la
Nouvelle-Angleterre se souviennent peut-être. La publicité
donnée à cette mission lança les reporters sur la piste des
Whateley : le *Boston Globe* et l'*Arkham Advertiser* im-
primèrent dans leurs numéros du dimanche des articles
fulgurants sur la précocité de Wilbur, la magie noire de son
grand-père, les livres étranges, l'étage aux fenêtres condamnées, le caractère fantastique de ce pays aux bruits
surnaturels. A cette époque, Wilbur, âgé de quatre ans et
demi, en paraissait quinze. Un rude duvet noir recouvrait
son visage, sa voix commençait à muer.

Earl Sawyer, ayant conduit à la ferme reporters et pho-
tographes, attira leur attention sur la bizarre puanteur qui

provenait du premier étage. Elle lui rappelait exactement l'odeur qu'il avait sentie dans le hangar à outils, et celle qu'il croyait percevoir de temps à autre près des colonnes de pierre. Les gens de Dunwich, en lisant ces histoires dans les journaux, ricanèrent des erreurs manifestes qu'elles contenaient. Ils se demandèrent avec étonnement pourquoi les journalistes insistaient tant sur le fait que le vieux Whateley donnait en paiement de son bétail des pièces d'or extrêmement anciennes. Les Whateley reçurent leurs visiteurs avec une répugnance mal dissimulée, mais ils n'osèrent pas provoquer un surcroît de publicité en opposant une résistance brutale ou en refusant de parler.

-:-

Pendant une dizaine d'années, la chronique des Whateley ne se distingua pas de la vie collective d'une communauté morbide habituée à leurs étranges mœurs aussi bien qu'à leurs orgies de la veille du 1er mai et de la Toussaint. Deux fois l'an ils allumaient des feux au sommet de Sentinel Hill ; chaque fois, les grondements souterrains retentissaient avec une violence accrue. En toute saison il se passait d'étranges et sinistres choses dans la ferme isolée. Les visiteurs finirent par affirmer avoir entendu des bruits dans l'étage aux fenêtres condamnées, alors que tous les membres de la famille se trouvaient en bas ; ils se demandèrent combien de temps il fallait d'habitude pour immoler un bœuf ou une vache. On parla de déposer une plainte auprès de la Société protectrice des animaux, mais ce projet n'eut pas de suite, car les gens de Dunwich ne tiennent guère à attirer sur eux l'attention du monde extérieur.

Vers 1923, alors que Wilbur était un garçon de dix ans, dont l'intelligence, la voix, la taille et le visage barbu donnaient une impression de parfaite maturité, la vieille demeure fut le théâtre de travaux supplémentaires effectués à l'étage supérieur. D'après les débris rejetés, les gens conclurent que l'enfant et son grand-père avaient abattu toutes les cloisons, puis enlevé le plancher de la mansarde, laissant un immense espace vide entre le plafond du rez-de-chaussée et le toit. Ils avaient également démoli la grande cheminée centrale, et muni la cuisinière rouillée d'un tuyau de tôle extérieur.

Au printemps suivant, le vieux Whateley remarqua qu'un grand nombre d'engoulevents sortaient de Cold Spring Glen pour venir crier sous sa fenêtre au cœur de la nuit. Il parut attacher à ce fait une grande importance, et déclara aux flâneurs de la boutique d'Osborn que sa dernière heure ne tarderait pas à sonner.

« Y sifflent d'accord avec ma respiration, dit-il, et j'crois ben qu'y s'apprêtent à attraper mon âme. Y savent qu'a'va sortir et y veulent pas la manquer. Vous, les gars, vous saurez ben s'y m'auront pris ou pas. S'y m' prennent, y chant'ront et ricasseront jusqu'au p'tit jour. Sans ça, y s' calmeront peu à peu. J' crois ben qu'y a souvent d' la bagarre entre eux et les âmes qu'y chassent. »

Dans la nuit du 1er août 1924, le docteur Houghton, d'Aylesbury, fut appelé d'urgence par Wilbur qui, monté sur son dernier cheval, avait gagné Dunwich au galop dans les ténèbres pour téléphoner de la boutique d'Osborn. Il trouva le vieux Whateley dans un état désespéré; les battements désordonnés de son cœur et sa respiration stertoreuse annonçaient la fin prochaine. Sa fille contrefaite et son petit-fils barbu se tenaient à son chevet, tandis que de l'étage au-dessus provenait un bruit rythmé semblable au clapotis des vagues sur une grève plate. Néanmoins, le docteur Houghton fut particulièrement troublé par les oiseaux de nuit jacassant au dehors : une légion innombrable d'engoulevents qui criaient leur interminable message sur un rythme diaboliquement synchronisé avec la respiration sifflante de l'agonisant. Il y avait là quelque chose de vraiment surnaturel, songea le praticien, quelque chose de trop semblable à la région tout entière où il s'était rendu bien à contrecœur en réponse à l'appel urgent de Wilbur.

Vers une heure du matin, le vieux Whateley reprit conscience et cessa de respirer avec bruit pour murmurer quelques phrases entrecoupées à l'adresse de son petit-fils :

« Plus d'espace, Willy, faudra plus d'espace bientôt. Toi tu pousses, et c'te créature pousse 'core ben pus vite. Ouvre les portes à Yog-Sothoth en chantant la longue incantation qu' tu trouveras à la page 751 d' *l'édition complète* et à *c' moment-là*, mets l'feu à la prison. »

De toute évidence, il était complètement fou. Après un

silence pendant lequel les engoulevents ajustèrent leurs cris
au rythme modifié de son souffle, tandis que les bruits des
collines résonnaient dans le lointain, il ajouta ces mots :

« Donnes-y à manger régulièrement, Willy, et fais ben
attention à la quantité ; mais faut pas la laisser pousser trop
vite pour l'espace qu'alle occupe : parce que si alle s'en-
sauve avant qu' t'aies ouvert la porte à Yog-Sothoth, tout
est fichu. Y a que les ceusses ed l'au-delà qui peuvent la
faire se multiplier et travailler... Y a que ceusses-là, les
Anciens qui veulent rev'nir... »

Il s'interrompit pour se remettre à respirer par saccades
et Lavinia hurla en entendant les engoulements modifier une
fois de plus la cadence de leurs cris. Cela continua
pendant plus d'une heure, jusqu'à ce que le mourant eût
poussé son dernier râle. Le docteur Houghton abaissa les
paupières ridées sur les yeux vitreux, tandis que le tumulte des oiseaux diminuait peu à peu pour faire bientôt
place à un silence total, rompu seulement par les bruits
des collines. Lavinia éclata en sanglots, mais son fils se
contenta de ricaner, en murmurant de sa voix de basse :
« Ils l'ont pas eu. »

Wilbur possédait maintenant une formidable érudition
dans un domaine particulier, et correspondait régulièrement avec plusieurs bibliothécaires dans des villes lointaines où se trouvent de vieux livres rares et défendus. Les
gens du pays le redoutaient et le détestaient plus que jamais car on lui attribuait la disparition mystérieuse d'un
certain nombre d'enfants ; néanmoins il réussit toujours à
éviter une enquête, soit en raison de la crainte qu'il inspirait, soit en utilisant les antiques pièces d'or qu'il consa-
crait à l'achat régulier de têtes de bétail de plus en plus
nombreuses. Son air de maturité était devenu frappant ;
sa taille, après avoir atteint la limite normale d'un homme
adulte, semblait devoir la dépasser. En 1925 (année où il
reçut un jour la visite de l'un de ses savants correspondants
de l'université de Miskatonic, qui regagna Arkham fort
intrigué et légèrement inquiet), il mesurait plus de deux
mètres.

Depuis longtemps déjà, Wilbur traitait sa mère avec un
mépris toujours croissant. Il avait fini par lui interdire de
l'accompagner sur les collines la veille du 1er mai et de la

Toussaint. En 1926, la pauvre femme se plaignit à Mamie Bishop d'avoir peur de son fils :

« Y a toujours eu chez lui quelque chose que j' pourrais pas t'expliquer, Mamie, dit-elle, et, à c'te heure, y a quéque chose à quoi j' comprends ren moi-même. J' te l' jure devant Dieu, j' sais pas c' qu'y veut ni qu'il essaie ed faire. »

Cette année-là, la veille de la Toussaint, les bruits des collines résonnèrent plus fort que jamais et des feux s'allumèrent au faîte de Sentinel Hill comme d'habitude ; mais les gens prêtèrent surtout attention aux cris rythmés d'immenses troupes d'engoulevents, qui auraient dû normalement quitter le pays un bon mois plus tôt, assemblées autour de la ferme des Whateley où ne brillait aucune lumière. Après minuit, ils firent entendre un ricanement formidable qui retentit dans toute la contrée et ne s'apaisa qu'à l'aurore. Puis ils disparurent à tire-d'aile vers le sud. Ce phénomène ne s'expliqua que beaucoup plus tard. Apparemment personne n'était mort, mais on ne revit jamais la pauvre Lavinia Whateley.

Au cours de l'année 1927, Wilbur répara deux appentis dans lesquels il installa ses meubles et ses livres. Peu après, Earl Sawyer rapporta aux flâneurs de la boutique d'Osborn que d'autres travaux étaient en cours à la ferme des Whateley. Wilbur condamnait toutes les portes et les fenêtres du rez-de-chaussée dont il semblait abattre les cloisons comme lui et son grand-père l'avaient fait à l'étage supérieur, quatre ans auparavant. Il vivait dans l'un des appentis, et Sawyer lui avait trouvé l'air préoccupé. Les gens le soupçonnaient de savoir comment sa mère avait disparu ; presque personne ne s'aventurait plus aux abords de la ferme. Il mesurait maintenant plus de deux mètres dix et paraissait vouloir encore grandir.

-:-

L'hiver suivant amena un curieux incident. Wilbur quitta la commune de Dunwich pour la première fois. Après un échange de lettres avec la Widener Library d'Harvard, la Bibliothèque Nationale de Paris, le British Museum, l'université de Buenos-Ayres, et la bibliothèque de l'université de Miskatonic (Arkham), il n'avait pu obte-

nir le prêt d'un livre dont il avait terriblement besoin ; en
conséquence, il finit par se mettre en route pour consulter l'exemplaire de l'université de Miskatonic qui se
trouvait être la plus proche de lui. Cette gargouille à la
peau basanée, au visage barbu, sale et mal vêtue, haute de
deux mètres quarante, apparut un jour dans les rues
d'Arkham, une valise à la main, en quête du volume redoutable que le bibliothécaire de l'université gardait soigneu-
ment sous clé : le hideux *Necronomicon*, de l'Arabe dément Abdul Alhazred, dans la traduction latine d'Olaus
Wormius, imprimée en Espagne au XVIIe siècle. Wilbur
n'avait jamais vu de ville, mais il ne s'occupa que de
trouver le chemin de l'université dont il franchit la porte
sans se soucier du gros chien de garde qui le reçut en
aboyant avec une fureur extraordinaire et en tirant frénétiquement sur sa chaîne.

Wilbur avait emporté l'exemplaire précieux mais incom-
plet de la version anglaise du docteur Dee, légué par son
grand-père. Dès qu'on lui eut communiqué le volume en
latin, il se mit à collationner les deux textes dans le but de
découvrir un passage qui aurait dû se trouver à la page
751 de son livre personnel. C'est là ce que la simple poli-
tesse l'obligea à déclarer au savant Henry Armitage, li-
cencié ès lettres de l'université de Miskatonic, docteur en
philosophie de Princeton, docteur en droit de John Hop-
kins, qui lui avait rendu visite à la ferme et l'accablait
maintenant de questions courtoises. Il reconnut qu'il cherchait une formule ou incantation contenant le nom redouté
d'*Yog-Sothoth*, et s'avoua fort intrigué par les divergences et les ambiguïtés qui rendaient une délimitation très difficile. Pendant qu'il copiait la formule à laquelle il s'était
arrêté, le docteur Armitage regarda les pages ouvertes par-
dessus son épaule ; celle de gauche, dans le texte latin,
contenait des menaces monstrueuses contre la paix et la
raison du monde entier :

*Et il ne faut point croire que l'homme soit le plus vieux
ou le dernier des maîtres de la terre, ni que la masse commune
de vie et de substance soit seule à fouler le sol. Les Anciens ont été, les Anciens sont encore, les Anciens seront
toujours. Non point dans les espaces connus de nous, mais
entre ces espaces. Primordiaux, sans dimensions, puissants
et sereins. Ils sont invisibles à nos yeux. Yog-Sothoth con-*

naît la porte. Yog-Sothoth *est la porte.* Yog-Sothoth *est la clé et le gardien de la porte. Le passé, le présent et le futur ne font qu'un en* Yog-Sothoth. *Il sait où les Anciens se sont frayé passage au temps jadis*; il sait où Ils se fraieront passage dans les temps à venir. Il sait les endroits où Ils ont foulé le sol, *où Ils foulent encore le sol, où personne ne Les voit fouler le sol. Par leur odeur les hommes peuvent parfois déceler leur présence, mais nul homme ne connaît rien de leur aspect* autrement que par les traits de ceux qu'Ils ont engendrés parmi les mortels : *et de ceux-ci il existe plusieurs espèces, depuis l'image de l'homme jusqu'à cette forme sans substance qui est* Eux. *Invisibles et impurs, Ils errent dans les lieux solitaires où les Paroles ont été prononcées, où les Rites ont été hurlés, en leur saison. Leur voix crie dans le vent, la conscience de Leur présence fait murmurer la terre. Ils courbent la forêt, Ils écrasent la cité : et pourtant, ni la forêt ni la cité n'aperçoivent la main qui frappe. Dans les déserts glacés Kadath Les a connus, et quel homme a jamais connu Kadath ? Le désert de glace du sud et les îles englouties de l'océan renferment des pierres où Leur sceau est gravé, mais qui a jamais vu la profonde cité prisonnière du gel ou la tour hermétiquement close longtemps ornée de guirlandes d'algues et de bernacles ? Le grand Cthulhu est Leur cousin, et il ne Les discerne qu'imparfaitement.* Ia ! Shub-Niggurath ! *Vous Les connaîtrez comme une immonde abomination. Leur main vous étreint la gorge et vous ne Les voyez pas ; et Leur demeure ne fait qu'un avec votre seuil bien protégé.* Yog-Sothoth *est la clé de la porte par laquelle les sphères se rencontrent. L'homme règne à présent où Ils régnaient jadis ; Ils régneront bientôt où l'homme règne à présent. Après l'été vient l'hiver ; après l'hiver vient le printemps. Ils attendent en toute patience, en toute puissance, car Ils régneront à nouveau ici-bas.*

Rapprochant ce qu'il lisait de ce qu'il avait entendu dire au sujet de l'atmosphère sinistre de Dunwich et du personnage de Wilbur Whateley qu'entourait l'abominable aura d'une naissance douteuse et d'un matricide probable, le docteur Armitage sentit déferler en lui une houle de terreur. Il lui sembla que le géant courbé au-dessus du livre appartenait à une autre planète ou à une autre dimension ; malgré son apparence humaine, il se rattachait à de noirs abîmes d'essence et d'entité qui s'étendent au-delà de toutes les sphères de matière et de force, d'espace et de temps. Bientôt, Wilbur leva la tête et se mit à parler de cette voix étrangement vibrante qui semblait provenir d'organes différents de ceux du commun des mortels.

« Monsieur Armitage, dit-il, j' crois qu'il faut qu' j'emporte ce livre chez moi. Y a des choses que j' dois tenter dans certaines conditions que j' peux pas réaliser ici, et ça serait un péché mortel d'laisser la routine administrative m'arrêter dans mon travail. Permettez-moi d' l'emporter, monsieur, j' vous jure que personne s'en apercevra. J'ai pas besoin d' vous dire qu' j'en prendrai soin. C'est pas moi qu'ai mis cet exemplaire de Dee dans l'état qu' vous voyez... »

Il s'interrompit en voyant le visage du bibliothécaire exprimer un refus catégorique, et une lueur de ruse s'alluma dans ses yeux. Armitage fut sur le point de lui permettre de copier tous les passages dont il avait besoin, mais, songeant brusquement aux conséquences possibles, il garda le silence. Il ne pouvait assumer la responsabilité de donner à un être pareil la clef de sphères sinistres au-delà de notre univers. Wilbur comprit ce qui se passait dans l'esprit de son interlocuteur, et s'efforça de prendre une attitude désinvolte.

« Ma foi, dit-il, si c'est votre idée, j'insisterai pas. Peut-être qu'Harvard fera pas tant d'histoires. »

Armitage entendit les aboiements féroces du gros chien de garde, et observa par la fenêtre Wilbur Whateley en train de traverser la cour en marchant comme un gorille. Il songea aux histoires terrifiantes qui étaient parvenues à ses oreilles, aux articles de l'*Arkham Advertiser*, aux propos que lui avaient tenus les paysans à l'occasion de son unique visite à Dunwich. Des êtres invisibles, fétides et horribles, qui n'appartenaient pas à l'univers à trois dimensions, erraient à travers les ravins de la Nouvelle Angleterre, et trônaient au sommet des collines. Il était convaincu de ce fait depuis longtemps déjà. Maintenant il avait l'impression de sentir la présence proche d'une partie de cette horreur envahissante, de constater que l'infernal cauchemar, jadis immobile, avait poussé une pointe en avant. Il enferma le *Necronomicon* en frissonnant de dégoût, mais une odeur infecte continua de régner dans la   salle. « Vous Les connaîtrez comme une immonde abomination », murmura-t-il. Oui, c'était bien la même puanteur qui l'avait écoeuré au cours de sa visite à la ferme des Whateley moins de trois ans auparavant. Il évoqua le personnage terrifiant de Wilbur, et éclata d'un rire sarcastique en songeant aux propos des villageois sur sa parenté.

« Mariages entre consanguins? murmura-t-il. Seigneur, quels benêts!... Quelle créature maudite, venue d'un autre monde, a pu être le père de Wilbur Whateley? Il est né à la Chandeleur, neuf mois après la veille du 1er mai 1912, époque où les habitants d'Arkham ont entendu parler pour la première fois des étranges   bruits souterrains... Qu'est-ce donc qui errait sur les collines pendant cette nuit de mai ? Quelle horreur s'est fixée sur notre monde sous une forme semi-humaine? »

Au cours des semaines suivantes, le docteur Armitage entreprit de réunir toutes les données possibles sur Wilbur Whateley et les présences invisibles qui assaillaient Dunwich. Il entra en rapports avec le docteur Houghton ,d'Aylesbury, qui avait assisté à la fin du vieux Whateley et trouva ample matière à réflexion dans les dernières paroles du mourant. Une visite à Dunwich ne lui apporta rien de nouveau. Par contre, un examen attentif des passages du *Necronomicon* que Wilbur désirait si avidement consulter, sembla lui fournir de terribles indices sur la nature, les méthodes et les aspirations des êtres effroyables qui menaçaient notre planète. A la suite de plusieurs entretiens avec des érudits de Boston spécialisés dans les sciences occultes, il fut en proie à une stupeur incrédule qui se transforma peu à peu en une crainte spirituelle aiguë. Tandis que l'été s'écoulait, il se persuada de plus en plus qu'il fallait prendre des mesures contre les terreurs embusquées dans la vallée du haut Miskatonic, et contre l'être monstrueux que les mortels connaissaient sous le nom de Wilbur Whateley.

-:-

L'abomination de Dunwich survint entre le 1er août et l'équinoxe de 1928. Le docteur Armitage fut l'un des témoins de son effroyable prélude. Auparavant, il avait appris le grotesque voyage de Whateley à Cambridge, et ses efforts frénétiques pour emprunter le *Necronomicon* de la Widener Library, ou, à tout le moins, pour en copier certains passages. Son entreprise avait échoué, Armitage ayant mis formellement en garde tous les bibliothécaires qui possédaient le redoutable volume. A Cambridge, Wilbur s'était montré extrêmement nerveux : désireux de consulter le livre, il semblait tout aussi désireux de rentrer chez lui le plus tôt posible, comme s'il craignait les résultats d'une absence prolongée.

Le drame presque attendu se produisit au début d'août. Le 3 au matin, un peu avant l'aube, Armitage fut réveillé par les cris féroces du chien de garde de l'université. Aboiements, grondements et hurlements se succédèrent de plus en plus furieux, entrecoupés de silences d'une signification hideuse. Puis un autre cri s'éleva, un cri qui ne venait pas de la gorge du chien, un cri qui tira de leur sommeil une bonne moitié des habitants d'Arkham, dont il hantera les rêves jusqu'à leur dernier jour, un cri qui ne pouvait émaner d'un être né sur cette terre.

Armitage enfila quelques vêtements en toute hâte, puis traversa en courant la rue et la pelouse pour gagner les bâtiments de l'université. D'autres l'avaient précédé ; la sonnerie d'alarme résonnait encore dans la bibliothèque. La noire ouverture d'une fenêtre béait au clair de lune. A l'intérieur résonnaient des grondements sourds et des gémissements étouffés. Averti par son instinct que ce qui se passait n'était pas un spectacle pour des gens non avertis, Armitage renvoya la foule d'un geste autoritaire tout en ouvrant la porte du vestibule. Néanmoins, ayant aperçu le professeur Warren Rice et le docteur Francis Morgan, auxquels il avait révélé ses hypothèses et ses inquiétudes, il leur fit signe de l'accompagner. On n'entendait plus à présent que le grondement geignard du chien dans la bibliothèque, mais Armitage sursauta en s'apercevant qu'un chœur

d'engoulevents perchés dans les arbustes s'était mis à pé-
pier sur un rythme évoquant la respiration haletante d'un
agonisant.

Dans tout le bâtiment régnait une effroyable puanteur que le bibliothécaire ne connaissait que trop. Sans
hésiter, les trois hommes se ruèrent vers la petite salle
de lecture d'où provenait la plainte sourde du chien.
Pendant une seconde, personne n'osa donner la lumière ; puis Armitage rassembla son courage et tourna
le commutateur. L'un des trois (on ne sait lequel) poussa
un cri perçant en voyant ce qui s'étalait devant eux au
milieu des tables et des chaises renversées. Le professeur
Rice déclara qu'il perdit connaissance l'espace d'un
instant sans toutefois ni trébucher ni tomber.

Le monstre qui gisait sur le flanc, plié en deux,
dans une mare d'un liquide jaune verdâtre et d'un
fluide visqueux semblable à du goudron, mesurait près
de deux mètres soixante-quinze ; ses vêtements et une
partie de sa peau avaient été arrachés par le chien. Il
n'était pas encore mort, car des secousses spasmodiques
l'ébranlaient tout entier, tandis que sa poitrine se soulevait et s'abaissait au rythme des cris des engoulevents.
Des fragments de vêtements et de souliers jonchaient la
pièce ; un sac de toile vide gisait au bas de la fenêtre à
l'endroit où on l'avait jeté ; un revolver se trouvait sur
le plancher près du bureau central : une cartouche
portant l'empreinte du chien mais non déchargée expliqua par la suite pourquoi il n'avait pas servi. Néanmoins, l'agonisant effaçait toute autre image. Il serait
banal et inexact de dire que nulle plume ne saurait le
décrire ; on peut simplement affirmer que, pour s'en
faire une idée exacte, il faut se garder d'associer trop
étroitement les notions d'aspect et de contour avec les
formes vivantes communes de notre planète à trois
dimensions. En vérité, il avait des mains et un visage
d'homme, mais son torse et les parties inférieures de
son corps présentaient de fantastiques monstruosités :
sans l'abondance de vêtements qui lui servait d'habitude
à les dissimuler, jamais la présence d'un tel être n'eût
été tolérée sur cette terre.

Au-dessus de la taille, il avait un aspect semi-anthro-
pomorphe ; néanmoins, sa poitrine, où le chien ap-

puyait toujours ses griffes, était recouverte d'un cuir réticulé semblable à celui d'un crocodile ; quant au dos taché de jaune et de noir, il évoquait vaguement la peau squameuse de certains serpents. Au-dessous de la taille, c'était bien pire :   toute ressemblance humaine cessait, la fantasmagorie commençait. L'épiderme était couvert d'une fourrure noire, et de l'abdomen pendaient vingt longs tentacules munis de bouches rouges et flasques ; ils étaient bizarrement disposés selon les règles d'une géométrie cosmique inconnue à la terre ou au système solaire. Sur chacun d'eux, profondément enfoncé dans un orbite rose pourvu de cils, s'ouvrait un œil rudimentaire. En guise de queue le monstre portait une espèce de trompe marquée d'anneaux violets qui devait être une bouche rudimentaire. Les membres recouverts de fourrure, évoquant vaguement les pattes de derrière des sauriens préhistoriques, se terminaient en bourrelets sillonnés d'arêtes, qui n'étaient ni pattes ni sabots. Quand la créature respirait, sa queue et ses tentacules changeaient de couleur, sans doute sous l'effet d'un phénomène circulatoire particulier au liquide vert qui tenait lieu de sang et qui, dans la queue, prenait une teinte jaunâtre alternant avec un gris répugnant entre les anneaux violets. Il n'y avait pas la moindre trace de sang humain : rien que ce liquide fétide d'un jaune verdâtre qui coulait sur le plancher en laissant derrière lui une étrange décoloration.

La présence des trois hommes sembla ranimer l'agonisant qui commença à murmurer des sons bizarres sans tourner ni lever la tête. Le docteur Armitage affirma que nul mot anglais ne fut prononcé. Au début, il ne put rapprocher d'aucun langage terrestre une seule des syllabes prononcées, mais, vers la fin, il distingua des fragments incohérents, sûrement empruntés au *Necronomicon* qui avait causé la perte du monstre désireux de s'en emparer. Ces fragments, tels qu'Armitage se les rappelle donnaient à peu près ceci : « *N'gaï, n'gaghaa, bugg-shoggog, y'hah ; Yog-Sothoth, Yog-Sothoth...* » La voix du mourant se tut, pendant que les cris des engoulevents montaient dans un crescendo diabolique.

Puis la respiration s'arrêta, et le chien, levant très

haut la tête, poussa un hurlement lugubre et prolongé.
Un changement s'opéra sur le visage jaunâtre ; les
grands yeux noirs se révulsèrent d'une manière effroyable. Au-dehors, les engoulevents s'étaient tus soudain,
et, au-dessus de la rumeur de la foule qui s'attroupait,
on entendit un grand bruissement d'ailes apeuré. Se détachant sur le disque de la lune, s'envolèrent et disparurent de vastes nuées d'oiseaux, terrorisés, semblait-il,
par ce dont ils avaient espéré faire leur proie.

Brusquement, le chien sursauta, poussa un aboie-
ment craintif, et bondit par la fenêtre. Une clameur
monta de la foule, et le docteur Armitage cria aux assistants que personne n'aurait l'autorisation d'entrer
avant l'arrivée de la police et du médecin légiste. Se
félicitant de ce que les fenêtres fussent trop hautes pour
permettre de regarder à l'intérieur, il ferma soigneusement tous les rideaux. Deux agents de police s'étant pré-
sentés, le docteur Morgan alla à leur rencontre dans le
vestibule et les supplia, dans leur propre intérêt, de
ne pas pénétrer dans la salle de   lecture empestée, tant
que le médecin n'aurait pas examiné et recouvert le ca-
davre.

Pendant ce temps, d'effroyables métamorphoses s'ac-
complissaient sur le plancher. Il est inutile de décrire
le genre de désintégration qui s'opéra sous les yeux du
docteur Armitage et du professeur Rice ; mais on peut
dire que, en dehors de l'aspect extérieur des mains et
du visage, Wilbur Whateley ne possédait pas grand-
chose d'humain. Quand le médecin arriva, il ne restait
plus sur les lattes du plancher qu'une visqueuse masse
blanchâtre, et l'odeur monstrueuse avait presque disparu.
Wilbur Whateley n'avait pas de squelette osseux : en
cela il devait ressembler à son père inconnu.

-:-

Tout ceci ne fut que le prologue de l'abomination véritable. Des fonctionnaires stupéfaits procédèrent aux
formalités habituelles ; on cacha à la presse et au public les détails anormaux ; on envoya des hommes de
loi à Aylesbury et à Dunwich pour dresser l'inventaire
des biens de Wilbur Whateley et tâcher de découvrir ses

héritiers. Ils trouvèrent le pays en proie à une vive
agitation : en effet, les bruits souterrains augmentaient
d'intensité ; en outre une puanteur et des sons inaccou-
tumés, plus accentués de jour en jour, provenaient de la
grande coquille vide de la ferme aux fenêtres condamnées. Earl Sawyer, qui s'occupait des chevaux et du
bétail en l'absence de Wilbur, était dans un terrible état
de nerfs. Les hommes de loi trouvèrent des excuses pour
ne pas pénétrer dans l'infecte demeure ; ils se contentèrent de visiter les appentis qu'avait habités le défunt.
Ils déposèrent un rapport circonstancié près le tribunal
d'Aylesbury, et l'on prétend que l'héritage est encore
objet de litige entre les innombrables Whateley, sains
ou décadents, de la vallée haute du Miskatonic.

Un énorme manuscrit en caractères étranges, que l'on
considéra comme une espèce de journal car il présentait des encres et des écritures très diverses, intrigua
considérablement ceux qui le découvrirent sur le bureau de Wilbur. Après une semaine de discussion, on
l'envoya à l'université de Miskatonic, ainsi que la collection de livres du défunt, en vue d'une traduction éventuelle ; toutefois, les meilleurs linguistes virent immédiatement qu'il serait très difficile à déchiffrer. Jusqu'aujourd'hui on n'a pas trouvé la moindre trace des antiques pièces d'or utilisées par Wilbur et son grand-père
pour payer leurs dettes.

Ce fut le 9 septembre, à la nuit tombante, que l'horreur se déchaîna. Pendant toute la soirée, les bruits des
collines avaient été particulièrement forts ; les chiens
aboyèrent jusqu'à l'aube, et, le 10 au matin, les campagnards tôt levés reniflèrent dans l'air une odeur fétide. Vers sept heures, Luther Brown, le petit valet de
la ferme de George Corey située entre le village et Cold
Spring Glen, rentra en courant du pré de quatre hectares où il avait mené paître ses vaches. Il se rua dans la
cuisine, les traits convulsés par une terreur sans nom,
tandis que, dans la cour, s'élevaient les meuglements la-
mentables des bêtes qui avaient suivi l'enfant sous l'impulsion de la même panique. Luther raconta son histoire à sa maîtresse en haletant :

« Là-haut, su' la route ed l'aut' côté du ravin, y a
quéque chose qu'a passé par-là, mâm' Corey ! Ça sent

comme quand l' tonnerre est tombé, et tous les buissons et les arbustes y sont r'poussés des deux côtés d'la route pareil que si on y avait traîné une maison. Et ça, c'est point l' pire. Y a des *empreintes* su' la route, mâm' Corey, des grandes empreintes rondes, grosses comme l' dessus d'un tonneau, pareil que si y aurait passé un éléphant, mais *y en a beaucoup plus qu'on peut en faire avec quat' pat' !* J'en ons ar'gardé une avant que d' m'ensauver, et j'ons vu qu'alle était couverte ed lignes en éventail, pareil que si on aurait enfoncé dans la terre une énorme feuille ed palmier. Et y avait une puanteur abominab', comme y a autour d' la maison du vieux Whateley... »

Il s'interrompit, frissonnant de la tête aux pieds. Mme Corey, n'ayant pu lui arracher d'autres renseignements, se mit à téléphoner à ses voisins, propageant ainsi la panique qui préluda à de plus grandes terreurs. Lorsqu'elle eut au bout du fil Sally Sawyer, gouvernante de Seth Bishop dont la maison était la plus proche de celle des Whateley, ce fut son tour d'écouter au lieu de raconter ; en effet, Chauncey, le fils de Sally, ayant gravi de bon matin la colline située en face de la ferme des Whateley, était rentré à toute allure, fou d'épouvante, après avoir jeté un coup d'œil sur les lieux et sur le pâturage où les vaches de M. Bishop avaient passé la nuit.

« Oui, mâm' Corey, dit Sally d'une voix tremblante, Chauncey est r'venu au galop, et y pouvait pas parler tellement qu'il avait peur ! Y dit qu' la maison du vieux Whateley alle est tout éclatée, pareil que si on aurait fait exploser d' la dynamite à l'intérieur. Y a qu' le plancher qu'est pas crevé, mais il est r'couvert d'un machin qui r'semb' à du goudron et qui coule su' l' sol ousque la charpente des murs a sauté. Et y a des marques terrib' dans la cour, des grandes marques rondes pareilles qu'une barrique, et toutes gluantes qu'a' sont comme l' plancher d' la maison. Chauncey y dit qu'a' mènent dans les prés ousqu'y a une piste d'herbe écrabouillée plus large qu'une grange, et tous les murs ed pierre y sont écroulés partout ousqu'a' passe.

« Et y dit comme ça, mâm' Corey, qu'il a pensé aux vaches ed Seth, quand bien même qu'il avait si peur, et

qu'y les a trouvées à la Salle d' Bal du Diab', dans un
état épouvantab'. La moitié a disparu ; et la moitié d'
celles qui restent, on dirait qu'on leur a sucé tout l'
sang, et alles ont des blessures su' la peau pareil que
l' bétail des Whateley d' puis que l' fils à Lavinia est né.
Seth y vient d' partir pour aller les voir, mais j' crois
point qu'y s'approchera beaucoup d' la ferme du vieux
sorcier ! Chauncey, il a pas très bien ar'gardé ousqu'allait la piste après la prairie, mais y croit qu'a' s'
dirigeait vers la route du ravin qui mène au village.

« Aussi vrai que me v'là, mâm' Corey, y a quéque
chose qui s' promène qui devrait pas être en liberté.
Pour c' qu'est d' moi, j' crois ben que l' Wilbur Whateley, qu'a eu la fin qu'y méritait, a manigancé tout ça.
J'ons toujours dit qu'il était pas humain ; lui et son
grand-père, y-z-ont dû faire pousser dans c'te maison
fermée d' partout quéque chose qu'est encore moins humain qu'y l'était. Y a toujours eu des choses invisibles
autour ed Dunwich, des créatures vivantes qui sont pas
humaines et qui sont mauvaises pour les humains.

« L'aut' Luit, la terre a parlé, et, su' l' matin, Chauncey, qu'a pas beaucoup d' sommeil, a entendu les engoulevents crier très fort du côté d' Cold Spring Glen.
Après ça, il a cru entendre du bruit du côté d' chez les
Whateley, pareil que si on aurait cassé une grande
caisse ed bois en arrachant les planches. Tout ça l'a em-
pêché d' se rendormir, et, à matin, a fallu qu'il aille à la
maison du sorcier voir c' qui s' passait. Et l'en a eu
plein les yeux, mâm' Corey ! Tout ça annonce pas grand-
chose ed bon, et j' crois que les hommes devraient ben s'organiser en troupe et faire une battue,
J' sais qu'y a quéque chose ed terrib' qui s' promène, et
j' sens ben qu' mon heure va pas tarder à sonner.

« C'est-y qu' vot' Luther a r'marqué ousque menaient
les traces ? Non ? Eh ben, mâm' Corey, si alles étaient
su' la route du ravin ed not' côté à nous, et alles sont
pas 'core arrivées à vot' maison, j' suppose qu'a' doivent
mener au fond du ravin. C'est naturel : j'ons toujours
dit que Cold Spring Glen est un endroit malsain. Les
engoulevents et les lucioles, y s' conduisent pas dans
c' coin-là comme des créatures du bon Dieu, et y en a qui
disent qu'on entend des bruits et des paroles dans l'air,

en s' mettant au bon endroit, entre les éboulis et la Grotte ed l'Ours. »

A midi, les trois quarts des hommes et des gamins de Dunwich, massés sur les routes et les prairies entre Cold Spring Glen et les ruines de la maison des Whateley, examinaient avec horreur les empreintes monstrueuses, le bétail mutilé des Bishop, les étranges débris de la ferme, la végétation écrasée des champs et des talus. La force inconnue qui s'était déchaînée sur le monde avait dû sans aucun doute s'enfoncer dans le grand ravin sinistre : en effet tous les arbres qui le bordaient étaient brisés, et une large avenue creusait les broussailles de la pente abrupte, comme si elles avaient été labourées par une maison emportée dans une avalanche. Nul bruit ne montait du fond de l'abîme d'où émanait simplement une indéfinissable puanteur. Les hommes préférèrent discuter au bord du précipice plutôt que d'aller affronter l'horreur cyclopéenne dans son repaire. Avec eux se trouvaient trois chiens, qui, après avoir aboyé furieusement au début, observaient maintenant un silence craintif. Quelqu'un téléphona la nouvelle à l'*Aylesbury Transcript* ; mais le rédacteur en chef, habitué aux folles histoires de Dunwich, se contenta de rédiger à ce sujet un paragraphe humoristique reproduit peu après par l'*Associated Press*.

Cette nuit-là, chacun rentra chez soi et barricada fortement sa maison et son étable. Bien entendu, pas une seule tête ne resta dans les pâturages. Vers 2 heures du matin, les Elmer Frye furent réveillés par une épouvantable puanteur et les féroces aboiements de leurs chiens ; de plus, tous convinrent qu'ils pouvaient entendre une espèce de sifflement et de clapotis à l'extérieur. Mme Frye proposa de téléphoner aux voisins ; Elmer était sur le point d'y consentir lorsqu'un bruit de bois brisé interrompit leur discussion. Il semblait provenir de la grange, et fut promptement suivi par les meuglements terrifiés du bétail. Les chiens, la bave à la bouche, vinrent s'aplatir aux pieds de la famille paralysée de terreur. Obéissant à la force de l'habitude, Frye alluma une lanterne, mais il savait bien que s'aventurer dans la cour serait courir à une mort certaine. Les femmes et les enfants se mirent à geindre à petit

bruit : avertis par un obscur instinct que leur vie dé-
pendait de leur silence, ils eurent la force de s'empêcher de crier. Finalement, le vacarme de la grange fit
place à des gémissements pitoyables, auxquels succédèrent des craquements sinistres. Les Frye, blottis les uns
contre les autres dans le salon, n'osèrent pas bouger
jusqu'à ce que les derniers échos se fussent éteints tout
au fond de Cold Spring Glen. Alors, au milieu des rau-
quements lugubres émanant de l'étable, et des cris démoniaques des engoulevents dans le ravin, Selina Frye
alla jusqu'au téléphone d'un pas chancelant pour répandre la nouvelle de cette deuxième catastrophe.

Le lendemain, toute la contrée était en proie à la panique. Des groupes d'hommes craintifs, taciturnes, s'approchaient et s'éloignaient de l'endroit où s'était accom-
plie cette démoniaque destruction. Deux pistes titanes-
ques de végétation écrasée s'étendaient du ravin à la
ferme d'Elmer Frye ; des empreintes monstrueuses couvraient le sol nu ; une partie de la vieille grange s'était
écroulée. On ne put retrouver et identifier qu'un quart
du bétail. Certains animaux étaient réduits à l'état de
bizarres fragments, et il fallut tuer tous ceux qui vivaient
encore. Earl Sawyer suggéra de demander de l'aide à Aylesbury ou à Arkham, mais les autres déclarèrent que
cela ne servirait à rien. Le vieux Zebulon Whateley,
membre d'une branche de la famille mi-saine mi-déca-
dente, parla vaguement de rites mystérieux à célébrer au
sommet des collines. Tous ses ancêtres avaient été fort attachés à certaines traditions, et il se souvenait de chants
psalmodiés au milieu des colonnes de pierre bien avant la
naissance de Wilbur.

La nuit tomba sur un pays terrorisé dont les habitants
étaient trop passifs pour organiser une défense efficace.
Quelques familles unies par des liens de proche parenté
se rassemblèrent sous un même toit pour veiller dans les
ténèbres ; mais, en général, les gens se contentèrent de se
barricader à nouveau et de faire le geste futile de charger
des fusils ou de disposer des fourches à portée de la main.
Néanmoins, rien ne se produisit, à l'exception des bruits
des collines. Le lendemain, plusieurs paysans espérèrent
que cette nouvelle horreur avait disparu aussi vite qu'elle
était survenue. Certains cœurs intrépides proposèrent une

expédition dans le ravin ; néanmoins, ils ne s'aventurè-
rent pas à servir d'exemple à une majorité peu enthou-
siaste.

Le soir venu, ils s'enfermèrent pour la troisième fois ;
cependant il y eut beaucoup moins de familles à se grouper. Au matin, les Frye et les Seth Bishop annoncèrent
que les chiens paraissaient fort excités, et que l'on perce-
vait des bruits et des odeurs dans le lointain. Une troupe
d'explorateurs horrifiés releva une nouvelle série d'empreintes monstrueuses sur la route qui longe Sentinel
Hill. Comme d'habitude, la végétation écrasée révélait que
le monstre invisible était d'une taille démesurée ; d'après
la disposition des empreintes, il y avait eu un passage
dans deux directions différentes : partie de Cold Spring
Glen, la montagne mouvante semblait y être revenue par
le même chemin. Au pied de la colline, une foulée d'arbustes brisés, large de cent mètres, montait tout droit jusqu'au sommet, et les hommes stupéfaits constatèrent que
les pentes les plus abruptes ne détournaient pas cette piste
inexorable ; la gigantesque abomination pouvait gravir
une paroi rocheuse presque verticale.

Lorsque les explorateurs eurent gagné le faîte de la
colline par des voies moins dangereuses, ils virent que les
traces s'y arrêtaient, ou, plutôt, en repartaient en sens in-
verse. C'était là que les Whateley avait allumé leurs feux
infernaux en psalmodiant leurs rites maudits, la veille du
1er mai et de la Toussaint, près de la table de pierre. A
présent, cette même dalle était le centre d'un vaste espace de terrain pesamment foulé par la montagne mouvante ; la surface du sol, légèrement concave, portait un
dépôt fétide de la même viscosité noirâtre qui souillait le
plancher de la ferme en ruine des Whateley. Les hommes
s'entre-regardèrent en murmurant, puis ils scrutèrent le
flanc abrupt de la colline. Le monstre avait dû emprunter la même route pour descendre et pour monter. Il
était inutile d'émettre des hypothèses. Raison et logique se
trouvaient confondues. Seul le vieux Zebulon, qui ne faisait pas partie du groupe, aurait pu suggérer une explication plausible.

La nuit du jeudi commença comme les autres, mais elle
s'acheva plus dramatiquement. Dans le ravin, les engoulevents crièrent avec tant d'insistance que beaucoup de

gens ne purent dormir, et, vers 3 heures du matin, la sonnerie de tous les téléphones retentit. Ceux qui décrochè-
rent leur appareil entendirent une voix éperdue hurler :
« Au secours, oh, mon Dieu !... » Puis il y eut un grand
fracas suivi d'un silence total. Personne n'osa bouger, et
nul ne sut d'où provenait l'appel avant l'arrivée du matin.
Alors, ceux qui l'avaient reçu téléphonèrent à tous les
abonnés de la ligne et constatèrent que, seuls, les Frye ne
répondaient pas. Une heure plus tard, un groupe d'hommes armés gagnait la ferme à l'entrée du ravin, et décou-
vrait l'horrible vérité : il y avait des pistes d'empreintes
monstrueuses mais il n'y avait plus de maison. Elle était
écrasée comme une coquille d'œuf, et l'on ne découvrit
rien de vivant ni de mort au milieu des ruines. Rien
qu'une atroce puanteur et une viscosité noirâtre. Les Elmer Frye avaient été effacés de la surface de la terre.

-:-

Pendant ce temps, une autre phase de la tragédie,
moins mélodramatique mais encore plus poignante sur
le plan spirituel, s'était déroulée à Arkham, derrière la
porte close d'une pièce aux murs couverts de livres. Le
curieux manuscrit de Wilbur Whateley, remis à l'université de Miskatonic en vue d'une traduction éventuelle,
avait considérablement intrigué les linguistes anciens et
modernes ; son alphabet même, malgré sa vague ressemblance avec l'arabe décadent de la Mésopotamie, demeu-
rait absolument inconnu. Les experts finirent par conclure qu'ils se trouvaient en présence d'un alphabet arti-
ficiel constituant un chiffre. Néanmoins, aucune des méthodes habituelles de déchiffrage cryptographique ne fournit le moindre indice, après avoir été appliqué à toutes
les langues que Wilbur aurait pu utiliser. Sur ce point,
les vieux livres découverts dans l'appentis ne furent d'aucun secours. Par ailleurs, ils s'avérèrent prodigieusement
intéressants dans la mesure où ils ouvraient de nouveaux et terribles terrains de recherches aux philosophes
et aux savants. L'un d'eux, énorme volume au fermoir de
fer, était rédigé dans une langue apparentée au sanscrit.
Finalement, le journal de Wilbur fut confié au docteur
Armitage, en raison de l'intérêt particulier qu'il portait à

l'affaire Whateley et aussi de ses grandes connaissances linguistiques : c'était un spécialiste des formules mystiques de l'Antiquité et du Moyen Age.

Le bibliothécaire avait conçu l'idée que l'alphabet inconnu pourrait avoir été utilisé à des fins ésotériques par certains cultes défendus remontant à des époques très reculées, auxquels les sorciers du monde sarrasin ont légué maintes traditions formelles. Néanmoins, il n'attachait pas à ce point une importance capitale : en effet, il serait absolument inutile de connaître l'origine des symboles si, comme il le soupçonnait, ils servaient simplement de chiffre dans une langue moderne. Vu la longueur du texte, il était persuadé que l'auteur du manuscrit n'avait pas eu recours à un autre idiome que le sien, sauf dans certaines formules et incantations. En conséquence il s'attaqua au journal en posant en principe qu'il était rédigé en anglais.

Armitage savait fort bien, d'après les échecs répétés de ses collègues, que l'énigme était extrêmement complexe et qu'il serait vain d'essayer d'adopter les méthodes de solution courantes. Pendant tout le mois d'août, il s'absorba dans l'étude de la cryptographie, en faisant appel à toutes les ressources de sa bibliothèque. Au cours de longues nuits de veille, il se plongea dans les arcanes de maints volumes : la *Poligraphia* de Trithemius, le *De Furtivis Literarum Notis* de Giambattista Porta, le *Traité des Chiffres* de De Vigenere, la *Cryptomenysis Patefacta* de Falconer, les traités du XVIIIe siècle de Davy et de Thicknesse, et ceux de certaines autorités modernes tels que Blair, von Marten et Klüber. Finalement, il fut convaincu d'avoir affaire à l'un de ces cryptogrammes particulièrement ingénieux où plusieurs listes de lettres correspondantes sont disposées comme des tables de multiplication et où le message se compose de mots-clés uniquement connus des initiés. Les auteurs anciens lui parurent plus utiles que les modernes, d'où il conclut que le code du manuscrit remontait à la plus haute antiquité. A plusieurs reprises, il crut toucher au but, mais se vit toujours arrêté par un obstacle imprévu. Puis, vers la fin du mois d'août, les nuages commencèrent à se dissiper. Certaines lettres utilisées dans certaines parties du manus-

crit émergèrent d'une façon définitive, et il devint évident
que le texte était anglais.

Le 2 septembre au soir, la dernière barrière céda :
pour la première fois, le docteur Armitage put lire toute
une page de la chronique de Wilbur Whateley. C'était
effectivement un journal rédigé dans un style qui révélait chez son auteur un étrange mélange d'érudition oc-
culte et d'inculture générale. Le premier passage déchiffré, daté du 26 novembre 1916, alarma considérablement
Armitage, car le bibliothécaire se rappela que ces lignes
avaient été tracées par un enfant de trois ans et demi qui
ressemblait à un gamin de douze ou treize ans.

*Appris aujourd'hui l'Aklo du Sabaoth, qui m'a pas
beaucoup plu car on peut y répondre de la colline mais
pas du haut des airs. La chose qu'est en haut est très en
avance sur moi, et j' crois pas qu'elle possède beaucoup
d'intelligence terrestre. Ai tué le chien d'Elam Hutchin
quand il s'est jeté sur moi pour me mordre, et Elam a dit
qu'il me tuerait s'il osait. J' crois pas qu'il me tue jamais.
Grand-père m'a fait réciter sans arrêt la formule Dho la
nuit passée, et j' crois qu' j'ai vu la cité intérieure aux
deux pôles magnétiques. J'irai à ces pôles quand la terre
sera nettoyée. Ceux qui vivent dans l'air m'ont dit au
sabbat qu'il faudra des années avant que j' nettoye la
terre, et j' suppose que grand-père sera mort à c' moment-là : c'est pour ça qu'il faudra qu' j'étudie tous les
angles des plans et toutes les formules entre le Yr et le
Nhhngr. Ceux du dehors m'aideront, mais ils peuvent pas
prendre corps sans qu'on leur donne du sang humain. La
chose qu'est en haut m'a tout l'air d'être du modèle qu'il
faut. J' peux la voir un peu quand j' fais le signe Voorish
ou quand j' lui jette la poudre d'Ibn Ghazi, et elle res-
semble beaucoup à Eux tels que j' les vois la veille du
Ier mai sur la colline. Peut-être que l'autre figure s'effa-
cera un peu. J' me demande à quoi j' ressemblerai quand
la terre sera nettoyée et qu'il y aura plus d'êtres humains
dessus. Celui qu'est venu avec l'Aklo Sabaoth m'a dit que
j' serai peut-être transformé car, pour l'instant, j'ai pas
assez d'éléments du dehors en moi.*

Au petit jour, le docteur Armitage, frissonnant de terreur, couvert d'une sueur glacée, était encore assis à sa table de travail. Pendant toute la nuit il s'était plongé dans l'étude du manuscrit, tournant les pages de ses doigts tremblants aussi vite qu'il pouvait déchiffrer le texte. Il avait téléphoné à sa femme qu'il ne rentrerait pas, et, lorsqu'elle lui apporta son petit déjeuner à la bibliothèque, c'est à peine s'il put en avaler une bouchée. Au cours de la journée, il continua sa lecture, exaspéré quand il devait s'arrêter pour utiliser à nouveau la clef compliquée découverte par lui. On lui apporta son déjeuner et son dîner auxquels il ne fit guère honneur. Au milieu de la nuit suivante, il s'assoupit dans son fauteuil, mais il fut bientôt tiré de son sommeil par des cauchemars aussi hideux que les réalités qui menaçaient l'existence du monde entier.

Le 4 septembre au matin, le professeur Rice et le docteur Morgan insistèrent pour le voir : ils ressortirent de la bibliothèque tout tremblants, le visage couleur de cendre. Ce soir-là, Armitage alla se coucher, mais il dormit très mal. Le lendemain, mercredi, il se remit à sa lecture et prit beaucoup de notes. Peu après minuit, il s'accorda quelques heures de sommeil dans un fauteuil, puis il reprit sa tâche avant l'aube. Vers midi, son médecin, le docteur Hartwell, lui rendit visite et le pria instamment d'interrompre sa besogne. Il refusa en arguant qu'il lui fallait absolument achever sa lecture : il promit d'expliquer pourquoi quand le moment serait venu. Au crépuscule, ayant déchiffré la dernière page, il s'affaissa, épuisé, sur son siège. Lorsque sa femme lui apporta son dîner, elle le trouva dans un état semi-comateux. Néanmoins, il n'avait pas tout à fait perdu conscience. En effet, quand Mme Armitage jeta un coup d'œil sur ses notes, il poussa un faible cri, se leva péniblement, rassembla les feuillets épars et les plaça dans une grande enveloppe qu'il glissa dans la poche intérieure de son veston. Il eut la force de regagner son domicile, mais il semblait si mal en point que sa femme appela sur-le-champ le docteur Hartwell. Pendant que le praticien le couchait dans son lit, il murmura sans arrêt: « Que faire, mon Dieu, que faire ? »

Armitage dormit profondément cette nuit-là ; toute-

fois, le lendemain, il fut en proie au délire. Dans ses moments de lucidité, il déclarait qu'il devait à tout prix s'entretenir avec Rice et Morgan. Ses divagations stupéfiè-
rent le docteur Hartwell : il demandait instamment que
l'on détruisît une créature enfermée dans une vieille
ferme aux fenêtres condamnées ; il parlait d'un projet d'extermination de la race humaine et de toute vie animale
et végétale, conçu par une antique race d'êtres appartenant à une autre dimension. Il criait que le globe terrestre était en danger, car les « Anciens » voulaient l'arracher au système solaire et au cosmos de la matière, pour
le réintégrer dans un autre plan d'entité d'où il
était tombé quelques millions de siècles plus tôt. Parfois il
réclamait le redoutable *Necronomicon,* et la *Daemono-
latreia* de Remigius, où il semblait espérer trouver une
formule permettant de conjurer le péril.

« Arrêtez-les ! Arrêtez-les ! s'exclamait-il. Ces Whateley avaient l'intention de les laisser entrer, et le pire d'eux
tous est encore parmi nous !... Dites à Rice et à Morgan
que nous devons faire quelque chose... Je sais comment
fabriquer la poudre... Cette créature n'a pas été alimen-
tée depuis que Wilbur a trouvé la mort ici, le 2 août, et,
de ce train... »

Armitage avait une robuste constitution malgré ses
soixante-treize ans. Après une nuit de sommeil sans fièvre, il s'éveilla le vendredi matin parfaitement lucide,
mais en proie à une crainte rongeuse et au sentiment
écrasant d'une terrible responsabilité. Le samedi après-
midi, il fut capable de se rendre à la bibliothèque où il
convoqua Morgan et Rice. Les trois hommes discutèrent
jusqu'à une heure très avancée de la nuit, se livrant aux
spéculations les plus folles, se torturant le cerveau pour
élaborer un plan d'action. Ils prirent sur des rayonnages
cachés d'étranges et terribles volumes où ils copièrent
fiévreusement un nombre surprenant de formules et de
diagrammes. Nul d'entre eux ne manifesta le moindre
scepticisme. Tous trois avaient vu le corps de Wilbur
Whateley étendu dans une salle de ce même bâtiment :
c'est pourquoi il leur était impossible de voir dans le manuscrit les divagations d'un fou.

Après avoir envisagé d'avertir la police d'Etat du Massachusetts, ils décidèrent de n'en rien faire : certaines

choses étaient absolument incroyables et inadmissibles pour ceux qui n'en avaient pas vu un échantillon, comme le prouvèrent des recherches entreprises par la suite. Tard dans la nuit, les trois hommes se séparèrent sans avoir mis sur pied un projet bien arrêté. Néanmoins, Armitage consacra toute la journée du lendemain à comparer des formules et à mélanger des produits chimiques empruntés au laboratoire de l'université. Plus il songeait à l'infernal manuscrit, plus il était enclin à mettre en doute l'efficacité de tout moyen matériel pour détruire l'entité laissée par Wilbur Whateley derrière lui, cette effroyable entité qui devait se déchaîner quelques heures plus tard et devenir la mémorable abomination de Dunwich.

Le lundi, Armitage poursuivit la besogne entreprise la veille, car il ne pouvait atteindre son but qu'au prix de multiples expériences. Après avoir consulté à nouveau le monstrueux journal, il modifia son projet à plusieurs reprises, et comprit qu'il présenterait toujours une grande marge d'incertitude. Le mardi, il prit la décision de se rendre à Dunwich avant huit jours. Puis, le mercredi, le grand choc eut lieu. Relégué au bas d'une page de l'*Arkham Advertiser* se trouvait un petit article facétieux de l'*Associated Press* relatant que le whisky de contrebande avait suscité à Dunwich un monstre qui battait tous les records. Armitage, anéanti, convoqua Rice et Morgan. Ils discutèrent jusqu'à une heure tardive, et, le lendemain, se livrèrent à de fiévreux préparatifs de départ. Le bibliothécaire savait qu'il allait toucher à des puissances terrifiantes ; néanmoins, il ne voyait pas d'autre moyen de réduire à néant les agissements diaboliques des Whateley.

Le vendredi matin, Armitage, Rice et Morgan partirent en automobile pour Dunwich où ils arrivèrent à une heure de l'après-midi. Il faisait un temps délicieux, mais, même sous le soleil le plus éclatant, une menace redoutable semblait peser sur les étranges collines rondes et les ravins profonds de cette région maudite. D'après l'atmosphère de terreur silencieuse qui régnait dans la boutique d'Osborn, ils comprirent qu'un drame hideux s'était déroulé, et, bientôt, ils apprirent l'extermination de la famille Frye. Pendant tout l'après-

midi, ils parcoururent les environs du village. Ils inter-
rogèrent les campagnards sur ce qui s'était passé, puis
examinèrent avec horreur les ruines de la ferme des
Frye, les monstrueuses empreintes dans la cour, les
bêtes blessées de Seth Bishop, les énormes foulées de végétation écrasées. Pour Armitage, la double piste au
flanc de Sentinel Hill avait une importance quasi cataclysmique, et il regarda longuement la table de pierre
au sommet de la colline.

Finalement, ayant appris que cinq inspecteurs de la
police d'Etat étaient arrivés d'Ayslesbury le matin même,
en réponse à plusieurs coups de téléphone annonçant la
tragédie des Frye, les savants décidèrent de prendre
contact avec eux pour échanger quelques impressions.
Ce projet s'avéra irréalisable, car on ne put découvrir la
moindre trace des policiers. Ils étaient arrivés dans une
automobile qui se trouvait maintenant près des ruines
de la ferme des Frye. Les indigènes qui leur avaient
parlé semblèrent tout d'abord aussi intrigués qu'Armitage et ses compagnons. Puis, le vieux Sam Hutchin,
frappé par une idée subite, donna un coup de coude à
Fred Farr et balbutia en montrant du doigt le ravin :

« Bon Dieu ! J' leur-z y avais pourtant dit d' pas descendre là-d'dans, et j'aurions jamais cru qu' jamais
personne y s'rait descendu avec ces empreintes, et c'te
odeur, et ces engoulevents qui crient tout au fond en
plein midi... »

Tous les assistants furent parcourus d'un frisson
glacé, et tendirent l'oreille instinctivement. En présence
des horreurs perpétrées par le monstre invisible, Armitage se sentait écrasé sous le poids de la responsabilité qu'il avait assumée. La nuit allait bientôt venir, et
c'était au cours de la nuit que la montagne mouvante se mettait en route... *Negotium perambulans in
tenebris*... Le vieux bibliothécaire se répétait la formule
qu'il savait par cœur, en étreignant dans sa main le
feuillet où était inscrite la deuxième formule qu'il
n'avait pas eu le temps d'apprendre. Il vérifia le bon
fonctionnement de sa lampe électrique ; Rice tira d'une
valise un pulvérisateur à longue portée ; Morgan sortit
de son étui un fusil de chasse de gros calibre dans lequel

il avait grande confiance malgré les déclarations de son collègue sur l'inutilité des armes matérielles.

Ayant lu le hideux journal, Armitage savait trop bien à quelle manifestation il devait s'attendre, mais il se garda de faire la moindre suggestion afin de ne pas augmenter les craintes des indigènes. Il espérait obtenir la victoire sans révéler au monde le monstrueux destin auquel il aurait échappé. Dès que les ombres s'amassèrent, les campagnards se hâtèrent de regagner leur logis pour s'y barricader, en dépit des preuves accumulées de l'inefficacité des verrous et des serrures contre une force qui ployait les arbres et écrasait les maisons à son gré. Ils hochèrent la tête lorsque les visiteurs exprimèrent leur intention de monter la garde près des ruines de la ferme des Frye, et les quittèrent sans garder le moindre espoir de les revoir.

Au cours de la nuit, la terre gronda sous les collines, et les engoulevents crièrent d'une façon menaçante. De temps à autre, un coup de vent balayait Cold Spring Glen, imprégnant l'air lourd d'une odeur immonde que les trois hommes connaissaient bien : ils l'avaient déjà perçue près d'une créature agonisante qui, pendant quinze ans et demi, avait passé pour un être humain. Mais l'abomination attendue ne se montra pas. L'entité embusquée dans le ravin attendait son heure, et Armitage déclara à ses compagnons qu'une attaque de leur part en pleine nuit serait un véritable suicide.

Une aube blême se leva qui mit fin aux bruits nocturnes. La journée s'annonçait grise et pluvieuse ; des nuages de plus en plus épais s'accumulaient au nord-ouest des collines. Les hommes d'Arkham ne savaient trop que faire. S'étant mis à l'abri de la pluie sous des appentis intacts, ils discutèrent pour savoir s'il serait plus sage d'attendre ou de descendre dans le ravin et d'y chercher leur proie. Les averses devinrent de plus en plus violentes ; des coups de tonnerre étouffés retentirent dans le lointain. Puis de grands éclairs fendirent les nuées ; l'un d'eux jaillit tout près et sembla s'enfoncer dans le ravin maudit. Comme l'horizon s'assombrissait considérablement, les guetteurs espérèrent que l'orage serait bref et que le ciel ne tarderait pas à s'éclaircir.

Une sinistre obscurité continuait à régner lorsqu'ils entendirent, une heure plus tard, un bruit de voix confuses sur la route. Presque aussitôt ils aperçurent une douzaine d'hommes qui couraient en hurlant. Celui qui se trouvait en tête parvint enfin à proférer quelques mots d'une voix étranglée, et les trois savants sursautèrent d'horreur :

« Mon Dieu, mon Dieu ! V'là qu' ça r'commence, et, *à c'te heure, c'est en plein jour* ! Y marche, y marche en c' moment même, et Dieu sait quand y va nous tomber d'ssus ! »

L'homme se tut, incapable de continuer, mais un autre reprit son récit :

« Y a pas une heure ed ça, Zeb Whateley que v'là ici, a entendu sonner l' téléphone, et c'était mâm' Corey, la femme à George, qu'habite plus bas, près d' la bifurcation. A' dit comme ça qu' son p'tit valet Luther était dehors à faire rentrer les vaches quand y voit tous les arbres qui s' courbent à l'entrée du ravin, à l'aut' bout d'ici, et y sent c'te même odeur épouvantab' qu'il avait sentie l'aut' lundi quand il a trouvé les empreintes. Et a' dit comme ça qu'y y a dit qu'il avait entendu une espèce ed sifflement qu'était pas fait par les arbres et les buissons, et puis, tout d'un coup, les arbres ed la route y z-ont été poussés d' côté, et y a eu un grand clapotis dans la boue. Mais Luther, il a ren vu qu' les arbres qui s' courbaient.

« Et après, loin d'vant lui, là ousque l' ruisseau des Bishop y passe en d'ssous d' la route, il a entendu un craquement formidab' su' l' pont comme si qu'on aurait cassé du bois. Et pendant tout c' temps-là, y voit ren du tout, ren qu' les arbres et les buissons qui s' courbent. Et après ça, l' sifflement s'est éloigné du côté d' la ferme au vieux Whateley et d' Sentinel Hill. Luther il a eu l' cran d'aller à l'endroit ousqu'y l'avait entendu la première fois. C'était tout boue et tout eau, et l' ciel était noir, et la pluie effaçait les traces ; mais à l'entrée du ravin, là ousque les arbres avaient bougé, y avait d' ces empreintes terrib', grosses comme des tonneaux, pareilles que celles qu'il avait vues l'aut' lundi. »

A ce moment, le premier orateur reprit la parole :

« Mais ça c'est ren, c'est que l' commencement. Zeb

que v'là ici était en train d'app'ler les gens et tout l' monde l'écoutait, quand v'là qu'y r'çoit un appel d' chez Seth Bishop. Sa gouvernante, Sally, alle était comme folle : alle avait vu les arbres s' courber au bord d' la route, et a dit comme ça qu'y avait un bruit pareil que si un éléphant aurait piétiné dans la boue, qui s' dirigeait droit su' la maison. Puis, v'là qu'a' s' met à parler d'une odeur épouvantab', et a' dit comme ça qu' son p'tit gars, Chauncey, y braille qu' c'est c'te même odeur qu'il a sentie près des ruines d' la maison à Whateley l'aut' lundi. Et les chiens y-z-aboyaient quéque chose d'effrayant.

« Et alors, v'là qu'a' pousse un cri terrib' et qu'a' dit qu' le hangar près d' la route vient d' s'effondrer comme si l'orage l'aurait renversé, mais l' vent était pas assez fort pour ça. Tout l' monde écoutait, et on entendait des tas d' gens su' l' fil qu'avalaient leur respiration. Tout à coup, Sally a' braille ed nouveau, et a' dit qu' la clôture ed la cour ed devant vient juste ed tomber sans qu'alle ait ren vu qu'ait pu faire ça. Alors tout l' monde su' la ligne a entendu brailler Chauncey et l' vieux Seth Bishop, et Sally a' s' met à hurler que quéque chose ed lourd a cogné contre la maison : pas l' tonnerre, ni ren qui s' voye, mais quéque chose ed lourd qui pousse sans arrêt su' l' devant malgré qu'on voye ren par les f'nêtres. Et après ça... après ça... »

Une peur abjecte se peignit sur les traits des villageois, et Armitage, bouleversé, eut à peine la force de presser l'orateur d'achever.

« Après ça... Sally s'est mise à hurler : « Au s'cours, la maison s'écroule... » Et nous, su' l' fil, on a entendu un fracas épouvantab', et des cris, des cris... pareil que quand la ferme à Elmer Frye a été détruite... »

L'homme se tut, puis un autre déclara en guise de conclusion :

« Et c'est tout. Après ça, pas un bruit au bout du fil. Nous aut', qu'avions entendu, on s'est mis dans des Ford et des charrettes, on a rassemblé chez Corey tous les hommes valides qu'on a pu trouver, et on est v'nu vous d'mander c' qu'y faut faire. Mais, moi, j' suis sûr qu' c'est l' châtiment du Seigneur pour nos iniquités, et qu' personne pourra y échapper. »

Armitage, comprenant que le moment d'agir était arrivé, parla d'un ton ferme au groupe de campagnards épouvantés :

« Mes amis, nous devons suivre cette créature, car je crois avoir une chance de la mettre hors d'état de nuire. Vous savez que les Whateley étaient des sorciers ; eh bien, cette abomination est une espèce de sorcellerie, et c'est par la sorcellerie que nous en viendrons à bout. J'ai lu le journal de Wilbur Whateley, j'ai étudié certains passages de ses vieux livres : je crois connaître la formule magique qui fera disparaître le monstre. Il est invisible, comme je m'y attendais, mais j'ai là, dans ce pulvérisateur, une poudre qui devrait le faire apparaître à nos yeux l'espace d'une seconde : nous l'essaierons plus tard. Cette créature terrifiante n'est rien en comparaison de ce que Wilbur aurait lâché sur nous s'il avait vécu plus longtemps. Vous ne saurez jamais à quel danger le monde a échappé. Pour l'instant nous n'avons qu'un seul ennemi à combattre, et il ne peut pas se multiplier. Néanmoins, comme il peut faire beaucoup de mal, nous ne devons pas hésiter à en débarrasser la communauté.

« Nous devons le suivre, et, pour commencer, nous allons gagner la ferme qui vient d'être détruite. Que quelqu'un me montre le chemin : je ne connais pas très bien vos routes, mais je suppose qu'il doit y avoir un raccourci à travers champs. Qu'en dites-vous ? »

Les paysans se dandinèrent d'un pied sur l'autre pendant quelques instants, puis Earl Sawyer déclara en pointant son index devant lui, sous la pluie qui devenait de plus en plus faible :

« J' crois que l' chemin l' plus court pour aller chez Seth Bishop, c'est d' couper à travers l' pré qu'est d'vant vous, d' passer l' ruisseau au gué, et d' monter par le p'tit bois qu'est derrière chez Carrier. Ça vous mène su' la route du haut, tout à côté d' chez Seth. »

Armitage, Rice et Morgan partirent immédiatement dans la direction indiquée, et presque tous les campagnards les suivirent lentement. Le ciel s'éclaircissait, l'orage avait pris fin. Le bibliothécaire s'étant trompé de chemin, Joe Osborn le remit dans la bonne voie et prit la tête du groupe. Le courage et la confiance revenaient dans tous les cœurs ; mais ces qualités furent soumises à une rude épreuve dans la pénombre de l'abrupte pente boisée qui marquait la fin du raccourci, tellement roide qu'ils durent la gravir en s'accrochant aux troncs des arbres.

Quand ils débouchèrent sur la route boueuse, le soleil brillait dans le ciel. Ils se trouvaient un peu au-delà de la ferme de Seth Bishop, mais les arbres ployés et les empreintes hideuses indiquaient clairement le passage du monstre. Ils ne s'attardèrent pas beaucoup à examiner les ruines : c'était une répétition du drame des Frye, et l'on ne trouva trace ni de cadavres ni d'êtres vivants dans les décombres de la ferme et de la grange. Personne ne se souciait de rester là au milieu de cette puanteur et de ces plaques de viscosité noire : tous se tournèrent instinctivement vers la piste qui menait aux ruines de la ferme des Whateley et aux pentes de Sentinel Hill.

Au moment où ils passaient devant l'emplacement de l'ancienne demeure de Wilbur, ils frissonnèrent et manifestèrent une certaine hésitation. Ce n'était pas une promenade d'agrément que de relever la trace d'un monstre aussi gros qu'une grange, doué de la malveillance haineuse d'un démon. En face de la base de Sentinel Hill, la piste quittait la route ; on voyait des empreintes toutes fraîches sur la large foulée qui marquait le chemin suivi par le monstre pour gagner le sommet et en redescendre.

Armitage, ayant tiré de sa poche une lunette d'approche extrêmement puissante, scruta le flanc verdoyant de la colline. Ensuite il tendit l'instrument à Morgan dont la vue était plus perçante. Au bout de quelques secondes, Morgan poussa un cri, puis, montrant du doigt un point de la pente abrupte, passa la lunette à Earl Sawyer. Celui-ci la mit au point maladroitement avec l'aide du bibliothécaire, regarda, poussa un cri à son tour, et s'exclama :

« Seigneur, v'là l'herbe et les buissons qui bougent ! Y monte, y monte lentement,... y monte vers le haut d' l' colline en c' moment même,... Dieu seul sait pourquoi ! »

Alors les campagnards furent pris de panique. S'il

était relativement facile de relever la trace de l'entité inconnue, c'était tout autre chose de la trouver devant soi.
Les formules magiques pouvaient réussir, mais elles
pouvaient tout aussi bien échouer... Plusieurs voix demandèrent à Armitage ce qu'il savait du monstre, et
aucune de ses réponses ne parut satisfaisante. Chacun
se sentait en présence d'une chose maudite, totalement
en dehors des connaissances humaines.

Finalement les trois savants : le vieux docteur Armitage à la barbe blanche, le professeur Rice aux cheveux gris et le jeune docteur Morgan, entreprirent seuls
l'ascension de la colline. Après avoir expliqué patiem-
ment le maniement de la lunette d'approche, ils la
laissèrent au groupe de paysans craintifs massés sur la
route, qui ne cessèrent pas de suivre attentivement les
différentes phases de la montée. Elle s'avéra très rude :
Armitage dut se faire aider à plusieurs reprises. Bien au-
dessus d'eux on voyait frémir l'énorme foulée à l'endroit où l'infernale créature avançait avec lenteur. Bientôt les poursuivants commencèrent à gagner du terrain.

Curtis Whateley (de la branche saine de la famille)
tenait la lunette quand les hommes d'Arkham s'écartè-
rent nettement de la ligne d'empreintes. Il informa ses
compagnons que, de toute évidence, ils essayaient de gagner un pic moins élevé qui dominait la piste en un
point situé fort en avant de l'endroit où l'on voyait
bouger les arbustes. Effectivement, les savants atteignirent le sommet peu après que le monstre l'eut dépassé.

Alors Wesley Corey, qui avait pris la lunette, s'écria
qu'Armitage ajustait le pulvérisateur tenu par Rice, et
que quelque chose allait arriver. Les paysans s'agitè-
rent nerveusement en se rappelant que ce pulvérisateur devait rendre le monstre visible l'espace d'un instant. Deux ou trois hommes fermèrent les yeux, mais
Curtis Whateley arracha la lunette à Corey et regarda
attentivement. Il vit que Rice, placé au-dessus et en
arrière de la démoniaque entité, était en très bonne
posture pour répandre la poudre magique.

Les spectateurs aperçurent simplement l'image fulgurante d'un nuage gris, gros comme une maison de bonne
taille, près du sommet de la colline. Mais Curtis poussa

un cri perçant, laissa tomber la lunette dans la boue, et se serait effondré sur le sol si deux de ses compagnons ne l'avaient pas soutenu. Il ne pouvait que murmurer d'une voix à peine perceptible : « Oh ! oh ! mon Dieu... cette chose !... cette chose !... »

Il fut assailli de questions pendant que, seul, Henry Wheeler songeait à ramasser la lunette et à l'essuyer soigneusement. Curtis se montra incapable de formuler des réponses cohérentes :

« Plus grosse qu'une grange... toute faite ed cordes qui s' tortillent,... alle est faite comme un œuf de poule pus gros que j' pourrais dire, avec des douzaines de jambes pareilles qu' des tonneaux, qui s' plient en deux quand a' marche,... y a rien d' solide là-d' dans, c'est tout comme d' la gelée et c'est fait de cordes qui s' tortillent les unes contre les autres,... y a des gros yeux saillants tout partout,... et dix ou vingt bouches ou trompes qui dépassent ed tous les côtés, grosses comme des tuyaux d' poêle, et qui s' balancent et qui s'ouvrent et qui s' mettent bout à bout,... toutes grises qu'a' sont, avec des anneaux bleus ou violets... *et, seigneur Dieu, c' te moitié d' figure qu'est au-d'ssus !...* »

Ce dernier souvenir parut affecter Curtis d'une façon particulièrement pénible, car il s'affaissa sans pouvoir en dire davantage. Fred Farr et Will Hutchins le transportèrent au bord de la route et le couchèrent sur l'herbe humide. Henry Wheeler, tout tremblant, dirigea la lunette d'approche vers la colline, et distingua trois petites silhouettes qui semblaient courir vers le sommet aussi vite que la pente le leur permettait. A ce moment, les spectateurs perçurent un grand bruit qui résonnait dans la vallée profonde derrière Sentinel Hill. C'était un chœur d'innombrables engoulevents dont les cris semblaient exprimer un espoir avide et pervers.

Earl Sawyer, s'étant emparé de la lunette, déclara que les trois silhouettes se trouvaient maintenant au faîte de la colline, assez loin de la table de pierre mais sensiblement à son niveau. L'une d'elles levait la main au-dessus de sa tête à intervalles réguliers : au moment où Sawyer mentionna ce détail, la foule entendit un faible bruit de mélopée, comme si les gestes s'accompagnaient d'une psalmodie entonnée à pleine voix. La scène devait être à

la fois grotesque et impressionnante, mais aucun spectateur n'était à même d'éprouver des sensations esthétiques.

« J' crois ben qu'y doit dire le charme », murmura
Wheeler en reprenant la lunette. Les engoulevents criaient
éperdument, sur un rythme irrégulier très différent de
celui du rite en train de s'accomplir.

Soudain le soleil parut perdre son éclat en l'absence de
tout nuage visible : phénomène bizarre que tous obser-
vèrent de façon très nette. Sous les collines s'enfla un
grondement sourd auquel répondit un roulement de tonnerre dans le ciel. Un éclair jaillit, et la foule s'étonna
de ne voir surgir aucune nuée d'orage. La mélopée des
hommes d'Arkham devint plus distincte, et Wheeler constata que tous trois levaient les bras en cadence en prononçant leur incantation. Dans une ferme lointaine retentirent des aboiements furieux.

La lumière du jour continua à s'altérer. Les paysans
contemplèrent l'horizon avec stupeur. Une obscurité vio-
lette, qui semblait n'avoir pas d'autre cause qu'un assom-
brissement spectral de l'azur du ciel, pesait sur les collines grondantes. Puis un autre éclair jaillit, plus brillant
que le premier, et les spectateurs crurent discerner une
brume vague autour de la table de pierre, mais personne
n'utilisait la lunette à ce moment. Les engoulevents continuaient à crier sur un rythme irrégulier, et les hommes de Dunwich rassemblèrent toute leur énergie pour
lutter contre la menace dont l'atmosphère semblait sur-
chargée.

Soudain retentirent ces sons rauques et graves, proférés
par une voix cassée, qui hanteront à jamais la mémoire
de ceux qui les entendirent. Ils n'étaient sûrement pas émis
par une voix humaine : on aurait pu croire plutôt qu'ils
provenaient de l'enfer, si leur source n'avait pas été manifestement la table de pierre de la colline. Le mot
« sons » est presque erroné en l'occurrence, car leur timbre effroyablement bas émouvait des sièges de conscience
et de terreur beaucoup plus subtils que l'oreille ; cependant on ne saurait en employer d'autres puisqu'ils affectaient indiscutablement la forme de *mots* à demi articulés. Ils étaient aussi forts que les grondements souterrains
et les roulements de tonnerre auxquels ils faisaient écho ;
néanmoins, ils n'émanaient d'aucune créature visible. Et

c'est parce qu'ils semblaient provenir de l'univers des êtres invisibles, que les hommes groupés au pied de la colline se serrèrent les uns contre les autres en tressaillant comme s'ils s'attendaient à recevoir un coup.

Et voici le croassement hideux qui retentit dans l'espace :

« *Ygnaiih..., ygnaiih,... thflthkh, ngha... Yog-Sothoth,... Y'bthnk,... h'ehye,. n'grkdl'lh* »

A ce moment, il y eut un silence qui sembla révéler une effroyable lutte psychique. Henry Wheeler, l'œil rivé à la lunette, ne vit rien que les trois silhouettes grotesques au sommet de la colline, agitant furieusement les bras en gestes étranges à mesure que leur. incantation atteignait son point culminant... De quel sombre abîme de crainte, de quels gouffres de conscience extra-cosmique ou d'obscure hérédité, émanaient ces sons tonitruants à demi articulés? Bientôt, ils résonnèrent à nouveau, plus forts, plus cohérents, dans un paroxysme de fureur frénétique :

«Eh-ya-ya-ya-yahaah,... c'yayayayaaa... ngh'aaaaa,... ngh'aaa... h'yuh... h'yuh... *HELP! HELP!*... ff-ff-ff- *FATHER! FATHER! YOG-SOTHOTH!*... »

Et ce fut tout.

Les hommes au visage livide, bouleversés par les syllabes *indiscutablement anglaise*s jaillies comme des roches de foudre du vide qui entourait la table de pierre, ne devaient plus jamais les entendre à nouveau. Une terrifiante détonation ébranla les collines, explosion cataclysmique dont on ne pouvait dire si elle venait du ciel ou des entrailles de la terre. Un formidable éclair fut dardé du zénith vers le monstrueux autel, tandis qu'un mascaret de forces invisibles accompagnées d'une indescriptible puanteur déferlait du haut de la colline et balayait toute la campagne environnante. Arbres et buissons semblèrent fouaillés par de furieux coups de fouet. Les paysans blottis sur la route, presque asphyxiés par l'odeur fatale, faillirent tomber à la renverse. Des chiens hurlèrent dans le lointain ;. l'herbe et le feuillage se flétrirent et prirent une étrange couleur jaune grisâtre ; les champs et les forêts se couvrirent de cadavres d'engoulevents.

La puanteur ne tarda pas à se dissiper, mais la végétation ne redevint jamais normale. Aujourd'hui encore, tout ce qui pousse sur cette effroyable colline et aux environs présente un aspect bizarre. Curtis Whateley commençait à peine à reprendre conscience quand les hommes d'Arkham descendirent lentement la colline sous un soleil redevenu clair et brillant. Graves et silencieux, ils semblaient ébranlés par des souvenirs et des réflexions beaucoup plus terribles que ceux qui avaient empli d'épouvante le coeur des paysans. En réponse aux questions multiples dont ils furent assaillis, ils se contentèrent de hocher la tête et d'affirmer un seul fait d'importance capitale.

« Le monstre a disparu définitivement, dit Armitage. Il est retourné aux éléments originels dont il se composait, et ne pourra plus exister. C'était une impossibilité dans un monde normal, car il ne possédait qu'une infime proportion de matière au sens que nous prêtons à ce mot. Il ressemblait à son père, et il est revenu presque tout entier auprès de son père, dans je ne sais quelle dimension en dehors de notre univers matériel, abîme indéterminé d'où, seuls, les rites les plus infâmes ont pu l'arracher pour le faire venir sur ces collines. »

Il y eut un bref silence pendant lequel le pauvre Curtis Whateley retrouva ses esprits et se prit la tête à deux mains en gémissant. A mesure que la mémoire lui revenait, l'horreur du spectacle qui l'avait plongé dans son état de prostration s'imposa de nouveau à lui.

« Oh ! seigneur Dieu, c'te moitié d' figure... c'te moitié d' figure qu'est au-d'ssus,... c'te figure aux yeux roses d'albinos et sans menton, pareil que celle des Whateley... C'était une espèce d' mélange ed pieuvre, ed millepattes et d'araignée, mais y avait une moitié d' figure humaine au-d'ssus, et a' r'semblait à celle du vieux Whateley, sauf qu'alle était large d' plusieurs mètres... »

Il s'interrompit, épuisé, tandis que les paysans le regardaient d'un air hébété. Seul, le vieux Zebulon Whateley dont la mémoire capricieuse conservait certains souvenirs, prit la parole et déclara d'une voix chevrotante :

« V'la 15 ans d' ça, j'ons bien entendu l' vieux Whateley dire qu'un beau jour nous entendrions un des enfants ed Lavinia crier l' nom ed son père tout en haut ed Sentinel Hill... »

Mais Joe Osborn l'interrompit pour interroger à nouveau le bibliothécaire :

« D'une façon comme d'une autre, quoi qu' c'était donc, et comment qu'a fait l' jeune Whateley pour l' faire venir du haut des airs ? »

Armitage répondit en choisissant ses mots soigneusement :

« Eh bien, c'était... une espèce de force qui n'appartient pas à l'espace que nous connaissons ; une force qui se forme, se développe et agit selon d'autres lois que les lois de notre nature. Nous n'avons pas le droit de faire venir des choses pareilles de l'extérieur, et il n'y a que des gens très méchants ou des cultes très impies pour s'y risquer. Wilbur Whateley possédait en lui certains éléments de cette force maléfique : suffisamment pour faire de lui un démon. Je vais brûler son journal sacrilège ; quant à vous, mes amis, je vous conseille de dynamiter cette table de pierre et d'abattre tous les cercles de colonnes qui se dressent sur vos collines. Des monuments semblables attirent les créatures que les Whateley aimaient tant : les créatures qu'ils se proposaient de lâcher sur le monde pour exterminer la race humaine et entraîner notre globe dans je ne sais quel lieu afin de réaliser je ne sais quel but.

« Quant au monstre que nous venons de renvoyer à son point de départ, les Whateley l'avaient élevé pour lui faire jouer un rôle terrible dans les événements futurs. Il s'est développé très vite pour la même raison qui a déterminé la phénoménale croissance de Wilbur : mais le monstre a battu le jeune homme parce qu'il possédait une plus grande part d'*extériorité*. Wilbur ne l'a pas fait venir du haut des airs : *le monstre était son frère jumeau, mais il ressemblait davantage à leur père commun.* »

Le cauchemar d'Innsmouth

Au cours de l'hiver 1927-1928, des fonctionnaires du gouvernement fédéral menèrent une enquête mystérieuse dans la ville d'Innsmouth, ancien port de pêche du Massachusetts. Le public ne l'apprit qu'en février : en effet, à ce moment-là, il y eut une série de rafles de police et d'arrestations, puis on fit sauter à la dynamite un nombre considérable d'immeubles délabrés, tenus pour vides, en bordure de la mer. Les esprits peu curieux considérèrent ces incidents comme un épisode de la lutte entre la police et les contrebandiers de l'alcool.

Néanmoins, les lecteurs assidus des journaux s'étonnèrent du nombre prodigieux des arrestations, des effectifs de police utilisés, et du silence observé sur le sort des prisonniers. On ne mentionna aucun procès ni aucune accusation précise, et, par la suite, on ne vit pas un seul des captifs dans les geôles officielles du pays. Il y eut de vagues déclarations à propos de maladies épidémiques, de camps de concentration, d'internement des inculpés dans diverses prisons militaires ou navales, mais personne ne sut jamais rien de positif. La ville d'Innsmouth resta presque dépeuplée ; c'est à peine si elle commence aujourd'hui à montrer des symptômes d'une lente renaissance.

Des organisations libérales ayant protesté contre pareils procédés, leurs membres directeurs, au terme de longs entretiens confidentiels avec de hauts fonctionnaires, furent invités à inspecter certains camps et certaines pri-

sons. A la suite de ces visites, les dites organisations firent preuve d'une réticence et d'une passivité singulières.
Les journalistes, tout d'abord plus rebelles, finirent par se
ranger aux côtés du gouvernement. Un seul journal illus-
tré, bien connu pour la fausseté de ses informations,
parla d'un sous-marin de grande profondeur qui aurait
déchargé des torpilles dans l'abîme situé au-delà du Récif du Diable. Cette nouvelle, glanée par hasard dans un
café à matelots, parut fort invraisemblable, car le Récif
du Diable se trouve à un bon mille et demi du port.

Les gens de la campagne et des villes environnantes
échangèrent maints propos à voix basse, mais communi-
quèrent fort peu de choses aux étrangers. Il y avait déjà
un siècle qu'ils parlaient de la vieille cité agonisante
presque déserte, et rien ne pouvait être plus hideux que
ce qu'ils racontaient à son sujet depuis des années. Ils
avaient appris à se montrer réservés pour des raisons connues d'eux seuls, aussi était-il inutile d'essayer d'exercer
la moindre pression sur eux. En fait, ils ne savaient pas
grand-chose, car de vastes marécages déserts séparent
Innsmouth de l'intérieur des terres.

Aujourd'hui, je vais enfin parler, malgré l'interdit jeté
sur ces événements. Les résultats obtenus sont tellement
décisifs qu'aucun mal ne saurait provenir, j'en suis certain, de mes révélations sur les découvertes des enquêteurs horrifiés. Par ailleurs, il se peut qu'il y ait plus
d'une explication du mystère. J'ignore si l'on m'a raconté
toute l'histoire sans en rien omettre, et j'ai plusieurs motifs de ne pas essayer de la sonder plus avant : en effet,
nul ne s'y est trouvé mêlé plus étroitement que moi, et
elle m'a laissé des impressions qui pourront m'amener,
encore aujourd'hui, à prendre des mesures rigoureuses.

C'est moi qui me suis enfui d'Innsmouth à l'aube du
16 juillet 1927 ; c'est moi qui, par mes appels épouvantés,
ai incité le gouvernement à agir comme il l'a fait. J'ai
gardé le silence tant que l'affaire était obscure et de fraîche date ; maintenant qu'elle n'est plus qu'un incident dé-
nué d'intérêt aux yeux du public, j'éprouve un étrange
désir de dire tout bas les effroyables heures que j'ai passées dans ce havre de mort hanté par des monstruosités
maléfiques. Le seul fait de narrer mon aventure me re-
donne confiance en mes facultés mentales, me prouve que

je n'ai pas été simplement la première victime d'une hallucination collective ; d'autre part, il me permet de prendre une décision terrible me concernant.

Je n'avais jamais entendu parler d'Innsmouth avant la veille du jour où je vis cette ville pour la première fois. Je fêtais ma majorité en parcourant la Nouvelle Angleterre à des fins touristiques, archéologiques et généalogiques, et j'avais projeté d'aller directement de Newburyport à Arkham, berceau de la famille de ma mère. Ne possédant pas de voiture, je voyageais en train ou en autocar, en choisissant toujours le trajet le moins coûteux. A Newburyport on me dit que le chemin de fer était le moyen le plus rapide de gagner Arkham ; ce fut à la gare, tandis que j'hésitais à prendre un billet trop cher pour moi, que j'appris l'existence d'Innsmouth. L'employé auquel je m'adressai, gros homme au visage rusé dont le langage prouvait qu'il n'était pas du pays, sembla s'associer à mes préoccupations d'économie et me suggéra une solution que personne d'autre ne m'avait proposée.

« Je crois que vous pourriez prendre le vieil autobus, dit-il d'un ton hésitant, mais on ne l'aime pas beaucoup dans la région parce qu'il traverse Innsmouth. C'est un type d'Innsmouth qui conduit, un certain Joe Sargent, et il ne charge jamais de client ni ici ni à Arkham. Je me demande comment il arrive à faire ses frais. Les places ne doivent pas être chères, mais je ne vois jamais plus de deux ou trois voyageurs dans la guimbarde, et c'est toujours des gens d'Innsmouth. Il y a deux départs par jour, à 10 heures du matin et à 7 heures du soir, sur la Grand'Place, en face de la droguerie Hammond. »

Toute allusion à une ville qui n'était ni portée sur les cartes ordinaires ni mentionnée dans les guides récents aurait suffi à m'intéresser : la façon bizarre dont l'employé m'en avait parlé suscita en moi une ardente curiosité. Je me dis qu'une agglomération capable de provoquer une telle répugnance chez ses voisins devait, à tout le moins, sortir de l'ordinaire et mériter l'attention du touriste. Si elle venait avant Arkham je ne manquerais pas de m'y arrêter. En conséquence je demandai quelques renseignements à mon interlocuteur qui me tint les propos suivants :

« Innsmouth ? Ma foi, c'est une curieuse ville, à l'embouchure du Manuxet. Avant la guerre de 1812, c'était un port très important, mais pendant les cent dernières années, elle s'est quasiment réduite à rien. Il n'y a même pas de chemin de fer, car on a cessé d'utiliser depuis des années la ligne de raccordement qui la reliait à Rowley.

« Les maisons vides sont plus nombreuses que les maisons habitées. Ni commerce ni industrie, à part la pêche en mer. Autrefois, on trouvait quelques fabriques ; aujourd'hui, il n'y a plus qu'une seule usine d'affinage d'or qui fonctionne à très petit rendement.

« N'empêche que, dans le temps, c'était une grosse affaire, et le vieux Marsh, son propriétaire, doit être riche comme Crésus. Drôle de bonhomme d'ailleurs, qui ne sort jamais de chez lui. On raconte qu'il a dû attraper une maladie de peau ou une difformité quelconque : c'est pour ça qu'il ne veut plus se montrer en public. C'est le petit-fils du capitaine Obed Marsh qui a fondé l'entreprise. Sa mère était une étrangère (il y en a qui disent qu'elle venait des mers du sud), et il y a eu un pétard de tous les diables quand il a épousé une fille d'Ipswich, voilà cinquante ans de ça. On a toujours eu la même attitude dans le pays : s'il y a des gens de par ici qui sont apparentés à des habitants d'Innsmouth, ils font tout ce qu'ils peuvent pour le cacher. Malgré ça, je trouve que les enfants et les petits-enfants de Marsh ont l'air d'être tout à fait normaux : je me les suis fait montrer par quelqu'un ici même... mais, maintenant que j'y pense, on dirait que les aînés ne sortent plus depuis quelque temps. Pour ce qui est du vieux, je ne l'ai jamais vu.

« Qu'est-ce que tout le monde peut bien avoir contre Innsmouth ? Ma foi, jeune homme, il ne faut pas attacher trop d'importance à ce que disent les gens du pays. On a du mal à les faire démarrer, mais, une fois qu'ils ont commencé, il n'y a plus moyen de les arrêter. Voilà plus de cent ans qu'ils débitent des sornettes sur cette ville, (qu'ils les murmurent, plutôt), et je crois qu'en réalité ils ont très peur. Certaines de leurs histoires vous feraient mourir de rire. Par exemple, ils affirment que le capitaine Marsh a conclu un pacte avec le diable et a fait venir des démons de l'enfer pour les installer à Innsmouth ;

ou encore qu'on a découvert en 1845 un endroit près des quais où des adorateurs de Satan lui offraient de terribles sacrifices. Moi, je viens de Panton, Vermont, et je ne gobe pas ces âneries.

« Malgré ça, je voudrais que vous entendiez certains vieux parler du rocher noir qui se trouve à un bon mille de la côte : le Récif du Diable, qu'ils l'appellent. Il est presque au-dessus de l'eau, mais on ne peut pas dire qu'il forme une île. D'après la légende, on y voit quelquefois toute une légion de diables couchés dessus ou en train de sortir des cavernes creusées dans le haut. Quelques années avant que le port soit complètement abandonné, les marins faisaient de grands détours pour éviter ce récif.

« Quand je dis les marins, je parle de ceux qui n'étaient pas d'Innsmouth, bien entendu. Ce qu'on reprochait surtout au capitaine Marsh, c'était que, censément, il y allait en bateau, la nuit, quand la marée le permettait. Notez que c'est très possible qu'il ait fait ça parce que la nature du rocher est très intéressante ; peut-être aussi qu'il y cherchait un butin de pirates caché dans quelque trou. Mais, naturellement, les gens ont prétendu qu'il allait y retrouver des démons. En fait, je crois que c'est le capitaine qui a donné au récif sa mauvaise réputation.

« Tout ça se passait avant la grande épidémie de 1846 qui a tué la moitié de la population d'Innsmouth. Personne n'a jamais su de quoi il retournait : ça devait être une maladie étrangère apportée de Chine ou d'ailleurs par les bateaux. En tout cas, ça a fait du vilain : il y a eu des émeutes et toutes sortes d'horreurs. La ville ne s'en est jamais remise ; je parie qu'il n'y a pas plus de quatre cents personnes au jour d'aujourd'hui.

« Malgré ça, la vraie raison de l'attitude des gens d'ici, c'est tout simplement un préjugé racial, et je ne peux pas dire que je le leur reproche : moi-même j'ai horreur des habitants d'Innsmouth, et je ne voudrais pas aller chez eux pour rien au monde. Je vois bien que vous êtes de l'Ouest rien qu'à votre façon de parler, mais vous devez savoir que les bateaux de la Nouvelle-Angleterre allaient dans des ports étranges en Afrique, en Asie, dans les mers du sud, un peu partout, et qu'ils ramenaient quelquefois des créatures bizarres. Vous avez sans doute entendu parler du type de Salem qui est rentré chez lui avec une Chinoise, et vous savez peut-être qu'il existe encore un groupe d'indigènes des Iles Fidji dans les parages de Cape Cod.

« Eh bien, il doit y avoir une histoire de ce genre qui explique l'aspect des habitants d'Innsmouth. Comme la ville a toujours été séparée du reste du pays par des rivières et des marécages, on ne peut être sûr de rien, mais il est plus que probable que le capitaine Marsh a ramené des spécimens bizarres du temps où il avait trois bateaux en armement entre 1820 et 1840. Encore aujourd'hui, les gens d'Innsmouth ont un type physique assez curieux. Vous le remarquerez chez Sargent si vous prenez son autobus. Certains ont la tête très étroite, le nez plat, et des yeux saillants qui semblent ne jamais se fermer ; leur peau rugueuse est couverte de croûtes, leur cou est tout ratatiné ou tout plissé sur les côtés. Ils deviennent chauves de très bonne heure. C'est les plus âgés qui sont les plus vilains. En fait, je crois que je n'ai jamais vu un très vieux échantillon de ce genre d'individus. Ils doivent mourir de peur en se regardant dans leur miroir ! Les animaux les détestent : avant l'arrivée des automobiles, ils avaient beaucoup d'ennuis avec les chevaux.

« Personne ici, pas plus qu'à Arkham ni à Ipswich, ne veut avoir de rapports avec eux ; de leur côté, il se montrent distants quand ils vont en ville ou quand quelqu'un essaie de pêcher dans leurs eaux. C'est très curieux qu'il y ait toujours des tas de poissons au large du port d'Innsmouth alors qu'il n'y en a nulle part ailleurs ; mais essayez un peu d'aller en pêcher, et vous verrez comment on vous fera déguerpir ! Ces gens-là venaient ici autrefois par le train : ils allaient à pied jusqu'à Rowley pour le prendre ; à présent ils voyagent dans l'autobus de Sargent.

« Oui, il y a un hôtel à Innsmouth, Gilman House qu'on l'appelle ; mais je ne crois pas qu'il soit bien fameux et je ne vous conseille pas d'y descendre. Mieux vaut coucher ici et prendre l'autobus de 10 heures demain matin ; ensuite, à Innsmouth, vous pourrez prendre l'autobus de 8 heures du soir pour Arkham. Il y a deux ans, un inspecteur du travail est descendu au Gilman, et il en a gardé un fichu souvenir. Il y avait là, à ce qu'il a dit, de drôles de clients, car il a entendu dans d'autres chambres (dont la plupart étaient vides) des voix qui lui ont donné la chair de poule. La conversation était en langue étrangère, mais le pire c'était une certaine voix qui parlait de temps à autre et qui ne semblait pas normale : on aurait dit une espèce de clapotement. Il n'a pas osé se déshabiller ni s'endormir, et il a décampé au lever du soleil. La conversation a duré toute la nuit.

« Ce type, Casey qu'il s'appelait, a raconté que les gens d'Innsmouth l'observaient d'un air méfiant et se tenaient sur leurs gardes. L'usine de Marsh lui avait paru très bizarre également : c'est une vieille bâtisse près des dernières chutes du Manuxet. Ce qu'il en a dit concordait avec ce que j'avais entendu raconter : livres très mal tenus, aucune espèce de facture. On s'est toujours demandé d'où les Marsh reçoivent l'or qu'ils affinent. Jamais ils n'ont eu l'air d'en acheter beaucoup, et pourtant, voilà bien des années, ils ont expédié par bateaux une énorme quantité de lingots.

« Dans le temps on parlait de bijoux étranges que les matelots et les ouvriers de l'usine auraient vendus en douce, et que les femmes de la famille Marsh auraient portés une ou deux fois. On murmurait que, peut-être, le vieux capitaine Obed se les était procurés dans quelque port païen en faisant du troc ; surtout qu'il commandait toujours des tas de verroteries et de babioles comme en emportent les marins qui font du commerce avec les indigènes. D'autres croyaient et croient encore qu'il a trouvé ces bijoux dans une cache de pirates sur le Récif du Diable. En fait, il y a une chose bien extraordinaire : le capitaine est mort depuis soixante ans et aucun bateau de tonnage moyen n'est sorti du port depuis la guerre civile ; or, malgré ça, les Marsh continuent à acheter de la verroterie et de menus objets en caoutchouc, à ce qu'on m'a raconté. Peut-être que les gens d'Innsmouth aiment jouer avec : Dieu sait qu'ils sont tombés au niveau des cannibales des mers du sud et des sauvages de Guinée !

« L'épidémie de 46 a dû emporter les meilleures familles. A l'heure actuelle, il n'y a plus que des types douteux : les Marsh et les richards de leur espèce ne valent pas mieux que les autres. Comme je vous l'ai dit, je ne

crois pas qu'il y ait plus de quatre cents habitants dans
toute la ville qui est pourtant pleine de rues, à ce qu'on
m'a raconté. Je crois qu'ils sont du genre de ceux qu'on
appelle « les sales blancs » dans les Etats du sud : rusés,
sans foi ni loi, et agissant en dessous. Ils pêchent beaucoup de poissons et de homards qu'ils exportent par camions. C'est bizarre qu'il y ait tant de poissons dans leurs
eaux et qu'on n'en trouve pas ailleurs.

« Personne ne peut savoir exactement ce que font ces
gens-là : les fonctionnaires de l'instruction publique et
du recensement en voient de dures avec eux. Les étrangers
trop curieux sont plutôt mal reçus à Innsmouth, je vous
le garantis. Personnellement, j'ai entendu dire que plus
d'un homme d'affaires, plus d'un représentant du gouvernement, avait disparu au cours d'une enquête ; on parle
aussi d'un type qui est devenu fou et qui se trouve aujourd'hui à l'asile de Denver.

« C'est pour ça que je n'irais pas à Innsmouth de nuit
si j'étais vous. Je n'y suis jamais allé et je n'en ai pas envie, mais je ne crois pas qu'un voyage de jour vous fasse
du mal, encore que les gens d'ici vous le déconseilleront.
Si vous voulez voir de vieux coins intéressants, vous ne
trouverez pas mieux. »

Je passai une partie de la soirée à la bibliothèque municipale de Newburyport, afin de me documenter sur Innsmouth. En effet, lorsque j'avais essayé d'interroger les
gens au restaurant, dans les boutiques, dans les garages,
je m'étais aperçu qu'ils étaient beaucoup moins enclins à
parler que l'employé de gare, et je ne disposais pas du
temps nécessaire pour les amener à surmonter leur réticence instinctive. Ils avaient manifesté une certaine mé-
fiance à mon égard : de toute évidence, l'intérêt que je
portais à Innsmouth leur semblait très louche. A
l'Y. M. C. A., où je devais passer la nuit, l'employé de réception avait fait tous ses efforts pour me dissuader de
me rendre dans cette lugubre cité. Le bibliothécaire
adopta la même attitude. Je compris que, aux yeux des personnes cultivées, Innsmouth offrait simplement un cas de
dégénérescence civique un peu trop marquée.

Les chroniques du comté d'Essex que je consultai ne
m'apprirent pas grand-chose : la ville, fondée en 1643,
avait été célèbre pour ses chantiers de constructions nava-

les avant la révolution ; elle était devenue un port extrêmement prospère au XIXᵉ siècle, et, un peu plus tard, un petit centre industriel utilisant le Manuxet en guise de force motrice. Les historiens glissaient sur l'épidémie et les émeutes de 1846, comme si elles constituaient un déshonneur pour le pays.

Je trouvai peu d'allusions précises au déclin de la ville, mais les faits mentionnés étaient significatifs. Après la guerre civile, seule l'usine Marsh avait continué à fonctionner, la vente des lingots d'or constituant l'unique forme de commerce en dehors de la pêche. Celle-ci rapportait de moins en moins à mesure que le prix de la marchandise baissait, mais il y avait toujours eu abondance de poissons au large du port. Les étrangers s'y installaient rarement ; quelques Polonais et Portugais qui s'y étaient risqués avaient été chassés brutalement.

Ce qui m'intéressa le plus, ce fut un passage assez bref sur les étranges bijoux qui se rattachaient vaguement à l'histoire d'Innsmouth. Ils avaient dû beaucoup frapper tous les gens du pays, car on signalait la présence de différents spécimens au musée de l'université de Miskatonic, à Arkham, et dans une salle de la Société d'études historiques de Newburyport. Leur description, pourtant fort prosaïque, me donna une si forte impression d'étrangeté que je résolus, malgré l'heure tardive, d'aller voir l'échantillon local : une espèce de tiare de forme insolite et de proportions bizarres.

Le bibliothécaire me donna une lettre d'introduction pour la conservatrice, une certaine Mlle Anna Tilton, qui habitait tout près. Après une courte explication, cette vénérable personne eut la bonté de me faire pénétrer dans le bâtiment fermé. La collection était vraiment remarquable, mais, en l'occurrence, je n'avais d'yeux que pour le curieux objet qui étincelait dans une vitrine d'angle sous la lumière électrique.

Il n'était pas nécessaire d'être particulièrement sensible à la beauté pour béer d'admiration, comme je le fis, devant la splendeur supra-terrestre de cette fantastique œuvre d'art placée sur un coussin de velours violet. A l'heure actuelle je suis presque incapable de la décrire, bien que ce fût nettement une espèce de tiare. Le devant en était très haut ; la périphérie, curieusement irrégulière,

semblait avoir été conçue pour une tête au contour capri-
cieusement elliptique. Elle semblait composée d'or en majeure partie, mais son éclat surnaturel suggérait un
étrange alliage avec un métal tout aussi précieux que je
ne pus identifier. Elle était en parfait état de conservation,
et l'on aurait pu passer des heures entières à étudier les
dessins déconcertants, entièrement originaux, purement géométriques ou nettement marins, ciselés en haut relief sur sa
surface avec une habileté et une grâce incroyables.

Plus je regardais cet objet, plus il me fascinait : néanmoins je percevais dans l'attrait qu'il exerçait sur moi un
élément troublant que je ne saurais expliquer ni définir.
Au début j'attribuai mon malaise au caractère extra-ter-
restre de cette oeuvre d'art. Celles que j'avais vues jusqu'alors, ou bien relevaient d'une quelconque tradition
raciale, ou bien constituaient des défis volontaires à toutes les traditions. Cette tiare n'appartenait à aucune des
deux catégories. Elle révélait une technique parfaite, mais
cette technique différait de toutes celles dont j'avais pu
voir des spécimens ou entendre parler, qu'elles fussent
orientales ou occidentales, anciennes ou modernes. Ce
travail semblait avoir été exécuté sur une autre planète.

Pourtant, je compris bientôt que mon trouble était dû
à une autre cause tout aussi puissante que la première :
les suggestions picturales et mathématiques des étranges
dessins. Ils évoquaient des secrets lointains, d'inconcevables abîmes du temps et de l'espace, et leur nature inva-
riablement aquatique paraissait presque sinistre. Ils représentaient surtout des monstres répugnants, grotesques et
maléfiques, mi-poissons, mi-batraciens, que je ne pouvais dissocier de pseudo-souvenirs obsédants particulièrement désagréables : j'avais l'impression qu'ils faisaient
surgir je ne sais quelle image émanée de ces cellules secrètes où sont gravées nos sensations ancestrales les plus
terrifiantes. Parfois il me semblait que chaque ligne de
leur corps exhalait la quintessence d'un mal inconnu des
hommes.

La courte et banale histoire de la tiare, telle que
Mlle Tilton me la raconta, formait un curieux contraste
avec son aspect. Elle avait été mise en gage, pour une
somme ridicule, dans une boutique de State Street, en
1873, par un ivrogne venu d'Innsmouth, qui, peu de temps

après, avait été tué au cours d'une bagarre. La Société l'avait achetée ensuite au prêteur sur gages pour la placer dans un cadre digne de sa qualité. On estimait qu'elle venait d'Indochine ou des Indes orientales, mais c'était là une supposition purement gratuite.

Mlle Tilton, après avoir comparé toutes les hypothèses concernant l'origine de cet objet d'art et sa présence en Nouvelle Angleterre, se sentit portée à croire qu'il faisait partie d'un trésor de pirates découvert par le vieux capitaine Obed Marsh. Son opinion fut renforcée par les offres de rachat à un prix très élevé que les Marsh multiplièrent auprès de la Société, dès qu'ils eurent appris que la tiare était en sa possession.

Tandis que la conservatrice me raccompagnait jusqu'à la porte, elle me fit comprendre nettement que sa théorie personnelle sur la fortune des Marsh était très répandue parmi l'élite intellectuelle du pays. Elle n'avait jamais vu Innsmouth, mais elle éprouvait un profond dégoût à l'égard de cette communauté qui s'éloignait de plus en plus de la civilisation et de la culture. Elle m'affirma que les rumeurs mentionnant un culte satanique étaient partiellement justifiées par l'existence d'une religion secrète qui avait fini par anéantir toutes les églises orthodoxes.

Cette religion païenne, appelée l'*Ordre Esotérique de Dagon,* avait dû être importée d'Orient un siècle auparavant, à une époque où les pêcheries d'Innsmouth semblaient péricliter. Il était tout naturel qu'elle se fût implantée au milieu de gens à l'esprit simple à la suite du retour permanent d'inépuisables bancs de poissons. Elle n'avait pas tardé à prendre une importance considérable, détrônant la franc-maçonnerie et installant son quartier-général dans la salle des réunions maçonniques, sur la place de New Church Green.

Tout ceci constituait pour la pieuse Mlle Tilton une excellente raison d'éviter la vieille ville dépeuplée ; pour moi c'était un stimulant supplémentaire. Non seulement j'allais connaître des joies archéologiques, mais encore je pourrais faire des observations anthropologiques d'un haut intérêt. Transporté par cette perspective, je ne dormis guère dans ma petite chambre de l'Y .M. C. A.

-:-

Le lendemain matin, un peu avant 10 heures, j'attendais l'autobus d'Innsmouth sur la place du marché, devant la droguerie Hammond. A mesure qu'approchait le moment de son arrivée, je constatai que les flâneurs s'éloignaient vers l'autre extrémité de la place. De toute évidence, l'employé de gare n'avait pas exagéré l'aversion des gens du pays à l'égard des habitants d'Innsmouth. Bientôt un vieux véhicule branlant, de couleur gris sale, dévala State Street à grand bruit, prit le tournant et s'arrêta au bord du trottoir tout près de moi. Je devinai tout de suite que c'était l'autobus que j'attendais, avant même d'avoir lu sur le pare-brise l'inscription à demi effacée : *Arkham-Innsmouth-Newb...port.*

Il ne contenait que trois voyageurs, trois hommes assez jeunes, aux cheveux noirs, à l'air morose, qui descendirent maladroitement et s'engagèrent dans State Street d'un pas furtif. Le conducteur quitta son siège ; je le suivis des yeux pendant qu'il entrait dans la droguerie pour faire quelque achat. Je songeai que ce devait être Joe Sargent, et, avant d'avoir remarqué le moindre détail de sa personne, je me sentis envahi par une répugnance instinctive. Il me parut tout naturel que les gens de Newburyport ne voulussent pas voyager dans un autobus conduit par cet homme, et fussent désireux de visiter le moins souvent possible la ville où il habitait avec ceux de sa race.

Lorsque Joe Sargent sortit de la boutique, je l'observai plus soigneusement pour tenter de déterminer la cause de ma mauvaise impression. C'était un homme grand et maigre, aux épaules voûtées, vêtu d'un complet bleu râpé, coiffé d'une casquette de golf grise tout élimée. Il devait avoir trente-cinq ans environ, mais les plis bizarres qui creusaient les deux côtés de son cou le faisaient paraître plus âgé quand on ne regardait pas son visage morne et sans expression. Il avait une tête étroite, des yeux bleus saillants qui semblaient ne jamais cligner, un nez plat, un front et un menton fuyants, des oreilles curieusement atrophiées. Sur sa lèvre supérieure très longue et sur ses joues grisâtres aux pores dilatés, poussaient de maigres touffes de poils blancs frisés, inégalement réparties ; à certains endroits la peau semblait atteinte d'une maladie qui la

rendait rugueuse. Ses grandes mains aux veines saillan-
tes étaient d'une teinte gris-bleu fort extraordinaire ; les
doigts étrangement courts semblaient avoir tendance à se
replier dans la paume énorme. Je remarquai aussi qu'il
marchait d'un pas traînant, et vis que ses pieds étaient
d'une taille démesurée. Plus je les regardais, plus je me
demandais comment il pouvait trouver des souliers à sa
pointure.

Cet homme donnait une impression de saleté huileuse.
Il devait travailler dans les pêcheries, car il empestait le
poisson. Je fus incapable de déterminer quel sang coulait
dans ses veines. Ses diverses singularités ne semblaient ni
asiatiques, ni polynésiennes, ni négroïdes, mais je comprenais fort bien pourquoi les gens lui trouvaient l'air étranger.
Personnellement, j'aurais plutôt pensé à une dégénérescence biologique.

Je regrettai de constater qu'il n'y aurait pas d'autre
voyageur que moi dans l'autobus : l'idée d'accomplir le
trajet seul avec ce conducteur me déplaisait au plus haut
point. Pourtant, le moment venu, je surmontai mon appréhension, suivis Joe Sargent à bord du véhicule, et lui
tendis un billet d'un dollar en murmurant simplement :
« Innsmouth. » Il me lança un coup d'œil curieux, puis
me rendit quarante *cents* sans mot dire. Je m'installai sur
le siège le plus éloigné du chauffeur, mais du même côté,
car je désirais voir la mer pendant le voyage.

Finalement, la guimbarde s'ébranla avec une violente
secousse, et roula bruyamment entre les vieux bâtiments
en brique de State Street dans un nuage de vapeur. J'eus
l'impression que les passants sur les trottoirs désiraient
éviter de regarder l'autobus, ou, plutôt, d'avoir l'air de le
regarder. Ensuite, nous tournâmes à gauche pour pénétrer
dans High Street où nous accélérâmes notre allure. Après
avoir longé d'imposantes demeures datant du début de la
république et des fermes de style colonial encore plus
anciennes, nous débouchâmes enfin sur une longue plaine
monotone en bordure de la côte.

Le jour était chaud et ensoleillé, mais le paysage de sable, de joncs, et d'arbustes rabougris devenait de plus en
plus désolé à mesure que nous avancions. Par la fenêtre
je pouvais contempler l'eau bleue et les contours de
Plum Island. Bientôt, nous nous rapprochâmes de la

grève, tandis que notre chemin se détournait de la grand-
route en direction de Rowley et d'Ipswich. Il n'y avait
pas de maisons en vue, et l'état de la chaussée me permit
de conclure que la circulation était très réduite dans les
parages. Les petits poteaux télégraphiques abîmés par les
intempéries ne portaient que deux fils. Parfois nous franchissions des ponts de bois rudimentaires jetés au-dessus de
rivières remontées par les marées, qui contribuaient à iso-
ler le pays encore davantage.

A plusieurs reprises j'aperçus de vieilles souches et des
murs de fondation en ruine émergeant du sable amoncelé
par le vent ; je me rappelai alors que, d'après les traditions
rapportées dans un des livres que j'avais parcourus, cette
région avait été jadis fertile et très peuplée. Le changement, qui datait de l'épidémie de 1846, était dû, s'il fallait
en croire les esprits simples, à de mystérieuses puissances
maléfiques. En réalité, un déboisement excessif trop près
du rivage avait privé le sol de sa meilleure protection en
ouvrant le chemin à l'invasion des sables poussés par le
vent.

Bientôt, Plum Island disparut ; nous vîmes à notre
gauche l'immense étendue de l'Atlantique. Notre chemin
commença à monter en pente raide, et j'éprouvai une
étrange sensation de malaise en regardant devant moi la
crête solitaire où la route creusée d'ornières rejoignait le
ciel. J'avais l'impression que l'autobus allait continuer son
ascension, abandonner notre terre raisonnable pour s'enfoncer dans les arcanes inconnus des secrètes régions
d'en haut. L'odeur de la mer me sembla lourde de menace ; le dos rigide, la tête étroite du conducteur me parurent de plus en plus détestables. Je m'aperçus que sa
nuque était presque aussi dépourvue de poils que son visage : quelques touffes jaunes parsemaient une peau grisâtre et rugueuse.

Quand nous fûmes au sommet de la côte, je contemplai la vallée étalée à nos pieds, à l'endroit où le Manuxet se jette dans la mer, au nord de cette longue ligne
de falaises dont le point culminant est le promontoire de
Kingsport, et qui oblique en direction de Cape Ann. A
l'horizon lointain, je pouvais distinguer le profil verti-
gineux du promontoire couronné par la vieille demeure
qui a suscité tant de légendes ; mais mon attention était

retenue par le panorama plus proche juste au-dessous de moi : je me trouvais face à face avec Innsmouth.

Malgré son étendue et la densité de ses constructions, la ville révélait une absence de vie de mauvais augure. Du fouillis des pots de cheminée montaient de rares filets de fumée. Trois clochers noirs délabrés se détachaient sur le ciel du côté de la mer. Le faîte de l'un d'eux commençait à s'écrouler, et des trous noirs béants s'ouvraient aux endroits où auraient dû s'encastrer des cadrans d'horloge. L'amoncellement de toits en croupe affaissés et de pignons pointus montrait que les charpentes étaient vermoulues ; à mesure que nous approchions, je vis que plusieurs d'entre eux s'étaient effondrés. Il y avait également de grandes maisons carrées de l'époque des rois George, pourvues de belvédères et de galeries à balustrades. Elles se trouvaient pour la plupart loin de la mer ; deux ou trois paraissaient en assez bon état. On distinguait à leur pied les rails rouillés de la ligne de chemin de fer abandonnée qui reliait autrefois Innsmouth à Rowley.

Le délabrement était particulièrement marqué aux environs immédiats des quais, mais, au centre même de ce quartier, j'aperçus le blanc campanile d'un bâtiment de brique assez bien conservé qui ressemblait à une petite usine. Le port, depuis longtemps ensablé, était protégé par une vieille digue de pierre sur laquelle je distinguai les silhouettes assises de quelques pêcheurs. A son extrémité se dressaient les ruines d'un phare. A l'intérieur de cette barrière s'était formée une langue de sable couverte de huttes branlantes, de doris, et de casiers à homards. Il semblait n'y avoir d'eau profonde qu'à l'endroit où la rivière passait auprès de l'usine de brique et obliquait vers le sud pour aller se jeter dans l'océan au bout de la digue.

Çà et là, des quais en ruine partaient du rivage et s'achevaient dans un amas confus de décombres : ceux qui se trouvaient le plus au sud étaient particulièrement détériorés. Au large, j'aperçus, malgré la marée haute, une longue ligne noire presque à fleur d'eau, à l'aspect maléfique. Ce devait être le Récif du Diable. Pendant que je le contemplais, j'éprouvai l'étrange impression qu'il me faisait signe, et ceci me troubla davantage que ma première sensation de dégoût.

Nous ne rencontrâmes personne sur la route. mais, bientôt, nous passâmes devant des fermes désertes, toutes plus ou moins démolies. Puis je remarquai quelques maisons habitées, aux fenêtres sans vitres bourrées de chiffons, aux cours jonchées de coquillages et de poissons morts. Une ou deux fois je vis des individus à l'air apathique en train de travailler dans des jardins improductifs ou de chercher des moules sur la grève, et des enfants au visage simiesque jouant sur le pas des portes. Ces gens étaient encore plus inquiétants que les bâtiments lugubres, car chacun offrait des singularités de traits ou d'attitude qui me déplurent instinctivement, je ne saurais dire pourquoi. L'espace d'un instant, je crus que leur physique me suggérait une image déjà vue dans des circonstances particulièrement tristes ou horribles ; toutefois, ce pseudo-souvenir disparut très rapidement.

Comme l'autobus arrivait en terrain plat, je perçus le bruit régulier d'une chute d'eau qui rompait le silence. Les maisons lépreuses et branlantes se multiplièrent et prirent un caractère urbain. Peu à peu le panorama se réduisit à la perspective d'une rue depuis longtemps abandonnée où subsistaient des traces de pavés et de trottoirs en brique. Toutes les maisons semblaient désertes ; par endroits une brèche marquait l'emplacement d'un logis écroulé. Partout régnait une odeur de poisson particulièrement écœurante.

Bientôt apparurent des carrefours et des embranchements. Les rues de gauche menaient au sordide quartier du port ; celles de droite gardaient encore les traces d'une splendeur disparue. Jusqu'alors je n'avais pas vu âme qui vive, mais, à partir de ce moment-là, je découvris de rares indices d'habitation : des rideaux aux fenêtres, une vieille automobile arrêtée devant une porte. Les pavés et les trottoirs devenaient de plus en plus nettement marqués ; quoique les maisons fussent très vieilles (c'étaient des constructions en brique et en bois datant du début du XIXe siècle), elles étaient encore fort logeables. Au milieu de cette survivance d'un passé prospère, mes joies d'archéologue me firent presque oublier mon dégoût olfactif et le malaise que m'inspirait un sentiment de danger indéterminé.

Néanmoins, je ne devais pas arriver à destination sans éprouver une impression extrêmement désagréable. L'autobus venait d'atteindre une sorte de vaste carrefour : à ma droite et à ma gauche se trouvaient deux églises ; au centre s'étendait une pelouse circulaire sale et pelée. Devant moi se dressait un grand bâtiment orné de colonnes, dont la peinture autrefois blanche s'écaillait en pellicules grisâtres. Sur le fronton j'eus du mal à lire l'inscription gravée en lettres d'or sur fond noir : *Ordre Esotérique de Dagon.* Pendant que je m'employais à déchiffrer les caractères à demi effacés, mon attention fut attirée par les tintements rauques d'une cloche fêlée, et je me penchai vivement à la portière placée contre mon siège.

Les sons provenaient d'une église de pierre au clocher trapu, manifestement plus ancienne que la plupart des maisons, de style pseudo-gothique, dont la crypte, étrangement haute, était munie de fenêtres aux volets clos. Les aiguilles de l'horloge manquaient, mais je compris que ces tintements rauques annonçaient 11 heures. Soudain, je cessai de penser à l'heure qu'il était, car une vision rapide, d'une intensité fulgurante, m'emplit d'une horreur inexplicable avant même que j'eusse eu le temps de l'identifier. La porte de la crypte était ouverte sur un rectangle de ténèbres. Or, au moment où je la regardais, une silhouette traversa ou sembla traverser ce fond obscur, gravant dans mon cerveau une image de cauchemar, d'autant plus affolante que l'analyse n'y pouvait déceler la moindre qualité cauchemaresque.

C'était un être vivant, le premier, en dehors du chauffeur, que j'eusse aperçu depuis notre arrivée dans la ville proprement dite, et, si j'avais été plus calme, il ne m'aurait inspiré aucune terreur. De toute évidence, (je le compris quelques instants plus tard), c'était un prêtre revêtu des curieux ornements sacerdotaux introduits par l'*Ordre Esotérique de Dagon* qui avait modifié le rituel des églises locales. Ce qui avait dû frapper mon premier regard inconscient et me pénétrer d'une horreur inexplicable, c'était la tiare qu'il portait, exacte réplique de celle que Mlle Tilton m'avait montrée la veille : voilà pourquoi

mon imagination échauffée avait prêté des qualités sinistres à ce visage estompé, à cette silhouette à la démarche
traînante. Je ne tardai pas à décider que je n'avais pas
eu le moindre motif de frissonner comme à l'évocation
d'un souvenir mauvais. N'était-il pas naturel qu'une secte
locale eût adopté au nombre de ses ornements sacerdotaux une coiffure familière à la communauté, provenant
d'un trésor caché ?

Quelques jeunes gens à l'aspect répugnant commençaient à se montrer sur les trottoirs, seuls ou par groupes de deux ou trois. Le rez-de-chaussée de certaines
maisons croulantes abritait une boutique, et je remarquai
au passage un ou deux camions arrêtés. Le bruit de
chute d'eau devint de plus en plus distinct ; bientôt, je vis
devant nous une rivière très encaissée, enjambée par un
large pont de fer au-delà duquel s'ouvrait une grande
place. Pendant que nous le franchissions, j'aperçus les
bâtiments d'une usine sur les pentes de l'escarpement.
Tout au fond de la gorge, l'eau coulait en abondance :
il y avait deux fortes chutes en amont à ma droite, et
une autre en aval à ma gauche. Le bruit était assourdis-
sant. Puis nous débouchâmes sur la place semi-circulaire
située au-delà de la rivière, et nous nous arrêtâmes à
main droite devant une vaste bâtisse couronnée d'un belvédère, autrefois peinte en jaune, dont l'enseigne portait
les mots *Gilman House*.

Trop heureux de descendre enfin de l'autobus, j'allai
immédiatement déposer ma valise dans le hall sordide de
l'hôtel. Je n'y trouvai qu'un seul employé, un homme
d'âge qui n'avait pas ce que j'en étais venu à appeler le
masque d'Innsmouth. Me rappelant que d'étranges incidents avaient eu lieu à Gilman House, je ne lui posai aucune des questions qui me préoccupaient. Je jugeai plus
opportun d'aller faire un tour sur la place (d'où l'autobus
avait déjà disparu), et d'étudier en détail le décor environnant.

D'un côté s'étendait la rivière en ligne droite ; de l'autre se dressait un demi-cercle de constructions datant de
1800 environ, d'où plusieurs rues rayonnaient vers le
sud, le sud-est et le sud-ouest. Les réverbères étaient très
rares et de petite taille : je savais bien qu'il y aurait un
beau clair de lune, mais je ne m'en   réjouis pas moins

d'avoir décidé de partir avant la nuit. Les maisons paraissaient en bon état. Une douzaine de boutiques semblaient fonctionner normalement ; je remarquai entre autres la succursale d'une grosse maison d'épicerie de la Nouvelle-Angleterre, une droguerie, une poissonnerie en gros, et, à l'extrémité est, près de la rivière, les bureaux de la compagnie d'affinage Marsh. Il y avait une dizaine de personnes en vue, ainsi que quatre ou cinq automobiles et deux ou trois camions. Je compris que je me trouvais au centre de l'activité d'Innsmouth. A l'est, je pouvais apercevoir les eaux bleues du port, au-dessus desquelles se dressaient les ruines de trois beaux clochers de l'époque des rois George. Vers le littoral, sur l'autre berge de la rivière, je distinguai le blanc campanile de l'usine Marsh.

Je résolus de commencer mon enquête à l'épicerie : comme elle appartenait à une maison possédant tout un réseau de succursales, j'estimais que ses employés ne seraient vraisemblablement pas originaires d'Innsmouth. Je n'y trouvai qu'un gamin de dix-sept ans, dont l'affabilité et le visage ouvert me firent présager une ample moisson de renseignements. Il semblait très désireux de parler, et je compris vite qu'il n'aimait guère la ville, ni son odeur de poisson, ni ses habitants furtifs. Il éprouvait un grand soulagement à s'entretenir avec un étranger. Il était originaire d'Arkham, logeait chez des gens venus d'Ipswich, et rentrait à son domicile chaque fois qu'il avait la moindre liberté. Ses parents n'aimaient pas qu'il travaillât à Innsmouth, mais la maison mère l'y avait envoyé et il ne voulait pas abandonner sa situation.

Il m'apprit qu'il n'y avait dans la ville ni bibliothèque municipale ni chambre de commerce. Néanmoins je n'aurais aucun mal à m'orienter. J'étais arrivé par Federal Street : à l'ouest se trouvaient les beaux quartiers, le long de Broad Street, Washington Street, Lafayette Street et Adams Street ; à l'est, le long de la Grand Rue, s'étendaient les quartiers des taudis où se dressaient les belles églises de l'époque des rois George, désaffectées depuis fort longtemps. Je ferais mieux de ne pas trop me montrer dans ces parages, surtout au nord de la rivière, car les gens se montraient hargneux et hostiles : quelques étrangers y avaient disparu mystérieusement.

Certains coins étaient même pratiquement interdits,

comme il l'avait appris à ses dépens. Par exemple, il ne fallait pas s'attarder aux abords de l'usine Marsh, ou des églises non désaffectées, ou encore de la salle de l'Ordre de Dagon sur la place de New Church Green. Les églises étaient formellement désavouées partout ailleurs par les sectes religieuses dont elles gardaient le nom ; leur cérémonial et leurs ornements sacerdotaux étaient particulièrement bizarres. Leurs prêtres professaient des croyances mystérieuses qui faisaient allusion à de prodigieuses métamorphoses déterminant une certaine immortalité du corps sur cette terre. Le pasteur du jeune homme, le docteur Wallace, d'Arkham, lui avait formellement interdit de fréquenter aucune des églises d'Innsmouth.

Quant aux gens, il ne savait trop qu'en penser. On les voyait aussi peu que les animaux qui vivent dans des terriers, et l'on n'arrivait pas à concevoir à quoi ils s'occupaient quand ils ne se livraient pas à la pêche. A en juger par la quantité de whisky de contrebande qu'ils consommaient, peut-être passaient-ils la majeure partie de leur temps plongés dans une hébétude alcoolique. Ils semblaient être unis par une sorte de compréhension mutuelle et former une étrange confrérie. Ils dédaignaient le reste des mortels comme s'ils avaient accès à des sphères supérieures. Leur aspect physique (surtout ces yeux fixes qu'on ne voyait jamais se fermer) était répugnant, et leur voix avait quelque chose de particulièrement immonde. C'était épouvantable d'entendre leurs chants nocturnes dans les églises, surtout à l'occasion de leurs principales fêtes : le 30 avril et le 31 octobre.

Ils aimaient beaucoup l'eau, et nageaient souvent dans la rivière et dans le port. Les courses de natation jusqu'au Récif du Diable étaient chose commune : tous les indigènes que l'on voyait semblaient aptes à y participer. A bien réfléchir on ne rencontrait guère que des jeunes gens dans les rues et dans les lieux publics ; encore les plus âgés d'entre eux présentaient-ils des stigmates de dégénérescence très marqués. Toutefois on trouvait exceptionnellement des adultes sans aucune difformité, comme l'employé de l'hôtel. On pouvait vraiment se demander ce qu'il advenait des gens d'un certain âge, et si le masque d'Innsmouth n'était pas la manifestation extérieure d'un mal insidieux qui s'aggravait avec les années.

Seule une maladie peu commune pouvait déterminer pareilles transformations anatomiques chez des individus ayant dépassé l'âge mûr, transformations si radicales qu'elles allaient jusqu'à affecter la forme du crâne. Mais il était presque impossible d'arriver à une conclusion précise sur ce point, car nul ne parvenait jamais à connaître personnellement les indigènes, même après un long séjour à Innsmouth.

S'il fallait en croire mon interlocuteur, de nombreux spécimens, encore pires que les plus hideux que l'on pût voir dans les rues, étaient soigneusement enfermés dans certains endroits. Parfois l'on entendait des bruits étranges. On prétendait que les taudis croulants du port, au nord de la rivière, étaient reliés entre eux par des souterrains secrets, constituant ainsi une véritable réserve de monstres invisibles. Il était impossible de dire quel sang étranger coulait dans les veines de ces gens, (en admettant qu'ils eussent du sang étranger dans les veines). Parfois, lorsque des fonctionnaires du gouvernement venaient visiter la ville, on cachait certains individus à l'aspect particulièrement répugnant.

Il était absolument inutile de poser des questions aux indigènes. Le seul qui consentît à parler était un vieillard de quatre-vingt-seize ans normalement constitué, qui vivait à l'asile des pauvres, dans le quartier nord, et passait son temps à parcourir les rues ou à flâner près de la caserne des pompiers. Il se nommait Zadok Allen, n'avait plus toute sa tête, et buvait une formidable quantité de whisky. C'était un être bizarre, aux allures furtives, qui regardait sans cesse derrière lui comme s'il avait peur de quelque chose. Lorsqu'il était sobre, il refusait de rien dire aux étrangers, mais il ne pouvait résister à une offre de son poison favori ; une fois ivre, il racontait à voix basse les souvenirs les plus stupéfiants.

Néanmoins, il ne fournissait guère de renseignements utiles, car ses histoires décousues suggéraient d'horribles merveilles qui ne pouvaient avoir d'autre source que son imagination déréglée. Personne n'ajoutait foi à ses propos ; néanmoins ses concitoyens n'aimaient pas beaucoup qu'il s'entretînt avec des étrangers, à tel point qu'il était parfois dangereux d'être vu en conversation avec lui. Les

rumeurs et les superstitions populaires les plus folles devaient
être dues à ses racontars.

Plusieurs habitants d'Innsmouth qui n'étaient pas originaires de la ville prétendaient avoir aperçu de temps à
autre de monstrueuses visions : mais leurs hallucinations
s'expliquaient de façon très naturelle par l'influence des
récits de Zadok et de l'aspect physique des indigènes. Aucun d'eux ne sortait jamais après la tombée de la nuit, par
simple mesure de prudence. D'ailleurs, les rues étaient affreusement sombres en raison de l'absence de réverbères.

En ce qui concernait le commerce, il y avait une abondance extraordinaire de poisson ; toutefois les indigènes en
profitaient de moins en moins. D'autre part, les prix bais-
saient et la concurrence allait croissant. Seule l'usine
d'affinage connaissait une activité à peu près constante ;
ses bureaux se trouvaient sur la place, à peu de distance
de l'épicerie. On ne voyait jamais le vieux Marsh qui, parfois, allait visiter ses ateliers dans une voiture fermée aux
fenêtres garnies de rideaux.

Toutes sortes de bruits couraient sur son aspect physique actuel. Dans le temps ç'avait été un vrai dandy, et
l'on prétendait qu'il portait encore la redingote à la
Edouard VII, curieusement adaptée à certaines difformi-
tés. Ses fils, qui dirigeaient autrefois les bureaux, ne se
montraient presque jamais plus depuis quelques mois et
laissaient retomber tout le poids des affaires sur la jeune
génération. Eux et leurs sœurs avaient pris un aspect très
bizarre ; on disait que leur santé déclinait de jour en jour.

L'une des filles Marsh, créature d'une hideur repous-
sante, reptilienne, portait une profusion d'étranges bijoux :
entre autres une tiare semblable à celle que j'ai déjà dé-
crite. Mon interlocuteur l'avait vue plusieurs fois ainsi
coiffée. Les pasteurs ou les prêtres (on ne savait trop
comment les nommer), portaient eux aussi une tiare du
même genre, provenant d'un trésor secret de pirates ou
de démons, mais on les apercevait rarement. Le jeune
homme n'avait pas vu d'autres spécimens de ce joyau :
néanmoins on racontait qu'il en existait plusieurs dans la
ville.

Les Marsh et les familles de bonne naissance telles que
les Waite, les Gilman, les Eliot, menaient une existence
très retiré. Tous habitaient dans d'immenses demeures le

long de Washington Street ; plusieurs d'entre eux étaient
soupçonnés de séquestrer certains parents à qui leur physique interdisait de paraître en public et dont le décès
avait été officiellement déclaré.

Après m'avoir averti que la plupart des rues n'avaient
plus de plaques, le jeune commis me dessina un plan som-
maire de la ville. Je l'étudiai pendant quelques instants,
m'assurai qu'il me rendrait de grands services, et l'empo-
chai en prodiguant mes remerciements les plus vifs. Le
seul restaurant que j'eusse vu m'ayant paru sordide, j'ache-
tai une bonne provision de biscuits au fromage et de gau-
fres qui constitueraient plus tard mon déjeuner. Je décidai de parcourir les artères principales, de parler à tous
les gens non originaires du lieu que je pourrais rencontrer,
et de partir pour Arkham par l'autobus de 8 heures du soir.
La ville offrait un exemple remarquable de dégénérescence
collective, mais, n'étant point sociologue, je limiterais
mes observations sérieuses au domaine de l'architecture.

C'est ainsi que je commençai ma visite systématique
des rues étroites et sombres d'Innsmouth. Ayant traversé
le pont et dirigé mes pas vers le grondement de la chute
d'eau située à l'aval, je passai tout près de l'usine Marsh,
singulièrement silencieuse pour un bâtiment industriel.
Elle se dressait sur l'escarpement dominant la rivière, près
d'un carrefour qui devait être l'ancien centre d'activité de
la ville, aujourd'hui représenté par la Grand-Place.

Après avoir à nouveau franchi la gorge sur le pont de
la Grand-Rue, je me trouvai bientôt dans un quartier tellement désert que j'en frissonnai. Des amas de toits effondrés se découpaient sur le ciel en une ligne fantastique-
ment dentelée que dominait le clocher décapité d'une
vieille église. Certaines maisons paraissaient habitées,
mais toutes les ouvertures de la plupart d'entre elles
étaient fermées au moyen de planches. Dans des ruelles adja-
centes dépourvues de pavés, je voyais les noires fenêtres
béantes de bicoques abandonnées, penchées à des angles
incroyables à la suite de l'affaissement d'une partie des fon-
dations. Ces fenêtres présentaient une apparence si spectrale qu'il fallait du courage pour tourner vers l'est en direction du port. A coup sûr, la terreur inspirée par une
demeure déserte croît en proportion géométrique et non
arithmétique à mesure que les maisons se multiplient

pour former une cité affreusement désolée. La vue de ses interminables avenues de vide et de mort, la pensée de cette suite de pièces noires abandonnées aux araignées, aux souvenirs et au ver conquérant, suscitent une crainte et un dégoût que nulle philosophie ne saurait chasser.

La rue aux Poissons était aussi déserte que la Grand-Rue, mais on y trouvait des entrepôts de brique et de pierre en excellent état. La rue du Port constituait une réplique exacte de la précédente ; toutefois elle présentait de grandes brèches en direction de la mer, qui remplaçaient les quais détruits. Je ne voyais pas un seul être vivant à l'exception de rares pêcheurs sur la digue lointaine ; je n'entendais pas un seul bruit à l'exception du clapotis des vagues et du grondement des chutes du Manuxet. La ville affectait de plus en plus mon système nerveux, et je jetai un coup d'œil furtif derrière moi avant de rebrousser chemin en traversant le pont branlant de la rue du Port.

Au nord de la rivière il y avait quelques traces de vie : cheminées empanachées de fumée, toits réparés, bruits de provenance indéterminée, rares silhouettes à la démarche traînante dans les ruelles lugubres ; mais ceci me parut encore plus oppressant que la désolation du quartier sud. Entre autres choses, les gens étaient plus hideusement anormaux que ceux du centre de la ville, ce qui me remit maintes fois à l'esprit le problème angoissant que je ne pouvais résoudre. Sans aucun doute la proportion de sang étranger chez les gens d'Innsmouth était plus grande ici que vers l'intérieur des terres ; ou bien, si le masque d'Innsmouth était vraiment le résultat d'une maladie, ce quartier abritait les cas les plus graves.

Je fus particulièrement intrigué par la *répartition* des faibles sons que j'entendais. Alors qu'ils auraient dû provenir des maisons visiblement habitées, ils résonnaient souvent beaucoup plus fort derrière les façades aux ouvertures condamnées. Il y avait des craquements légers, des bruits de pas précipités, des grondements rauques, et je songeai avec une certaine appréhension aux souterrains secrets mentionnés par le jeune garçon épicier. Brusquement je me surpris en train de me demander quel genre de voix ces gens pouvaient posséder. Je n'avais entendu parler personne dans ce quartier, et, sans savoir pourquoi, je n'y tenais pas le moins du monde.

Je quittai ces immondes taudis aussi vite que possible
pour continuer ma promenade à travers la ville. Logique-
ment, j'aurais dû gagner la place de New Church Green,
mais je ne pus supporter l'idée de repasser devant
l'église où j'avais aperçu la silhouette inexplicablement
terrifiante de cet étrange prêtre. D'ailleurs, s'il fallait en
croire le garçon épicier, les étrangers avaient tout intérêt
à éviter les abords des églises et de la salle de l'Ordre de
Dagon.

En conséquence, je suivis la Grand-Rue en direction du
nord jusqu'à Martin Street ; puis, tournant vers l'intérieur
des terres, je traversai Federal Street et Green Street
pour pénétrer enfin dans le quartier aristocratique de
Washington Street, Lafayette Street et Adams Street.
Bien que ces vieilles artères bordées de grands ormes fussent mal pavées et fort négligées, elles conservaient encore un peu de leur ancienne dignité. Presque toutes les maisons retenaient les regards : les fenêtres de la plupart
d'entre elles étaient condamnées, mais, dans chaque rue,
j'en vis quelques-unes qui paraissaient habitées. Dans Washington Street, j'en comptai quatre ou cinq en excellent
état, au milieu de pelouses et de jardins parfaitement en-
tretenus. La plus somptueuse (dont les vastes parterres
en terrasse s'étendaient jusqu'à Lafayette Street) appartenait probablement au vieux Marsh.

Il n'y avait pas une âme dans ces rues, et je m'étonnai
de l'absence totale de chiens et de chats dans toute la
ville. Un autre détail m'intrigua et me troubla : dans certaines des demeures les mieux conservées, les fenêtres du
troisième étage et de la mansarde étaient hermétiquement
closes au moyen de planches. La dissimulation et le mystère semblaient régner universellement dans cette cité de
silence et de mort. En vérité, j'éprouvais la sensation
d'être épié de tous côtés par ces yeux au regard fixe qui
ne se fermaient jamais.

Je frissonnai en entendant une cloche fêlée sonner
3 heures. Je me rappelais trop bien l'église trapue d'où ces
notes provenaient... Après avoir parcouru Washington
Street jusqu'à la rivière, je me trouvai devant une ancienne zone industrielle où se dressaient les ruines de plusieurs usines et de l'ancienne gare ; à ma droite, un vieux
pont couvert sur lequel passaient les rails enjambait le ra-

vin. Bien qu'il fût muni d'un écriteau portant le mot : DANGER je le franchis pour gagner la rive sud où un peu de vie réapparut. Des créatures au pas traînant me jetèrent des coups d'œil furtifs ; des visages plus normaux m'examinèrent avec une curiosité méfiante. Innsmouth devenait rapidement intolérable, et je descendis Paine Street en direction de la Grand-Place dans l'espoir de trouver un véhicule quelconque qui me conduirait à Arkham avant l'heure du départ du sinistre autobus.

Ce fut alors que je vis à ma gauche la caserne de pompiers délabrée et aperçus un vieillard aux joues rouges, à la barbe en broussaille, aux yeux larmoyants, couvert de haillons indescriptibles, qui, assis sur un banc devant la porte, bavardait avec deux pompiers. A n'en pas douter, ce devait être Zadok Allen, le nonagénaire alcoolique et à demi fou, qui colportait de hideuses histoires sur la ville d'Innsmouth.

-:-

Je ne sais quel démon de la perversité me poussa à modifier mes projets. J'avais décidé de me borner à une promenade archéologique et de partir pour Arkham le plus tôt possible, mais, lorsque je vis Zadok Allen, mes pensées prirent un autre tour.

On m'avait affirmé que le vieillard ne pouvait raconter que d'incroyables légendes plus ou moins incohérentes ; on m'avait averti qu'il était dangereux pour un étranger d'être aperçu en conversation avec lui : toutefois, la vue de ce nonagénaire témoin de la décadence d'Innsmouth, dont les souvenirs remontaient à l'époque de la prospérité de la ville, exerça sur moi un attrait si puissant que je restai sourd à la voix de ma raison. Après tout, les mythes les plus extravagants ne sont presque toujours que de simples allégories basées sur des réalités, et le vieux Zadok avait dû assister à tout ce qui s'était passé dans Innsmouth au cours des quatre-vingt-dix dernières années. Une vive curiosité s'éveilla en moi, qui me fit oublier bon sens et prudence. Avec l'outrecuidance propre à la jeunesse, je me jugeai capable d'extraire un noyau de vérité du récit confus que j'arracherais au vieillard grâce à quelques verres de whisky.

Je ne pouvais l'accoster immédiatement, car les pom-

piers n'auraient pas manqué de s'interposer. Mieux valait
commencer par me procurer de l'eau-de-vie de contrebande dans un certain magasin où je devais en trouver
en abondance, si j'en croyais les renseignements du garçon épicier. Après quoi, j'irais flâner d'un air désinvolte
aux alentours de la caserne, et suivrais le vieux Zadok
dès qu'il entreprendrait une de ses longues courses errantes :
je savais qu'il ne restait jamais au même endroit plus d'une
heure ou deux.

Je n'eus aucun mal à acheter au prix fort une bouteille de whisky dans une arrière-boutique d'Elliot Street.
L'individu malpropre qui me servit avait le masque d'Innsmouth mais il se montra relativement aimable : peut-
être était-il habitué à recevoir des clients étrangers, con-
ducteurs de camions ou trafiquants d'or, qui passaient par
la ville de temps à autre.

En regagnant la Grand-Place, je constatai que la
chance semblait me sourire : la haute et maigre silhouette
de Zadok Allen émergeait de Paine Street, juste au coin
de Gilman House. Réalisant mon projet point par point,
j'attirai son attention en brandissant ma bouteille. Je
m'aperçus bientôt qu'il s'était mis à me suivre d'un pas
traînant tandis que je pénétrais dans White Street pour gagner le quartier le plus désert.

M'orientant d'après mon plan, je me dirigeai vers la
partie sud du port, que j'avais déjà visitée et qui était entièrement abandonnée. Je n'y avais aperçu que de rares
pêcheurs à l'extrémité de la digue ; en m'éloignant un
peu plus vers le sud, il m'était facile de me dissimuler à
leurs yeux, de m'installer sur un quai en ruine, et d'interroger le vieux Zadok tout à loisir sans risquer d'être
vu. Avant d'avoir atteint la Grand'Rue, j'entendis derrière
moi une voix poussive crier faiblement : « Hé, m'sieur ! »
Je me laissai rattraper et permis au vieillard de boire une
copieuse lampée à même le goulot.

Pendant que nous longions la rue du Port et tournions
vers le sud au milieu d'une désolation universelle de ruines branlantes, j'essayai de sonder le terrain et constatai
que mon compagnon ne semblait guère enclin à parler.
Finalement, nous arrivâmes à une brèche ouverte en direction de la mer entre deux murs de briques croulants.
Au-delà s'étendait un quai envahi par les mauvaises her-

bes. Près de l'eau, des tas de pierres moussues offraient
des sièges convenables ; au nord, un entrepôt en ruine
servait d'écran. Jugeant que c'était un endroit idéal pour
une longue conversation secrète, je conduisis le vieillard
jusqu'aux pierres, et nous nous assîmes côte à côte.
L'atmosphère d'abandon et de mort était extrêmement
oppressante, et l'odeur de poisson presque intolérable.
Mais j'avais décidé que rien ne me détournerait de mon
dessein.

Il me restait quatre heures avant le départ de l'autobus
pour Arkham. Tout en expédiant mon frugal déjeuner,
j'administrai quelques gorgées d'eau-de-vie au nonagénaire ; cependant, j'eus grand soin de limiter mes lar-
gesses, de crainte de le voir sombrer dans l'hébétude. Au
bout d'une heure il devint beaucoup moins taciturne ; toutefois, à ma grande déception, il continua à esquiver toutes mes questions sur le passé d'Innsmouth : il se contenta de commenter les nouvelles du jour, révélant une
connaissance étendue du contenu des journaux et une
tendance marquée à philosopher sentencieusement.

Vers la fin de la seconde heure, je commençai à craindre que mon litre de whisky ne s'avérât insuffisant, et me
demandai si je ne ferais pas mieux d'aller en acheter un
second. A ce moment précis, le hasard me fournit l'entrée en matière que mes questions n'avaient pu provoquer,
et le bavardage du vieillard prit un tour différent qui
qui me fit dresser l'oreille. Il faisait face à la mer à laquelle je tournais le dos ; or, je ne sais pourquoi, son regard errant se posa sur le Récif du Diable qui apparais-
sait nettement au-dessus des vagues. Cette vue sembla lui
déplaire, car il se mit à égrener d'une voix faible tout un
chapelet de jurons qui se termina par un murmure con-
fidentiel et un ricanement plein de sous-entendus. Se pen-
chant vers moi, il me saisit par le revers de mon veston,
puis s'exprima en ces termes :

« C'est là ousque tout a commencé, à c't endroit de
toutes les perversités du monde, là ousqu'y a l'eau profonde. La porte d' l'enfer, que c'est : y a pas d' sonde
qu'arrive jusqu'au fond. Et c'est l' vieux cap'taine Obed
qu'a tout fait, lui qu'a trouvé dans les îles d' la mer du
Sud des choses qui lui ont rien valu d' bon.

« Dans c' temps-là, ça allait mal pour tout l' monde :

l' commerce était au plus bas, les usines perdaient leur clientèle, et les meilleurs d' nos gars y-z-avaient été tués en s' battant comme corsaires pendant la guerre de 1812, ou bien y-z-avaient péri dans l' naufrage d' l'*Eliza* et du *Ranger* qu'appartenaient aux Gilman. Obed Marsh, lui, il avait trois bateaux sur l'eau : l' brigantin *Columbia*, l' brick *Hetty* et la goëlette *Sumatra Queen*. Y avait qu' lui qui faisait l' commerce avec les Antilles, encore qu' là goëlette *Malay Bride,* qu'était à Esdras Martin, elle a fait un voyage en 28.

« Jamais y a eu personne comme l' cap'taine Obed, c' vieux fi d' Satan ! Hi, hi, hi ! J' me souviens encore comment qu'y nous parlait des terres étrangères : y nous disait qu' les chrétiens étaient stupides d' supporter humblement leur fardeau ; y f'raient mieux, qu'y disait, de s' trouver des dieux meilleurs, pareil qu'y en avait dans certains coins des Antilles, des dieux qui leur amèneraient des tas d' poisson en échange d' leurs sacrifices, et qui répondraient pour d' vrai à leurs prières.

« Son second, Matt Eliot, y causait pas mal, lui aussi, mais il aurait pas voulu qu'on fasse pareil qu' tous ces païens. Y parlait d'une île à l'ouest d'Otahaïte ousqu'y avait des ruines si vieilles qu' personne connaissait rien à leur sujet, pareil qu' celles d' Ponape, dans les Carolines, sauf qu'y avait d'ssus des esculptures qui r'ssemblaient aux grandes estatues d' l'île de Pâques. Dans l' même coin, qu'y disait, y avait une p'tite île volcanique ousqu'on trouvait d'aut' ruines avec des esculptures différentes ; des ruines tout usées pareil que si elles auraient été dans la mer au temps jadis, et couvertes d'images d' monstres abominab'.

« Et Matt, y disait qu' tous les natifs de c'coin-là, y-z-avaient plus d' poisson qu'y-z-en pouvaient prendre, et y portaient des bracelets et des couronnes avec des images d' monstres pareilles que celles qu'étaient esculptées su' les ruines d' la petite île : comme qui dirait des poissons-guernouilles ou des guernouilles-poissons qu'étaient dans toutes sortes d' positions pareil que si ç'aurait été des êtres humains. Personne avait jamais pu leur faire raconter d'ousqu'y-z-avaient tiré tout ça, et les aut' natifs, y s' demandaient comment qu'y s'arrangeaient pour trouver tant d' poisson, vu que, dans les îles à côté, y en avait presque pas du tout. Matt et l' cap'taine Obed, y se l' sont d'mandé, eux aussi. Et Obed, y s'est aperçu qu' des tas d' beaux jeunes gens disparaissaient d'une année su' l'aut', et qu'on voyait presque pas d' vieux dans l' pays. Et il a trouvé qu'y avait des natifs qu'avaient l'air bougrement bizarre, même pour des Canaques.

« C'est Obed, naturellement, qu'a trouvé la vérité à propos d' ces païens. J' sais pas comment qu'y s'y est pris, mais il a commencé par leur acheter ces bijoux d'or qu'y portaient. Après ça, y leur z-y a d'mandé d'ousqu'y v' naient et s'y pouvaient en trouver d'aut', et, finalement, il a tiré les vers du nez à leur vieux chef, Walakea qu'y s'app'lait. Y avait personne qu'Obed qu'aurait jamais cru c' qu'a raconté c' vieux démon jaune, mais l' cap'- taine, y savait lire su' la figure des gens pareil que si ç'aurait été un livre. Hi, hi, hi ! Personne veut pas m'croire aujourd'hui quand j' raconte tout ça, et j'suppose qu' vous m' croirez pas non plus, jeune homme... quoi- que, par le fait, à vous r' garder comme y faut, vous avez des yeux qui savent lire, pareil qu'Obed. »

La voix de Zadok Allen devint un faible murmure, et, tout en sachant fort bien que son récit était une diva- gation d'ivrogne, je ne pus m'empêcher de frissonner d'horreur.

« Et comme ça, m'sieur, Obed il a appris qu'y avait des choses sur c'te terre qu' presque personne en a ja- mais entendu parler, et qu'personne voudrait croire si on leur racontait. A c' qu'y semb', ces Canaques sacrifiaient des tas d' leurs gars et d' leurs filles à des espèces de dieux qu'habitaient sous la mer, et y r'cevaient en échange des tas d' faveurs. Y rencontraient ces dieux su' la p'tite île aux ruines bizarres, et y paraît qu' ces images abomi- nab' d' monstres mi-guernouilles mi-poissons, ça s'rait l' portrait d' ces dieux. P'têt, que ces criatures ont été cause des histoires d' sirènes et tout c' qui s'ensuit. Elles avaient des tas d' villes au fond d' la mer, et c'est du fond d' la mer que c'te île est v'nue. Y semb' qu'y avait en- core d' ces criatures vivantes dans les constructions d' pierre quand l'île est arrivée à la surface. C'est comme ça qu' les Canaques y s' sont aperçus qu'elles vivaient sous l'eau. Alors, dès qu'y-z-ont eu surmonté leur peur, y leur-z-ont parlé par signes et y-z-ont fini par conclure un marché.

« Ces dieux-là, y-z-aimaient les sacrifices humains. Y-z-en avaient déjà eu, dans l' temps jadis, mais y-z-avaient perdu l' contact avec l' monde d'en-haut. C' qu'y faisaient des victimes, j' pourrais pas vous l' dire, et j' suppose qu'Obed s'est pas montré trop curieux à c' sujet. Mais, les païens, ça leur-z-y était égal, rapport à c' qu'y-z-en voyaient de dures et qu'y-z-étaient prêts à tout pour sortir d' la misère. Y donneraient un certain nombre d' jeunes gens à ces criatures d' la mer, deux fois l'an, recta : la veille du 1er mai et la veille de la Toussaint. Y donneraient aussi des objets escultés qu'y fabriquaient. Pour c' qui est des dieux, y donneraient en échange des tas d' poissons qu'y ramèneraient d' tous les coins d' la mer, et quéques bijoux en or.

« Et comme ça, m'sieu, les natifs y rencontraient les criatures su' la p'tite île volcanique ; y-z-y amenaient les victimes en pirogues, et y ramenaient les bijoux en or qui leur rev'naient. Au début, les criatures allaient jamais su' l'île principale, mais v'là qu'un beau jour elles demandent à y v'nir. A c' qu'y semb', elles voulaient fréquenter les hommes et célébrer avec eux les grandes fêtes : la veille du 1er mai et d' la Toussaint. Sans doute qu'elles pouvaient vivre dans l'eau et en dehors d' l'eau. Les Canaques y leur-z-y ont dit que p'têt' les natifs des aut's îles voudraient les nettoyer si jamais y savaient qu'elles venaient sur terre, mais elles ont répondu qu'elles s'en moquaient, vu qu'elles pouvaient, si elles voulaient, esterminer tous les hommes : tous, sauf ceusses qu'avaient certains signes qu'étaient utilisés jadis par les Anciens. Mais, comme elles voulaient pas faire d'histoires, elles s' cacheraient quand y aurait des visiteurs sur l'île.

« Quand ces poissons-guernouilles leur z-y ont proposé d' s'accoupler avec eux, les Canaques y-z-ont commencé par r'nâcler ; mais, ensuite, y-z-ont appris quéque chose qui leur-z-y- a fait changer d'idée. A c' qu'y semb', les hommes sont comme qui dirait apparentés avec ces animaux marins : tous les êtres vivants sont sortis d' l'eau, et y suffit d'un p'tit changement pour qu'y-z-y r'tournent. Ces criatures, elles ont dit aux Canaques

que s'y mélangeaient leur sang y aurait des enfant qu'auraient l'air humain pour commencer, mais qui, plus tard,
d'viendraient de plus en plus semblab' à elles, jusqu'à
tant qu'y s'mettraient à l'eau pour aller r'trouver les aut'
au fond. Et c' qu'est plus important qu' tout l' reste,
jeune homme, les ceusses qui s' transformeraient en
poissons-guernouilles et s'en iraient dans l'eau, ceusses-là
y *mourraient jamais* ! Ces criatures, elles mouraient jamais, sauf si qu'on les tuait.

« Et comme ça, m'sieu, quand Obed a connu ces Canaques, y-z-avaient tout plein du sang des poissons-guernouilles dans les veines. Quand y prenaient d' l'âge et
qu' ça s' voyait d' trop, on les cachait jusqu'à tant qu'y-
z-aient envie d' s' mettre à l'eau. Y en avait qu'étaient
plus touchés que d'aut', et d'aucuns qui changeaient jamais assez pour s' mettre à l'eau ; mais, presque toujours, ça s' passait exactement comme ces criatures
l'avaient dit. Les ceusses qui leur ressemblaient l' plus
en naissant changeaient très tôt, mais les ceusses
qu'avaient l'air plus humain, y restaient des fois sur
l'île jusqu'à des soixante-dix ans : malgré ça, y s'essayaient à plonger tout au fond en attendant. Les ceusses
qui s' mettaient à l'eau, y r'venaient souvent visiter l'île,
si bien que, des fois, un natif s' trouvait à causer avec
son arrière-arrière-arrière-grand-père qu'avait quitté la
terre ferme deux cents ans plus tôt !

« Ces natifs, y-z-avaient fini par plus penser à la
mort, sauf pendant une guerre avec d'aut' tribus, ou
quand y faisaient leurs sacrifices à ces dieux d' la mer, ou
quand y en avait un qu'était mordu par un serpent ou
qui tombait malade avant d' s'être mis à l'eau : y s' con-
tentaient d'espérer après un changement qu'était pas du
tout horrib' quand on en avait pris l'habitude. Y trouvaient que c' qu'y r'cevaient valait bien c' qu'y donnaient ; et j' suppose qu'Obed a eu c'te même idée quand
il a eu r'mâché un peu c' que l' vieux Walakea y avait
raconté. Walakea, lui, c'était un des rares qu'avaient
pas une goutte d' sang des poissons-guernouilles, vu
qu'il appartenait à une famille royale qui s' mariait
qu'avec les familles royales des aut's îles.

« Et comme ça, m'sieu, Walakea, il a enseigné à
Obed des tas d' rites et d'incantations qu'avaient rap-

port à ces criatures d' la mer, et y lui a fait voir les natifs du village qu'avaient quasiment plus forme humaine. Malgré ça, y lui a jamais montré un seul d' ces fameux dieux. A la fin, v'là qu'y lui donne une espèce d' machin-chouette en plomb qui, censément, d'vait faire monter les poissons-guernouilles d' n'importe quel endroit d' la mer ousqu'y en aurait un nid. Y suffisait de l' laisser tomber dans l'eau en récitant la prière qu'y fallait. Walakea y prétendait qu'y en avait tout partout dans l' monde : en cherchant bien, on pouvait toujours en trouver et les faire monter si qu'on en avait besoin.

« Matt, c'te affaire-là lui plaisait pas du tout, et y voulait qu'Obed y s' tienne à l'écart d' l'île. Mais le cap'taine était âpre au gain, et y voyait bien qu'y pouvait s' procurer ces bijoux en or à si bon marché qu' ça lui rapporterait gros d' s'en faire une espécialité. C' trafic-là a continué pendant des années et des années, et quand Obed a eu assez d' cet or, il a r'mis son usine en marche. Il a pas osé vendre les bijoux tels que, sans ça on y aurait posé des tas d' questions gênantes. Malgré tout, y avait des ouvriers qui lui en volaient un d' temps en temps, et y laissait les femmes d' sa famille porter ceux qu'avaient l'air un peu moins bizarre.

« Mais v'là que, vers 38 (j'avais 7 ans à l'époque), Obed a trouvé un beau jour qu' l'île avait été complètement nettoyée. A c' qu'y semb' les aut' natifs y-z-avaient eu vent de c' qu'y s' passait, et y-z-avaient pris les choses en main. Faut croire qu'y d'vaient avoir ces signes magiques des Anciens, qu' les criatures avaient dit qu' c'était la seule chose qu'elles craignaient. Y-z-avaient rien laissé d'bout ni su' la grande île ni su' la plus p'tite, sauf les ruines qu'étaient trop grosses pour qu'y les renversent. A certains endroits, y avait des tas de p'tites pierres, comme qui dirait des amulettes, avec un signe pareil que c' qu'on appelle une svastika au jour d'aujour-d'hui : ça d'vait être les signes des Anciens. Bref, y avait plus un seul être vivant, plus trace d'un bijou d'or, et pas un des Canaques du pays qui voulait parler de c'te affaire. Y prétendaient même qu'y avait jamais eu personne su' l'île.

« Naturellement, ç'a été un coup dur pour Obed, vu qu' son commerce normal y battait plus qu' d'une aile.

Ç'a été aussi un coup dur pour Innsmouth, vu que, dans c' temps-là, c' qu'y profitait à un armateur profitait à tout l' monde. La plupart des gens d' la ville ont accepté c'te période de vaches maigres sans trop s' plaindre, mais ça allait vraiment très mal, vu qu' la pêche donnait plus grand-chose et qu' les usines marchaient au ralenti.

« C'est à c'te époque qu'Obed il a commencé à enguirlander les gens parce qu'y-z-étaient trop résignés et qu'y priaient un dieu chrétien qui leur donnait rien. Y leur-z-y a dit qu'y connaissait des gens qui priaient des dieux qui leur donnaient des choses utiles, et que, si y avait des gars d'Innsmouth qui voulaient s' grouper derrière lui, y s'adresserait à certaines puissances pour avoir des tas d' poissons et pas mal d'or. Naturellement, les mat'lots qui servaient sur la *Sumatra Queen* et qu'avaient vu l'île ont compris c' qu'y voulait dire et ont pas eu très envie d' trafiquer avec ces dieux d' la mer. Mais les ceusses qui savaient pas d' quoi y s'agissait y-z-ont été ébranlés par les discours d'Obed, et y lui ont d'mandé c' qu'y pouvait faire pour leur-z-y enseigner c'te r'ligion qui d'vait donner des si beaux résultats. »

Ici, le vieillard hésita, marmonna entre ses dents, et se plongea dans un silence maussade, tantôt jetant un coup d'œil inquiet par-dessus son épaule, tantôt attachant sur le noir récif un regard fasciné. Il ne me répondit pas quand je lui adressai la parole, et je compris qu'il me faudrait lui laisser achever la bouteille. L'histoire insensée que j'entendais m'intéressait au plus haut point, car je jugeais qu'elle contenait une allégorie rudimentaire basée sur l'étrangeté d'Innsmouth, élaborée par une imagination à la fois créatrice et pleine de réminiscences de légendes exotiques. Je ne crus pas un seul instant que ce récit contînt la moindre parcelle de vérité ; pourtant il m'inspirait une terreur indéfinissable, peut-être parce qu'il mentionnait des bijoux étranges semblables à la tiare du musée de Newburyport. Après tout, ces ornements pouvaient bien provenir d'une île lointaine ; quant à ce conte extravagant, c'était sans doute une fiction inventée par feu Obed Marsh et non par mon compagnon.

Je tendis la bouteille à Zadok qui la vida jusqu'à la
dernière goutte. Il supportait l'alcool d'une manière
étonnante, car il n'avait pas eu la langue embarrassée
une seule fois. Il lécha le goulot du flacon qu'il glissa
dans sa poche, puis se mit à dodeliner de la tête en
murmurant à voix très basse. Je me penchai en avant
pour mieux entendre les mots qu'il pourrait pronon-
cer, et il me sembla discerner un sourire sardonique sur
ses lèvres. Effectivement, il articulait des paroles in-
telligibles ; voici ce que j'en pus saisir :

« C' pauv' Matt,... Matt il avait toujours été contre
c'te combinaison,... il a essayé d' mettre les gens d' son
côté, et il a eu d' longues conversations avec les prêtres,... tout ça pour rien,... l' pasteur congrégationaliste,
y l'ont chassé d' la ville,... l' méthodiste y s'en est allé,...
l' baptiste, on l'a jamais r'vu,... l' courroux d' Jéhovah,...
j'étais bougrement p'tiot à c'te époque, mais j'ai vu
c' que j'ai vu et j'ai entendu c' que j'ai entendu,... Dagon
et Astaroth,... Bélial et Belzébuth,... l' Veau d'Or et les
idoles d' Chanaan et des Philistins,... les abominations
d' Babylone... *Mene, mene tekel, upharsin...*

Il s'interrompit à nouveau, et l'expression de ses yeux
bleus larmoyants me fit craindre qu'il ne sombrât dans
une stupeur muette. Néanmoins, lorsque je lui tapai
doucement sur l'épaule, il se tourna vers moi avec une
vivacité extraordinaire et prononça les phrases suivantes :

« Vous m' croyez pas, hein ? Hi, hi, hi ! Alors, jeune
homme, dites-moi pourquoi que l' cap'taine Obed et
une vingtaine d'hommes, y-z-avaient l'habitude d'aller
en canot jusqu'au Récif du Diab', au beau milieu
d' la nuit, en chantant si fort qu'on les entendait dans
toute la ville quand l' vent soufflait dans l' bon sens ?
Dites-moi ça un peu, hein ? Et dites-moi pourquoi
qu'Obed y j'tait tout l' temps des choses lourdes dans
l'eau profonde, d' l'aut' côté du récif, là ousque l' rocher descend à pic pareil qu'une falaise, si loin qu'on
peut pas sonder l' fond ? Dites-moi c' qu'il a fait d' ce
machin-chouette en plomb qu'Wakalea y avait donné ?
Hein, mon gars ? Et quoi qu' c'est-y qu'y braillaient tous
ensemble la veille du 1ᵉʳ mai et d' la Toussaint ? Et
pourquoi qu' les nouveaux pasteurs (des gars qu'ont été

marins) y portent des robes bizarres et y s' coiffent
d' ces bijoux en or qu'Obed a rapportés ? Hein ? »

Une lueur démente brillait dans les yeux bleus, et les
poils de la barbe blanche étaient tout hérissés. Le
vieux Zadok dut voir que je me rejetais en arrière, car
il fit entendre un ricanement méchant :

« Hi, hi, hi, hi ! Vous commencez à comprendre,
hein ? P'têt' bien qu' ça vous aurait plu d'être à ma place
à c'te époque, et d' voir c' que j'ai vu en mer, au plein
milieu d' la nuit, depuis l' belvédère qu'était en haut
d' la maison. J' peux vous dire qu' les murs ont des oreilles, et, c' qu'est d' moi, j' perdais rien de c' qu'on
racontait sur Obed et les ceusses qu'allaient au récif !
Hi, hi, hi, hi ! Et c'est pour ça qu'un soir j'ai pris la lunette d'approche d' mon père, et j' suis monté au beldévère, et j'ai vu qu' le récif était tout couvert d' formes
grouillantes qu'ont plongé aussitôt qu' la lune s'est le-
vée. Obed et les hommes y-z-étaient dans un canot,
mais quand ces formes ont plongé dans l'eau et sont
pas r'montées... Ça vous aurait-y plu d'être un p'tit
môme tout seul dans un beldévère en train de r'garder
ces formes *qu'étaient pas des formes humaines ?*....
Hein ?... Hi, hi, hi, hi, hi... »

Le vieillard semblait être à deux doigts d'une crise de
nerfs, et je me mis à frissonner sous l'effet d'une inquiétude indéfinissable. Il m'agrippa l'épaule d'une de ses
griffes noueuses agitées d'un violent tremblement :

« Supposez qu'une nuit vous auriez vu les hommes
du canot j'ter quéque chose d' lourd d' l'aut' côté du récif, et que, le lendemain, vous auriez appris qu'un jeune
gars avait disparu d' chez lui ? Hein ? C'est-y qu'on a
jamais r'vu Hiram Gilman ? Hein ? Et Nick Pierce, et
Luelly Walte, et Adoniram Saouthwick, et Henry Garri-
son ? Hein ? Hi, hi, hi, hi... Des formes qui parlaient par
signes avec leurs mains,... du moins les ceusses
qu'avaient des vraies mains...

« Et comme ça, m'sieu, à c'te époque, Obed il a
commencé à r'tomber sur ses pieds. On a vu ses trois
filles porter des bijoux d'or qu'on leur avait jamais vus
avant, et la ch'minée d' l'usine s'est r'mise à fumer. Y
a eu aussi d'aut' gens d'Innsmouth qu'ont eu l'air
d' s'enrichir en même temps. L' port s'est rempli d' pois-

son tout d'un coup, et Dieu sait les cargaisons qu'on a expédiées à Newburyport, Arkham et Boston. C'est à c' moment-là qu'Obed il a fait installer la p'tite ligne d' chemin de fer. Y a des pêcheurs d' Kingsport qui sont v'nus en sloop pour profiter d' l'aubaine, mais y-z-ont tous été perdus corps et biens. Et juste à c' moment-là, nos gens y-z-ont organisé l'Ordre Esotérique de Dagon, et y-z-ont acheté la salle des réunions maçonniques. Hi, hi, hi ! Matt Eliot, qu'était maçon, a essayé d' s'opposer à la vente, mais il a disparu à c' moment-là.

« Bien sûr, j' dis pas qu'Obed y t'nait à c' qu' les choses soyent comme dans c'te île canaque. J' crois pas qu'au début il ait voulu qu' les gens s'accouplent avec ces criatures pour avoir des jeunots qui s' transform'- raient en poissons et d'viendraient immortels. Tout c' qu'y voulait, c'était ces bijoux en or, et y consentait à les payer très cher, et j' suppose que, pendant quéque temps, *eux aut'* y-z-ont pas d'mandé plus...

« Mais v'là qu'en 46, la ville commence à réfléchir. Trop d' gens disparus, trop d' sermons d'énergumènes l' dimanche, trop d' racontars au sujet d' ce récif. Un beau soir, y a un groupe d'hommes qu'a suivi la troupe d'Obed en mer, et j'ai entendu des coups d' feu. L' lendemain, Obed et vingt-deux aut' y-z-étaient en pri- son, et tout l' monde s' demandait c' qu'y s' passait au juste et d' quoi qu'on allait les accuser. Seigneur, si qué- qu'un avait pu prévoir c' qu'arriverait deux semaines après... quand rien avait été jeté dans la mer pendant tout c' temps-là... »

Zadok manifestant des signes de terreur et de lassi- tude, je lui permis de garder le silence pendant quel- que temps, tout en regardant ma montre avec appré- hension. La marée commençait à monter, et le bruit des vagues sembla tirer le vieillard de sa torpeur ; quant à moi, je me réjouis de voir arriver l'eau, car j'espérais que l'odeur de poisson allait s'atténuer. A nouveau, je me penchai en avant pour saisir les paroles que mur- murait mon compagnon :

« C'te nuit-là,... c'te nuit épouvantab',... j' les ai vus,... j'étais su' l' beldévère,... des troupeaux qu'y en avait,... des essaims,... y couvraient tout l' récif,... et y-z-

ont traversé l' port et y sont entrés dans l' Manuxet...
Seigneur ! c' qui s'est passé dans les rues d'Innsmouth
c'te nuit-là !... Y-z-ont s'coué not' porte, mais mon père
y a pas voulu ouvrir... Après ça, il a pris son fusil et il
est sorti par la f'nêtre pour aller d'mander à Select-
man Mowry c' qu'y pouvait faire... Des tas   d' morts
et d' mourants,... des coups d' feu et des cris,...   des-z-
hurlements su' la Grand-Place et New Church Green,...
les portes d' la prison enfoncées,... proclamation,... tra-
hison. On a dit qu'y avait eu une épidémie quand des
gens du dehors sont v'nus et ont vu qu'y manquait la
moitié des habitants,... y restait qu' les ceusses
qu'étaient du côté d'Obed ou qui voulaient bien garder
l' secret,... j'ai jamais plus entendu parler d' mon père,...
jamais plus... »

Le vieillard haletait et suait à grosses gouttes. Son
étreinte se resserra sur mon épaule.

« Le lendemain matin, tout était nettoyé, mais y
avait encore *des traces*... Alors, Obed y prend comme
qui dirait l' commandement, et il annonce qu' les choses vont changer... *Eux aut'* y-z-assisteront aux services
avec nous, et y aura des maisons qui r'cevront *des hô-
tes*... *Eux aut'* y voulaient qu'on mélange les races,
comme y l'avaient fait avec les Canaques, et lui,
Obed, y nous a dit comme ça qu'y nous amenaient du
poisson et d' l'or, et qu'y fallait leur z-y donner c' qu'y
désiraient...

« Y aurait rien d' changé en apparence, mais faudrait
qu' nous nous tenions à l'écart des étrangers, dans not'
intérêt. On a tous été obligés d' faire l' serment de Dagon, et, après ça, y a eu un s'cond et un   troisième ser-
ments qu'ont été prêtés par d'aucuns parmi nous. Les
ceusses qui rendraient des services espécieux y r'ce-
vraient des récompenses espéciales... C'était pas possib'
d' résister, vu qu'y en avait des millions au fond d' l'eau.
Y-z-avaient pas envie d' nettoyer toute la race humaine, mais si on en passait pas par leur volonté, y
pouvaient faire pas mal d' dégât. Nous, on possédait
pas les charmes pour les mettre en fuite, comme les
natifs des mers du sud, et les Canaques y-z-avaient
toujours r'fusé d' livrer leur secret.

« Qu'on leur-z-y donne assez d' sacrifices et qu'on

les r'çoive dans la ville quand y-z-en auraient envie, et
y s' tiendraient tranquilles. Y f'raient pas d' mal aux
étrangers, sauf aux ceusses qui voudraient espionner.
Tous tant qu'on était, on allait d'venir des fidèles
d' l'Ordre de Dagon, et les enfants y mourraient jamais :
y-z-iraient r'joindre notre mère Hydra et notre père Dagon, d'ousqu'on était tous v'nus dans l' temps jadis...
*Iä !. Iä ! Cthulhu fhtagn ! Ph'nglui mglw'nafh Cthu-
lhu R'lyeh wgahnagl fhtagn...* »

Décidément, le vieux Zadok se trouvait en proie au
délire. Sous l'effet de l'alcool et de sa haine pour cette
ville pourrissante, son cerveau fertile en était arrivé à
concevoir d'extravagantes fictions. Brusquement, il se
mit à gémir, et des larmes coulèrent le long de ses
joues ravinées.

« Bon Dieu ! c' que j'ai pu voir d'puis mes quinze
ans !... *Mene, mene, tekel, upharsin !* Les gens qui disparaissaient, et les ceusses qui s' tuaient... Les ceusses
qui racontaient ces histoires à Arkham ou ailleurs, on
les traitait d' fous, pareil qu' vous me traitez d' fou de
c' moment-ci,... mais, bon Dieu, c' que j'ai pu voir....
Y m'auraient tué d'puis longtemps rapport à c' que
j' sais ; mais j'ai fait l' premier et l' second serment de
Dagon, et c'est pour ça que j' suis protégé, sauf si un
jury des fidèles prouvait qu' j'ai raconté des choses en
pleine conscience... Mais j'ai jamais voulu faire l' troisième serment,... j'aurais préféré mourir...

« Les choses ont empiré vers l'époque d' la guerre
civile, *quand tous les enfants nés d'puis 46 ont commencé à grandir*,... du moins d'aucuns d'entr' eux. Moi
j'avais trop peur après c'te affreuse nuit,... et jamais
j'en ai r'gardé un d' près dans toute ma vie,... du moins
pas un d' ceux qu'étaient d'venus des poissons-guernouilles pur-sang. J' suis parti pour la guerre, et si j'avais
eu un peu d' jugeote je s'rais jamais r'venu ici. Mais
les gens m'ont écrit qu' les choses allaient pas si mal :
j' suppose qu' c'était rapport aux troupes du gouvernement qu'ont occupé la ville à partir d' 63. La guerre fi-
nie, ç'a été pis qu' jamais. Les gens ont commencé à plus
rien faire,... les usines et les boutiques se sont fermées,...
y a plus eu d' bateaux, et l' port s' est ensablé, et on a
abandonné l' chemin d' fer... Mais *eux aut'* y-z-ont pas

cessé de r'venir dans la rivière d' puis c' maudit récif
d' Satan, et y a eu d' plus en plus d' fenêtres de mansardes qu'ont été condamnées, et on a entendu d' plus en
plus d' bruit dans des maisons qu'étaient censément vides...

« Les gens du dehors y racontent des histoires sur
nous, et j' suppose qu' vous en avez entendu pas mal,
rapport aux questions qu' vous posez. Y parlent de
c' qu'y-z-ont vu par hasard ou d' ces bijoux qui viennent
d'on sait pas où, mais y disent rien d' précis, et y
croient rien de rien. Y racontent qu' les bijoux c'est du
butin d' pirates, et y prétendent qu' les habitants d'Innsmouth y-z-ont du sang étranger dans les veines ou
une maladie quelconque. D' plus, les gens d'ici mettent
à la porte tant d'étrangers qu'y peuvent, et y-z encou-
ragent pas l' restant à s' montrer trop curieux, surtout
quand la nuit vient. Les animaux r'nâclent d'vant ces
créatures, espécialement les ch'vaux, mais d'puis qu'y a
des autos y a plus d'ennuis d' ce côté-là.

« En 46, l' cap'taine Obed, il a pris une s'conde femme
qu' personne en ville a jamais vue. Y en a qui disent
qu'y voulait pas l'épouser, mais qui y a été forcé par
les ceusses qu'il avait fait sortir d' la mer. Il en a eu trois
enfants : deux qu'ont disparu tout jeunes encore, et une
fille qu'était pareille qu' tout l' monde et qu'a été édu-
quée en Europe. C'te fille-là, Obed y s'est arrangé pour
qu'elle s' marie avec un gars d'Arkham qui s'est jamais douté d' rien. Mais, au jour d'aujourd'hui, plus
personne d' l'extérieur a plus aucune r'lation avec les
gens d'Innsmouth. Barnabas Marsh, qui dirige l'usine
de c' moment-ci, c'est l' petit-fils d'Obed par sa première femme ; c'est l' fils d'Onesiphorus, l' fils aîné
d'Obed, *mais sa mère elle faisait partie des ceusses qu'on
a jamais vus dehors.*

« Barnabas, il est presque complètement changé à
c'te heure. Y peut plus fermer les yeux et il est tout dé-
formé. On raconte qu'y porte encore des vêt'ments,
mais y tardera pas à s' mett' à l'eau. P'têt' qu'il a déjà essayé : des fois y descendent par l' fond pendant quéque
temps avant d' s'en aller pour de bon. Ça fait bien dix
ans qu'on l'a pas vu en public. J' me demande c' que sa
pauv' femme doit penser : elle est d'Ispwich, et les gens

du pays y-z-ont failli lyncher Barnabas quand y lui a
fait la cour, v'là cinquante ans d' ça. Obed, il est mort
en 78, et tous ceusses d' la génération suivante ont
disparu à présent : les enfants d' la première femme
sont morts,... et les aut',... Dieu seul l' sait !... »

Le bruit de la marée montante devenait de plus en
plus fort, et, peu à peu, il semblait modifier l'humeur
larmoyante du vieillard qui se transformait en une
crainte vigilante. Il s'arrêtait parfois pour jeter des
coups d'œil inquiets par-dessus son épaule ou vers le
récif, et, malgré l'extravagante absurdité de son histoire,
je ne pus m'empêcher de commencer à partager sa
vague appréhension. Sa voix se fit soudain suraiguë
comme s'il tentait de se donner du courage en parlant
plus haut.

« Hé, jeune homme, pourquoi qu' vous disez rien ? Ça
vous plairait-y d' vivre dans c'te ville ousque tout pourrit
et meurt, ousque des monstres rampent dans les maisons
vides, et ousqu'on entend aboyer, brailler et sauter dans
toutes les caves et les mansardes ? Hein ? Ça vous plairait-y d'entendre hurler toutes les nuits dans les églises,
et d' savoir qui c'est qui hurle avec les gens d'ici ? Hein ?
Ça vous plairait-y d'entendre c' qui vient d' ce récif la
veille du 1er mai et d' la Toussaint ? Hein ? Vous croyez
qu' le vieux est fou, s' pas ? Eh bien, m'sieu, laissez-moi
vous dire *qu'y a encore pis que tout ça !* »

Zadok criait maintenant d'une voix démente qui me
troublait plus que je ne saurais dire.

« Que l' diab' vous emporte ! Commencez pas à m' regarder avec ces yeux-là ! J' vous dis qu'Obed Marsh est
en enfer et qu'il y restera pour l'éternité ! Hi, hi, hi ! En
enfer, que j' vous dis ! Y peut pas m'attraper,... j'ai rien
fait et j'ai rien raconté à personne...

« Oh, pour c' qui est d' vous, mon gars, c'est différent. Même si j'ai rien raconté à personne, j'vais tout
vous raconter à présent ! Bougez pas et écoutez-moi :
voici c' que j'ai raconté à personne... J'vous ai dit qu'
j'avais plus espionné après c'te affreuse nuit, *mais j'ai
découvert des choses tout d' même.*

« Vous voulez savoir c' que c'est qu' la véritab' abomination, hein ? Et bien, v'là c' que c'est : *c'est pas c' que
ces poissons du diab' ont fait jusqu'ici, mais*

c' qu'y s' proposent d' faire ! D'puis des années y-z-apportent des choses d' l'endroit d'ousqu'y viennent pour les installer dans la ville. Les maisons au nord d' la rivière, entre la Grande-Rue et la rue du Port, elles sont pleines ά ces diab' *et d' ce qu'y-z-ont apporté,...* et quand y s'ront prêts... J' vous dis que *quand y seront prêts,...* jeune homme, c'est y qu' vous avez jamais entendu parler d'un *shoggoth ?...*

« Hé, c'est-y qu' vous m'entendez ? J' vous dis que *j' sais c' que c'est qu' ces choses... j' les ai vues une fois pendant que...* EH-AHHHH-AH ! E'AYAHHHH !.. »

Je faillis m'évanouir en entendant ce hurlement hideux, effroyable, inhumain. Les yeux du vieillard, fixés sur la mer malodorante, semblaient prêts à jaillir de leurs orbites ; son visage était un masque d'épouvante digne d'une tragédie grecque. Sa griffe osseuse s'enfonça dans mon épaule, puis il resta immobile tandis que je tournais la tête pour regarder ce qu'il avait pu apercevoir.

Je ne vis rien que les lames déferlantes de la marée haute et un groupe de vaguelettes nettement localisées en face de nous. Mais, à présent, Zadok me secouait furieusement ; m'étant tourné vers lui, je vis ce visage pétrifié par la peur se fondre en un chaos de paupières clignotantes et de lèvres tremblantes. Bientôt il retrouva la parole pour murmurer d'une voix presque imperceptible :

« *Allez-vous-en !* Partez d'ici ! *Y nous ont vus...* allez-vous-en si vous t'nez à vot' peau ! Faut pas attendre. *Y savent maintenant...* Sauvez-vous, courez, courez,... si vite qu' vous pourrez,... *sortez d' la ville...* »

Une lourde vague s'écrasa sur la maçonnerie croulante du quai, et le murmure du vieillard se transforma soudain en un autre cri terrifiant :

« E-YAAAHHH !... YHAAAAA !... »

Avant que j'eusse eu le temps de retrouver mes esprits, mon compagnon avait lâché mon épaule pour se précipiter en chancelant vers la rue dans la direction du nord.

Je jetai un coup d'œil sur la mer, mais il n'y avait rien à la surface des flots. Quand j'atteignis la rue du Port, je n'y vis pas la moindre trace de Zadok Allen.

-:-

Je ne saurais décrire l'état d'esprit que détermina en moi cet épisode insensé et pitoyable, grotesque et terrifiant. Le garçon épicier m'y avait préparé, mais la réalité m'emplissait de trouble et de confusion. Malgré la puérilité de l'histoire, le sérieux et l'épouvante du vieux Zadok m'avaient communiqué une inquiétude toujours croissante qui s'ajoutait à ma répulsion première à l'égard de la ville.

Plus tard, j'examinerais le récit du nonagénaire afin d'en extraire un noyau d'allégorie historique ; pour l'instant, je ne demandais qu'à l'oublier. Il était dangereusement tard : ma montre marquait 7 h 15, et l'autobus pour Arkham quittait la Grand-Place à 8 heures. J'essayai donc de concentrer mes pensées sur des sujets aussi terre-à-terre que possible, tout en parcourant vivement les rues désertes bordées de maisons au toit béant pour gagner au plus vite l'hôtel où j'avais laissé ma valise.

La lumière dorée du soir prêtait aux vieilles demeures une sorte de beauté mystique et sereine, mais je ne pouvais m'empêcher parfois de jeter un coup d'œil en arrière. Je me réjouissais de quitter cette ville malodorante où régnait la terreur, et je souhaitais qu'il y eût un autre véhicule que la guimbarde conduite par le sinistre Sargent. Malgré ma hâte, je pris le temps de regarder les remarquables détails d'architecture qui s'offraient à moi à tous les coins de rue : d'après mes calculs je pouvais arriver à destination en une demi-heure.

En étudiant mon plan pour y choisir un itinéraire différent de celui que j'avais emprunté la première fois, je décidai de suivre Marsh Street au lieu de State Street afin de gagner la Grand-Place. Au coin de Fall Street, je vis des groupes d'hommes en train de chuchoter, et, en arrivant sur la place, je constatai que presque tous les flâneurs étaient rassemblés devant la porte de Gilman House. J'eus l'impression que plusieurs yeux saillants, aux paupières immobiles, m'observaient avec curiosité tandis que je demandais ma valise dans le hall, et j'espérai qu'aucun de ces êtres déplaisants ne ferait le trajet avec moi.

L'autobus, chargé de trois voyageurs, arriva un peu

avant 8 heures. Un individu à la mine patibulaire qui se trouvait sur le trottoir adressa quelques paroles inintelligibles au conducteur. Sargent jeta sur le sol un sac postal et un paquet de journaux, puis il entra dans l'hôtel, tandis que les voyageurs (les mêmes que j'avais vus arriver à Newburyport dans la matinée) gagnaient le trottoir d'un pas traînant et échangeaient quelques mots gutturaux avec l'un des flâneurs dans une langue inconnue. Je montai dans le véhicule vide et m'installai sur le siège où je m'étais assis au départ de Newburyport ; mais à peine avais-je pris place que Sargent réapparut et m'adressa la parole d'une voix de gorge particulièrement répugnante.

A l'en croire, je jouais de malheur : le moteur était détraqué, et l'autobus ne pouvait aller jusqu'à Arkham. Non, il n'y avait pas d'autre moyen de transport. Sargent regrettait beaucoup, mais j'allais être obligé de coucher à Gilman House. Il n'y avait rien d'autre à faire, et l'on me consentirait certainement un prix modéré. Presque hébété par cet obstacle imprévu, redoutant la tombée de la nuit dans cette ville sans lumière, je descendis de l'autobus et revins dans le hall de l'hôtel, où l'employé de réception me proposa la chambre 428, à l'avant-dernier étage, spacieuse mais sans eau courante, pour la modeste somme d'un dollar.

Malgré ce que l'on m'avait raconté au sujet de Gilman House à Newburyport, je signai le registre, donnai un dollar, et confiai ma valise à l'employé morose à qui j'emboîtai le pas. Nous gravîmes trois étages de marches grinçantes, en passant devant des couloirs poussiéreux complètement déserts, avant d'atteindre ma chambre. C'était une pièce sombre sur le derrière de l'hôtel, munie de deux fenêtres et pauvrement meublée ; elle donnait sur une cour lugubre enserrée par deux bâtiments en brique abandonnés, et avait vue sur les toits délabrés qui s'étendaient vers l'ouest en deçà d'une campagne marécageuse. A l'extrémité du couloir se trouvait une salle de bains, décourageante relique comprenant une cuvette de marbre, un tub, une ampoule électrique très faible, et des revêtements de bois moisi tout autour des tuyaux.

Comme il faisait encore clair, je descendis sur la place

pour tâcher de trouver de quoi manger ; tandis que j'en faisais le tour, je remarquai les coups d'œil bizarres que me jetaient les flâneurs. L'épicerie étant fermée, je dus me rabattre sur le restaurant que .j'avais évité dans la journée. Le service était assuré par un homme voûté, au crâne étroit, aux yeux fixes, et par une fille aux mains incroyablement épaisses et maladroites. De toute évidence, la nourriture provenait uniquement de boîtes de conserve, ce qui me soulagea beaucoup. Après avoir avalé un bol de soupe aux légumes et quelques biscuits, je regagnai vivement Gilman House. En passant dans le hall j'empruntai à l'employé un journal du soir et un vieux magazine couvert de chiures de mouches, puis je remontai jusqu'à ma chambre.

Quand les ombres du crépuscule se firent plus denses, j'allumai la faible ampoule électrique au-dessus de mon petit lit de fer, et essayai de mon mieux de continuer à lire. Je jugeais préférable de fournir à mon esprit une nourriture saine, car il eût été particulièrement inopportun de méditer sur les monstrueuses anomalies de cette ville tant que je me trouvais encore dans son enceinte. L'histoire folle du vieil ivrogne ne me promettait pas des rêves agréables, et je sentais qu'il me fallait écarter le plus possible l'image de ses yeux larmoyants où brillait une lueur démente.

Je devais éviter aussi de m'appesantir sur ce que l'inspecteur du travail avait rapporté à l'employé de gare de Newburyport au sujet de Gilman House et de la voix de ses habitants nocturnes. Enfin je devais m'abstenir tout autant d'évoquer le visage surmonté d'une tiare, entrevu dans la crypte de l'église, qui m'inspirait une horreur absolument inexplicable. Peut-être m'aurait-il été plus facile de détourner mes pensées de ces sujets troublants si ma chambre n'avait pas été empestée par une forte odeur de moisi qui, se mêlant à la puanteur générale de la ville, orientait toujours mon esprit vers des idées de mort et de décomposition.

J'étais également très troublé par l'absence de verrou à la porte de ma chambre. Certaines marques sur le bois montraient clairement qu'il y en avait eu un que l'on avait enlevé depuis peu. Sans doute s'était-il révélé hors d'usage, comme tant d'autres choses dans ce bâtiment dé-

labré. Dans ma nervosité, je me mis à fouiller la pièce et
finis par découvrir un verrou sur l'armoire à vêtements ;
au premier coup d'œil, il me parut exactement identi-
que à celui qui manquait à la porte. Pour me détendre un
peu, je m'occupai à le fixer sur l'emplacement vide à
l'aide d'un petit outil composé de trois pièces, dont un
tournevis, que je portais accroché à mon trousseau de
clés. Il s'adaptait à merveille, et je me sentis soulagé à
l'idée que je pouvais l'assujettir solidement avant de m'endormir. En vérité je n'estimais pas en avoir besoin, mais
le moindre symbole de sécurité était le bienvenu dans
un décor semblable. Il y avait aussi des verrous aux
portes latérales ouvrant sur les deux chambres voisines ;
je les poussai sans plus attendre.

Je ne me déshabillai pas, et décidai de lire jusqu'à ce
que le sommeil me prît : à ce moment-là, je m'étendrais
sur le lit après avoir ôté seulement mon veston, mon
faux col et mes souliers. Tirant une lampe électrique de
ma valise, je la mis dans une poche de mon pantalon
afin de pouvoir consulter ma montre si je me réveillais
au cours de la nuit. Néanmoins, le sommeil ne vint pas ;
lorsque j'analysai mes pensées, je m'aperçus, à ma grande
consternation, que, sans m'en rendre compte, j'essayais
d'entendre quelque chose que je redoutais et que je ne
pouvais définir. L'histoire de l'inspecteur du travail avait
dû impressionner mon imagination beaucoup plus que je
ne le croyais. Je fis un nouvel effort pour lire, mais sans
pouvoir y parvenir.

Au bout d'un certain temps, je crus entendre craquer
les marches de l'escalier et le plancher des couloirs, si
bien que je me demandais si les autres chambres commençaient à se remplir. Cependant, je ne perçus aucun
bruit de voix, et il me sembla que les craquements avaient
un caractère furtif. Ceci me déplut si fort que je jugeai
préférable de ne pas dormir de la nuit. Cette ville renfermait des individus vraiment bizarres, et, après tout, il
y avait eu plusieurs disparitions. Me trouvais-je par hasard dans une de ces auberges où l'on tuait les voyageurs pour les dévaliser ? Pourtant je n'avais pas l'air
d'un richard... Ou bien les gens d'Innsmouth vouaient-ils
vraiment tant de haine aux visiteurs curieux ? Avaient-
ils très mal pris ma promenade à travers la ville, et dési-

raient-ils me châtier ?... Je finis par conclure que je devais être en proie à une violente tension nerveuse pour m'abandonner à de telles considérations à propos de quelques grincements, mais, malgré tout, je regrettai de ne pas avoir d'arme sur moi.

Finalement, accablé d'une fatigue qui n'était pas due au sommeil, je verrouillai la porte donnant sur le couloir, éteignis la lumière, et me jetai sur le lit sans avoir retiré ni mon veston, ni mes souliers, ni mon faux-col. Au sein de l'obscurité, le moindre son semblait démesurément grossi, et un flot de pensées désagréables m'envahit. Je regrettais d'avoir éteint la lumière, mais j'étais trop las pour me relever et tourner le commutateur. Alors, au terme d'un lugubre intervalle, après un prélude de nouveaux grincements dans l'escalier et le couloir, j'entendis un bruit léger, terrifiant, sur la nature duquel je ne pouvais me méprendre, qui semblait la funeste justification de toutes mes frayeurs : à n'en pas douter, on introduisait prudemment une clef dans la serrure de ma porte.

Les sensations que j'éprouvai en identifiant ce signe de danger réel se trouvèrent amoindries en raison des craintes vagues que j'avais subies auparavant. Sans aucun motif précis je m'étais tenu instinctivement sur mes gardes, et ceci allait m'aider à supporter la nouvelle épreuve qui m'attendait, quelle qu'elle fût. Néanmoins, la métamorphose de mes prémonitions en menace immédiate m'infligea un choc violent. Il ne me vint pas à l'idée que quelqu'un eût pu se tromper de porte ; ne doutant pas un seul instant que l'inconnu du couloir ne fût animé de mauvaises intentions, j'observai un silence absolu.

Au bout d'un certain temps, la clef cessa de grincer, et j'entendis mon visiteur anonyme pénétrer dans la chambre au nord de la mienne, puis essayer d'ouvrir doucement la porte de communication. Le verrou résista, naturellement, et les lattes du plancher crièrent tandis que le rôdeur quittait la pièce. Quelques secondes plus tard, un autre grincement m'apprit qu'il entrait dans la chambre située au sud ; de nouveau il tenta d'ouvrir la porte de communication, et, de nouveau, le parquet cria sous ses pas qui battaient en retraite. Cette fois-ci il s'éloigna dans le couloir et descendit l'escalier : ayant constaté que

toutes les portes étaient verrouillées, il renonçait momentanément à son entreprise.

La promptitude avec laquelle j'établis un plan d'action
prouve bien que j'avais dû inconsciemment craindre une
menace et envisager des moyens d'y échapper depuis
déjà plusieurs heures. Dès d'abord, je sentis que mon visiteur anonyme représentait un danger qu'il fallait fuir le
plus vite possible sans essayer de l'affronter. Je n'avais
qu'une seule chose à faire : sortir de l'hôtel en toute hâte
par une autre issue que le couloir et l'escalier.

M'étant levé sans bruit, je dirigeai la lumière de ma
lampe électrique sur le commutateur et essayai d'allumer
l'ampoule au-dessus de mon lit pour prendre certains effets dans ma valise que j'avais l'intention de laisser derrière moi. Aucune clarté ne jaillit : on avait coupé le courant. De toute évidence, l'attaque mystérieuse était pré-
parée dans les moindres détails. Pendant que je réfléchis-
sais, la main sur le commutateur, j'entendis crier le plancher de l'étage au-dessous, et je crus distinguer un bruit
de conversation. Un instant plus tard je n'étais plus du
tout sûr d'avoir perçu des voix, car ces aboiements rauques et ces coassements à peine articulés ne ressemblaient
à aucun langage humain. Alors je pensai de nouveau à
ce que l'inspecteur du travail avait entendu dans cet hôtel empestant le moisi.

A la lueur de la lampe électrique, je choisis dans
ma valise quelques objets dont je bourrai mes poches ;
après quoi je mis mon chapeau et gagnai les fenêtres sur
la pointe de pieds pour voir comment je pourrais descendre. Malgré les règlements en vigueur, il n'y avait pas
d'échelle de sauvetage contre le mur : un précipice de
trois étages s'ouvrait au-dessous de moi. Néanmoins, à
droite et à gauche, deux bâtiments industriels en brique
étaient contigus à l'hôtel, et je pouvais aisément sauter
sur leur toit incliné, à condition de gagner une chambre
à deux portes de distance de la mienne, soit au nord, soit
au sud.

Je me mis sans plus tarder à peser mes chances d'effectuer ce déplacement. Je ne pouvais me risquer à
sortir dans le couloir : non seulement on entendrait le
bruit de mes pas, mais encore je ne pourrais parvenir à
pénétrer dans la chambre voulue. Si je voulais réaliser

mon projet, je devais passer par les portes de communication. Sans doute serais-je obligé de les enfoncer à coup
d'épaule, mais j'espérais y parvenir assez facilement
étant donné l'état de délabrement de l'hôtel. Toutefois,
je ne pourrais me livrer à cet exercice sans faire beaucoup
de bruit. En conclusion, il me fallait compter uniquement
sur la rapidité de mes mouvements pour atteindre une
fenêtre avant que les forces assaillantes n'eussent le
temps d'ouvrir la porte voulue avec un passe-partout.
Pour commencer, je barricadai la porte du couloir en
poussant le secrétaire contre le panneau, le plus silencieusement possible.

Je comprenais fort bien que mes chances étaient mi-
nimes. Même si je gagnais un toit voisin, le problème
ne serait pas résolu : il me resterait à atteindre le sol et
à quitter la ville. Je ne voyais qu'un seul point favora-
ble : l'état de complet abandon des bâtiments de brique,
et les nombreuses lucarnes qui s'ouvraient sur leur toit.

Après avoir constaté en consultant mon plan qu'il valait mieux sortir d'Innsmouth par le sud, j'examinai la
porte de communication au sud de ma chambre. Elle
était posée de façon à s'ouvrir vers moi ; par suite je
conclus (après avoir tiré le verrou et constaté que les
autres fermetures se trouvaient en place) que j'aurais
beaucoup de mal à la forcer. Je renonçai donc à l'utiliser comme issue, et poussai mon lit contre elle pour en-
traver une attaque éventuelle partant de la chambre
voisine. La porte du nord s'ouvrait vers l'extérieur :
c'était donc par elle que je devais passer, bien qu'elle
fût verrouillée ou fermée à clef de l'autre côté. Si j'arrivais à sauter sur les toits du bâtiments de Paine
Street et à descendre à terre, peut-être pourrais-je traverser rapidement la cour afin d'atteindre Washington
Street ; à moins d'emprunter directement Paine Street
pour retrouver ensuite Washington Street en obliquant
vers le sud. De toute façon, je devais m'efforcer de gagner Washington Street et de m'éloigner le plus vite
possible des parages de la Grand-Place. Mieux valait
éviter Paine Street où la caserne des pompiers restait
peut-être ouverte toute la nuit.

Tout en agitant ces pensées, je contemplai l'étendue
sordide des toits délabrés au-dessous de moi, éclairée

par les rayons de la pleine lune. A ma droite, la noire
tranchée du ravin où coulait la rivière creusait le
paysage ; les usines et la gare abandonnée s'y accrochaient
de part et d'autre comme des bernacles. Au-delà,
les rails rouillés et la route de Rowley traversaient une
étendue marécageuse parsemée d'îlots de terrain sec su-
rélevé et couvert de broussailles. A gauche, plus près de
moi, se trouvait la campagne arrosée de nombreux cours
d'eau où l'étroite route d'Ispwich luisait sous la lune.
De mon poste d'observation, je ne pouvais pas voir la
route du sud en direction d'Arkham que j'avais décidé de prendre.

J'étais en train de me demander comment j'allais
m'attaquer à la porte nord sans faire trop de vacarme
lorsque je m'aperçus que les bruits indistincts au-dessous de moi avaient été remplacés par de nouveaux
grincements des marches de l'escalier. Une faible lumière apparut à travers le linteau, et le plancher du couloir cria sous un poids pesant. Puis je distinguai des sons
étouffés qui pouvaient provenir de gorges humaines, et,
finalement, on frappa vigoureusement à la porte.

L'espace d'un instant, je retins mon souffle et j'attendis. J'eus l'impression que des siècles s'écoulaient,
tandis que l'écœurante odeur de poisson devenait brusquement plus forte. Ensuite, on frappa à nouveau, d'une
façon continue. Comprenant que le moment d'agir
était venu, je tirai le verrou de la porte nord, et rassem-
blai mes forces pour l'enfoncer. Les coups ayant redou-
blé de fréquence et d'intensité, j'espérais qu'ils couvri-
raient le bruit que j'allais faire. Sans plus attendre, je
me jetai à plusieurs reprises contre le mince panneau, en
utilisant mon épaule gauche comme bélier. Il résista plus
que je ne m'y attendais ; néanmoins, je ne renonçai pas
à mon entreprise que favorisait le tumulte incessant
dans le couloir.

Finalement, la porte de communication céda, mais
avec un tel fracas que les assaillants durent l'entendre.
Tout aussitôt, les coups devinrent de plus en plus violents
et je perçus des grincements de mauvais augure dans les
serrures des portes extérieures des chambres voisines.
Me précipitant dans la pièce que je venais d'ouvrir, je
réussis à verrouiller la porte donnant sur le couloir avant

que le pêne de la serrure eût été tourné ; mais, à ce moment précis, j'entendis une clef grincer dans la serrure
de la porte extérieure de la   troisième chambre, celle d'où
j'avais espéré gagner le toit du bâtiment en brique.

Pendant quelques instants, je fus en proie à un profond désespoir en me voyant prisonnier dans une pièce
dont les fenêtres ne m'offraient aucune issue. Une vague d'horreur déferla en moi lorsque je discernai sur
le plancher poussiéreux, à la lueur de ma lampe électrique, les empreintes de l'intrus qui avait récemment
essayé de pénétrer dans ma chambre depuis cette
pièce. Puis, poussé par un automatisme plus fort que
mon désespoir, je me dirigeai vers la porte de communication dans l'intention de l'enfoncer et de verrouiller
la porte extérieure de la pièce voisine avant qu'elle fût
ouverte par mes ennemis.

Cette fois, la chance me sourit, car la porte de communication se trouvait entrebâillée. En moins d'une
seconde, je l'avais franchie et poussais du genou et de
l'épaule droite contre la porte du couloir qui commençait à s'ouvrir vers l'intérieur. Mon assaillant ne devait pas être sur ses gardes, car le panneau se referma
immédiatement sous ma pression, et je pus aisément
faire glisser le verrou. J'entendis alors les coups frappés sur les deux autres portes extérieures diminuer de
violence, tandis qu'un bruit confus provenait de la
porte de communication consolidée par mon lit. De
toute évidence, mes ennemis avaient pénétré en masse
dans la chambre sud et se préparaient à une attaque de
flanc. Au même instant, une clef grinça dans la serrure de la chambre nord contiguë à celle où je me
trouvais.

La porte de communication donnant sur cette pièce
était ouverte, mais je n'avais pas le temps d'aller verrouiller la porte du couloir. Je dus me contenter de
fermer et de verrouiller la première, ainsi que celle qui
lui faisait vis-à-vis : après quoi je consolidai l'une au
moyen du lit, l'autre au moyen du secrétaire, et celle
du couloir au moyen du lavabo. Je devais me fier uniquement à ces obstacles de fortune pour protéger ma
retraite jusqu'à ce que j'eusse franchi la fenêtre et gagné le toit du bâtiment de Plaine Street. Néanmoins,

même à ce moment critique, l'horreur qui m'envahit ne provenait pas de la fragilité de mon système défensif. Je frissonnai parce que mes ennemis, en dehors de quelques hideux halètements, grognements et aboiements, ne proféraient aucun son vocal net ou intelligible.

Tandis que je me ruais vers les fenêtres, j'entendis un bruit de pas précipités dans le couloir, en direction de la chambre au nord de la mienne, et je m'aperçus que les coups avaient cessé du côté sud. A n'en pas douter, mes adversaires s'apprêtaient à concentrer leurs forces contre la porte de communication ouvrant directement sur moi. Au-dehors, la clarté lunaire baignait le faîtage du bâtiment situé au-dessous de moi, et je vis que le saut serait extrêmement risqué en raison de la pente abrupte où je devais retomber.

Je choisis comme issue la fenêtre la plus au sud, dans l'intention de prendre pied assez loin du bord du toit et de gagner la lucarne la plus proche. Une fois à l'intérieur de l'édifice délabré, j'aurais à compter avec une poursuite acharnée ; mais j'espérais m'esquiver en enfilant les entrées béantes le long de la cour pleine d'ombre, puis gagner Washington Street, et sortir de la ville en direction du sud.

Le tumulte devant la porte de communication nord était devenu terrifiant, et je vis que le mince panneau commençait à se fendre : les assiégeants devaient utiliser un objet pesant en guise de bélier. Néanmoins, le lit tenait bon et m'offrait encore une chance d'évasion. Au moment où j'ouvrais la fenêtre, je m'aperçus qu'elle était flanquée d'un épais rideau de velours suspendu à une tringle par des anneaux de cuivre ; par ailleurs un gros taquet destiné à maintenir les volets en place était fixé à l'extérieur du mur. Voyant là un moyen d'éviter un saut dangereux, j'arrachai le rideau et sa tringle d'un geste brusque, puis accrochai vivement deux anneaux au taquet et jetai l'étoffe au-dehors. Les plis du velours épais tombaient jusqu'au toit : enjambant aussitôt la fenêtre, je descendis le long de mon échelle improvisée, et laissai à jamais derrière moi cette demeure hantée par d'horribles présences.

Je pris pied sans difficulté sur les ardoises disjointes

du toit, et parvins à gagner la lucarne béante sans glisser une seule fois. Levant les yeux vers la fenêtre que je venais de quitter, je vis qu'elle était toujours obscure ; par contre, très loin vers le nord, je discernai, au-delà des toits croulants, des lumières de mauvais augure qui brillaient dans la salle de l'Ordre de Dagon, l'église baptiste et l'église congrégationaliste de sinistre mémoire. Malgré tout, n'ayant aperçu personne dans la cour, j'espérai pouvoir fuir avant que l'alarme générale eût été donnée. A la lueur de ma lampe électrique, je constatai qu'il n'y avait aucun échelon permettant de descendre à l'intérieur du bâtiment ; néanmoins, comme la distance n'était pas grande, je me laissai tomber sans mal sur un plancher poussiéreux encombré de caisses et de tonneaux vermoulus.

L'endroit était lugubre, mais j'étais maintenant endurci contre ce genre d'impression. Après avoir consulté ma montre qui marquait 2 heures du matin, je gagnai l'escalier, descendis quatre à quatre les marches grinçantes, et parvins rapidement au rez-de-chaussée où régnaient le silence et la désolation. Finalement j'atteignis le couloir à une extrémité duquel s'ouvrait l'entrée donnant sur Paine Street. Je me dirigeai dans le sens opposé, trouvai la porte de derrière également ouverte, dégringolai un perron de cinq marches, et me trouvai dans la cour pavée.

Les rayons de la lune n'arrivaient pas jusqu'au sol ; néanmoins j'y voyais assez pour me passer de ma lampe. Certaines fenêtres du côté de Gilman House étaient faiblement éclairées, et je crus entendre des bruits confus à l'intérieur. Ayant gagné silencieusement le côté de Washington Street, j'aperçus plusieurs entrées béantes et pénétrai dans la plus proche. Il faisait noir dans le couloir, et, quand j'atteignis son extrémité, je constatai que la porte donnant sur la rue était hermétiquement close. Résolu à tenter une autre issue, je revins sur mes pas à tâtons vers la cour, mais je m'arrêtai net juste avant d'y arriver.

Par une porte ouverte de Gilman House, se déversait à l'extérieur une horde de formes indistinctes ; des lanternes s'agitaient dans les ténèbres ; d'affreuses voix coassantes échangeaient des cris étouffés qui n'avaient rien d'un langage humain. Ces créatures se déplaçaient au hasard, et je compris, à mon grand soulagement, qu'elles ignoraient où je me trouvais ; malgré cela, je frissonnai de la tête aux pieds en les voyant. Si leur visage était indiscernable, leur démarche traînante me parut affreusement répugnante. En outre, je m'aperçus que l'une d'entre elles, vêtue d'une étrange robe, portait une tiare dont l'aspect ne m'était que trop familier. Pendant que ces êtres immondes se déployaient dans la cour, je sentis mes craintes redoubler : qu'allais-je devenir si je ne pouvais trouver d'issue du côté de la rue ?... L'odeur de poisson était vraiment abominable, et je m'étonnai de la supporter sans défaillir. Je battis en retraite dans le couloir, poussai au hasard une porte latérale et me trouvai dans une pièce aux volets clos, sans châssis de fenêtre. J'ouvris les volets aussitôt, sautai à l'extérieur, et refermai soigneusement l'ouverture.

J'étais maintenant dans Washington Street. Il n'y avait pas une âme, et pas d'autre clarté que celle de la lune. Néanmoins, j'entendais au loin des voix rauques et des pas pressés, ainsi que le bruit d'étranges sautillements sur le sol. Je n'avais pas de temps à perdre. J'étais parfaitement capable de m'orienter, et je me réjouis de voir que tous les réverbères étaient éteints, comme cela arrive souvent par les nuits de pleine lune dans les régions rurales peu prospères. Certains des bruits provenaient du sud, mais je persistai à tenter de fuir dans cette direction : si je rencontrais des groupes suspects, je trouverais sûrement de nombreuses entrées vides pour me dissimuler.

Je me mis en route rapidement, sans bruit, en longeant les maisons en ruine. Bien que je fusse nu tête et dépeigné, je n'avais rien de particulièrement remarquable : je pouvais fort bien passer inaperçu si je croisais quelque indigène. A l'angle de Bates Street, je m'enfonçai dans un vestibule béant pour éviter deux silhouettes qui traversaient la rue devant moi, mais je me remis bientôt en marche vers le vaste carrefour où South Street coupe Washington Street. Il m'avait semblé très dangereux quand je l'avais repéré sur mon plan, car la lune devait y donner en plein. Néanmoins il m'était impossible de l'éviter :   tout autre   itinéraire

m'eût amené à décrire des détours qui m'auraient re-
tardé et peut-être fait découvrir par mes poursuivants.
Il ne me restait donc qu'à le traverser hardiment en
imitant de mon mieux la démarche traînante des gens
d'Innsmouth au cas où je rencontrerais quelqu'un.

J'ignorais dans quelle mesure j'étais l'objet d'une
poursuite minutieusement organisée. Une activité inac-
coutumée semblait régner dans la ville, mais je jugeais
pourtant que la nouvelle de ma fuite ne s'était pas
répandue partout. Naturellement, il me faudrait bientôt quitter Washington Street pour prendre une rue en
direction du sud, car mes assaillants de Gilman House
ne manqueraient pas de se lancer à mes trousses. J'avais
certainement laissé des empreintes révélant quelle issue
j'avais empruntée.

Comme je m'y attendais, le carrefour était inondé
de clarté lunaire et je vis en son centre les restes d'une
pelouse entourée d'une grille de fer. Fort heureusement,
il n'y avait personne en vue. Toutefois une étrange rumeur s'enflait dans le lointain du côté de la Grand'
Place. Depuis South Street, large artère légèrement en
pente qui menait tout droit au port, j'avais vue sur une
longue étendue de mer, et j'espérai que personne ne se
trouverait à regarder de loin dans ma direction au moment où je traverserais la chaussée.

J'avançais sans encombre, et nul bruit nouveau ne
s'éleva pour suggérer que l'on m'eût aperçu. L'espace
d'une seconde, je ralentis mon allure pour admirer les
flots resplendissants sous la lune à l'autre bout de la
rue. Au-delà de la digue se dressait la noire silhouette du
Récif du Diable : en l'apercevant je ne pus m'empêcher d'évoquer toutes les hideuses légendes que j'avais
entendues au cours des dernières vingt-quatre heures,
légendes présentant ce roc déchiqueté comme la porte
d'un royaume d'horreurs et de monstruosités inconcevables.

Brusquement, je discernai sur le récif des éclairs de
lumière qui suscitèrent en moi une terreur panique. Je
bandai mes muscles pour fuir, mais une prudence in-
consciente et une fascination semi-hypnotique m'obligè-
rent à rester sur place. Pour empirer les choses, du haut
du belvédère de Gilman House dont la masse s'éri-

geait au nord-est, jaillit une série d'éclairs analogues, différemment espacés, qui ne pouvaient être que des signaux répondant à ceux du rocher.

Maîtrisant mes nerfs (car je me rendais compte que j'étais dangereusement visible), je me remis en route d'un pas traînant, sans jamais détourner les yeux du récif tant que je pus l'apercevoir. Je n'arrivais pas à concevoir ce que représentaient ces jeux de lumière : s'agissait-il de rites mystérieux ? ou bien un groupe de matelots avait-il débarqué d'un navire sur ce roc sinistre ?...

J'obliquai vers la gauche en contournant la pelouse, le regard toujours fixé sur l'océan qui étincelait sous le clair de lune spectral, tandis que les étranges éclairs se succédaient sans répit. A ce moment, j'éprouvai une impression particulièrement effroyable qui anéantit en moi tout vestige de sang-froid et me fit courir frénétiquement le long de cette rue de cauchemar où les portes béaient comme des gueules noires, où les fenêtres s'ouvraient comme des yeux fixes de poisson. Car j'avais vu que l'étendue des flots entre le récif et le rivage était loin d'être déserte. Elle fourmillait d'une horde grouillante de formes indistinctes nageant vers la ville ; malgré la distance, j'avais discerné que les têtes sautillantes et les bras qui fouettaient l'eau présentaient des déformations si monstrueuses que je ne saurais les décrire.

Ma course eut tôt fait de prendre fin lorsque j'entendis sur ma gauche la rumeur d'une poursuite organisée : bruit de pas, sons gutturaux, ronflement d'une automobile le long de Federal Street. En un instant, je modifiai tous mes projets : si la route du sud était bloquée devant moi, il me fallait sortir d'Innsmouth par un autre chemin. Je m'arrêtai et me réfugiai dans une entrée en me félicitant d'avoir franchi le carrefour éclairé par la lune avant que ces poursuivants eussent descendu la rue parallèle.

Ma deuxième réflexion s'avéra moins réconfortante. Du moment que la poursuite s'effectuait par une autre rue, il était évident que mes ennemis ignoraient où je me trouvais. Ils obéissaient à un plan général destiné à empêcher ma fuite. Ceci impliquait que toutes les routes partant d'Innsmouth étaient surveillées par des patrouil-

les semblables, car les indigènes ne savaient pas quelle
voie je comptais emprunter. Dans ce cas, j'allais être
contraint à battre en retraite en rase campagne ; mais
comment y parvenir étant donné la nature marécageuse de cette région arrosée par de nombreux cours
d'eau ? L'espace d'un instant, le désespoir fit chanceler
ma raison.

Puis je pensai à la ligne de chemin de fer abandonnée Innsmouth-Rowley qui, partant des ruines de la
gare au bord de la rivière, s'éloignait en direction du
nord-est. Vraisemblablement, personne n'y songerait : les
ronces qui l'obstruaient la rendaient presque infranchis-
sable ; un fugitif ne saurait guère y chercher un chemin d'évasion. Je l'avais aperçue depuis la fenêtre de
l'hôtel et connaissais son emplacement. A vrai dire, on
en voyait tout un tronçon depuis la route de Rowley,
mais peut-être pourrais-je échapper aux regards à cet
endroit en rampant à travers les broussailles. De toute
façon, je n'avais pas le choix : c'était ma seule chance
de réussite.

Ayant pénétré plus avant dans le couloir de mon refuge désert, je consultai mon plan à la lueur de ma
lampe électrique. Le problème immédiat consistait à
trouver le chemin le plus sûr pour atteindre la voie
ferrée. Je vis qu'il me fallait aller droit devant moi jusqu'à Babson Street, puis tourner à l'ouest vers Lafayette Street ; une fois là, je longerais sans le traverser
un espace découvert semblable à celui que j'avais déjà
franchi ; ensuite je repartirais vers le nord et l'ouest
en zigzaguant à travers Lafayette Street, Bates Street,
Adams Street et Banks Street : cette dernière rue, qui
longeait le ravin où coulait la rivière, m'amènerait finalement à la gare en ruine.

Je gagnai le trottoir à ma droite pour me glisser jusqu'à Babson Street le plus discrètement possible. Des
bruits confus résonnaient toujours dans Federal Street,
et, en jetant un coup d'œil derrière moi, je crus voir
une lumière près du bâtiment à travers lequel je
m'étais enfui. Désireux de quitter Washington Street le
plus tôt possible, je me mis à courir sans trop de hâte,
espérant que personne ne m'observait. Avant d'arriver
à Babson Street, je vis à ma grande inquiétude, que

l'une des maisons était habitée, comme en témoignaient les rideaux aux fenêtres ; mais il n'y avait pas de lumière à l'intérieur, et je passai sans encombre.

Dans Babson Street, qui coupait Federal Street et pouvait donc me révéler aux patrouilleurs, j'avançai en rasant les murs et m'arrêtai à deux reprises dans une entrée après avoir entendu la rumeur de la poursuite augmenter d'intensité. Devant moi, l'espace découvert que je comptais éviter brillait, désert, au clair de lune. Au cours de ma deuxième pause, je m'aperçus que les bruits n'étaient plus répartis de la même façon ; ayant risqué un coup d'œil prudent, je vis une automobile traverser le carrefour à toute vitesse, remonter Eliot Street qui, à cet endroit, coupe à la fois Babson Street et Lafayette Street.

Pendant que je guettais, une vague plus forte de l'odeur de poisson me prit à la gorge : tout aussitôt j'aperçus une troupe de formes grotesques avançant d'un pas traînant dans la direction prise par le véhicule. Je compris que ce devait être la patrouille chargée de surveiller la route d'Ipswich qui est un prolongement d'Eliot Street. Deux des silhouettes étaient revêtues de robes volumineuses, et l'une d'elles portait un diadème pointu qui brillait d'un éclat blanc. La démarche de cette dernière créature était si bizarre que j'en frissonnai, car il me semble qu'elle *sautillait*.

Quand la troupe eut disparu, je me précipitai dans Lafayette Street, puis traversai Eliot Street en toute hâte de peur que quelques traînards ne se trouvassent encore dans cette artère. En fait, j'entendis des coassements du côté de la Grand'Place, mais j'effectuai ma traversée sans encombre. Je redoutais particulièrement de repasser par South Street toute baignée de lune, et je dus faire appel à tout mon courage pour affronter cette dure épreuve. Quelqu'un pouvait fort bien m'observer, et, s'il y avait des patrouilleurs attardés dans Eliot Street, ils ne manqueraient pas de m'apercevoir. Au dernier moment, je décidai de ralentir ma course et d'adopter à nouveau la démarche traînante des indigènes.

Lorsque la mer fut en vue (à ma droite cette fois-ci), je ne pus résister au désir de la regarder tout en gagnant l'ombre protectrice qui s'étendait devant moi.

Dès l'abord je discernai un petit canot se dirigeant vers
les quais abandonnés, chargé d'un objet volumineux recouvert d'une bâche. Malgré la distance, l'aspect des ra-
meurs me sembla particulièrement répugnant. Il y avait
encore plusieurs nageurs dans l'eau, et, sur le récif
noir, j'aperçus une faible lueur fixe, de couleur indéfinissable, très différente des signaux que j'avais vus
auparavant. A droite devant moi, le belvédère de Gilman House dominait les toits inclinés, mais il était
complètement sombre. L'odeur de poisson, qu'une brise
bienfaisante avait dispersée pendant quelque temps, déferla de nouveau avec une abominable intensité.

Avant d'atteindre l'autre côté de la rue, j'entendis la
rumeur d'une autre troupe venue du nord qui parcourait
Washington Street. Lorsque ces monstres arrivèrent au
vaste carrefour d'où j'avais aperçu l'océan pour la première fois, je les distinguai nettement, à un bloc de distance. Je fus horrifié par les déformations bestiales de
leur visage et leur allure quasi animale : l'un d'eux se
déplaçait d'une façon simiesque, touchant fréquemment
le sol de ses mains ; un autre, vêtu d'une robe et coiffé
d'une tiare, avançait par petits bonds successifs. Je jugeai que c'était le groupe que j'avais vu dans la cour de
Gilman House, celui qui, par conséquent, devait suivre
ma trace de plus près. Certaines des silhouettes s'étant
retournées pour regarder dans ma direction, je me sentis pétrifié de terreur ; néanmoins, je parvins à garder
la démarche traînante que j'avais adoptée. Encore aujour-
d'hui, j'ignore si ces monstres m'aperçurent ou non.
Dans l'affirmative, mon stratagème dut les abuser, car ils
passèrent sans s'arrêter, coassant et jacassant dans un
abominable jargon.

Dès que je me retrouvai dans l'ombre, je repris mon
petit trot paisible le long des maisons branlantes dont
les noires fenêtres s'ouvraient sur la nuit comme des yeux
sans regard. Après avoir gagné le trottoir ouest, je pris
le premier tournant qui m'amena dans Bates Street où je
serrai de près les bâtiments du côté sud. Arrivé dans
Adams Street je me sentis beaucoup plus en sécurité, mais
j'éprouvai un choc terrible en voyant un homme sortir en
titubant d'une entrée juste en face de moi. Heureusement, il était beaucoup trop ivre pour constituer une

menace, et je parvins sain et sauf aux entrepôts en ruine de Bank Street.

Personne ne bougeait dans cette rue morte près du ravin de la rivière ; par ailleurs, le grondement des chutes d'eau couvrait le bruit de mes pas. Il me restait encore un long trajet à parcourir, et les grands murs des entrepôts qui m'enserraient me parurent plus terrifiants que les façades des maisons. Enfin, j'arrivai à la gare, et me dirigeai aussitôt vers la voie ferrée qui partait de son autre extrémité.

Les rails rouillés étaient encore intacts ; une bonne moitié des traverses avait résisté à la pourriture. Il était très difficile de marcher ou de courir sur une surface pareille ; néanmoins je m'évertuai de mon mieux et parvins à maintenir une allure convenable. La ligne longeait le ravin sur une certaine distance, mais je finis par atteindre le long pont couvert où elle franchissait l'abîme. Mon itinéraire allait dépendre de l'état de conservation de l'ouvrage : je l'utiliserais si c'était humainement possible ; sans quoi, il me faudrait continuer à errer dans les rues pour trouver une passerelle intacte.

Le clair de lune spectral baignait l'entrée du grand tunnel semblable à une grange, et je vis que je pouvais m'y aventurer sans risque jusqu'à une distance de quelques pieds. Dès que j'y eus pénétré, j'allumai ma lampe électrique et faillis être renversé par un nuage de chauves-souris qui passèrent devant moi en battant· des ailes. Au milieu du pont je craignis d'être arrêté par une brèche dangereuse au milieu des traverses ; toutefois, je parvins à la franchir d'un bond désespéré.

Je fus très heureux de revoir le clair de lune en émergeant de ce sinistre boyau. La ligne traversait River Street, puis tournait brusquement pour s'enfoncer dans une région de plus en plus rurale où l'abominable odeur de poisson allait s'atténuant. Là, les ronces plus denses retardèrent ma marche et déchirèrent cruellement mes vêtements, mais je fus ravi de les trouver car elles me serviraient de retraite en cas de danger.

Peu après commençait la région marécageuse où les rails couraient sur un remblai bas recouvert d'herbe clairsemée. Venait ensuite une espèce d'îlot de terrain plus élevé que la voie franchissait à travers une tranchée peu profonde obstruée de broussailles. Celle-ci constituait pour moi un abri sûr particulièrement utile : en effet, d'après ce que j'avais vu de ma fenêtre, la route de Rowley était dangereusement proche de la piste à cet endroit. A l'extrémité de la tranchée, elle coupait la voie pour s'en éloigner notablement, mais, en attendant, je devais montrer la plus grande prudence. J'avais acquis maintenant l'heureuse certitude que la ligne du chemin de fer elle-même n'était pas surveillée.

Au moment de pénétrer dans la tranchée, je jetai un coup d'œil en arrière et n'aperçus aucun poursuivant. Les vieux toits et les antiques clochers d'Innsmouth luisaient sous la lune magicienne qui leur conférait une beauté céleste : je songeai à ce qu'avait dû être leur aspect avant que la malédiction ne s'abattît sur la ville. Puis, comme mon regard s'écartait du port vers l'intérieur des terres, un spectacle beaucoup moins paisible retint mon attention.

Ce que je vis (ou crus voir) c'était une vague ondulation, très loin du côté du sud, qui me donna à penser qu'une immense troupe devait se déverser hors de la ville sur la route plate d'Ipswich. Je ne pouvais distinguer aucun détail en raison de la distance, mais l'aspect de cette colonne mouvante me déplut terriblement : elle ondulait beaucoup trop et brillait d'un éclat trop vif sous les rayons de la lune à son déclin. Par ailleurs, bien que le vent ne soufflât pas dans ma direction, il me semblait percevoir des grincements et des beuglements encore plus bestiaux que ceux des patrouilles déjà rencontrées.

Diverses hypothèses également déplaisantes me vinrent à l'esprit. Je songeai à ces habitants d'Innsmouth, abominablement déformés, qui, d'après la rumeur publique, vivaient secrètement dans les tanières croulantes proches du port. Je songeai aussi aux nageurs que j'avais entrevus. Si je faisais le compte des groupes auxquels je m'étais heurté, et de ceux qui devaient surveiller les autres routes, mes poursuivants étaient singulièrement nombreux pour une ville aussi dépeuplée qu'Innsmouth.

D'où pouvait bien provenir l'effectif considérable de cette colonne lointaine ? Les maisons du port grouillaient-elles vraiment d'êtres monstrueux dont les autorités ignoraient l'existence ? Ou bien un navire avait-il secrètement débarqué une légion d'étrangers inconnus sur ce récif infernal ? Qui étaient-ils ? Pourquoi se trouvaient-ils là ? Et, s'il y avait une troupe particulièrement importante sur la route d'Ipswich, les patrouilles des autres routes, elles aussi, allaient-elles être augmentées ?

Tandis que je me frayais lentement un chemin à travers les broussailles de la tranchée, l'immonde odeur de poisson devint à nouveau plus forte. Le vent avait-il brusquement tourné à l'est et soufflait-il à présent de la mer ? Sans doute, car je commençais à entendre d'affreux murmures gutturaux provenant de cette région jusqu'alors silencieuse. Je percevais aussi un autre bruit : un espèce de sautillement lourd et mat qui évoqua dans mon esprit des images détestables, et me fit penser, contre toute logique, à cette colonne ondulante sur la route d'Ipswich.

Soudain, la puanteur et les bruits s'accrurent ; je m'arrêtai tout frissonnant, remerciant le Ciel de l'abri de la tranchée. C'était ici, je m'en souvins, que la route de Rowley longeait la voie de très près avant de la couper et de s'éloigner vers l'ouest. Or, une horde avançait sur cette route : je devais faire le mort jusqu'à ce qu'elle fût passée et eût disparu. Dieu merci, ces créatures n'avaient pas de chien avec elles... A dire vrai, le flair de ces animaux n'aurait servi de rien, étant donné l'odeur de poisson qui régnait partout. Blotti dans les buissons de la brèche sablonneuse, je me sentais en sécurité tout en sachant fort bien que les patrouilleurs allaient traverser la voie à cent yards devant moi. Je pourrais les voir tout à loisir, mais je resterais invisible à leurs yeux à moins d'un funeste miracle.

Brusquement, je me sentis pénétré de crainte à l'idée de les regarder passer. Je contemplai le terrain où ils allaient déferler, et l'idée me vint que désormais ce lieu serait irrémédiablement pollué. Mes poursuivants appartenaient peut-être au type le plus répugnant des habitants d'Innsmouth : spectacle que je ne tenais pas du tout à contempler.

La puanteur se fit atroce ; les bruits s'enflèrent jusqu'à devenir un vacarme bestial de coassements et d'aboiements qui ne rappelaient aucun langage humain. Etait-ce vraiment les voix de mes ennemis ? Ou bien avaient-ils des chiens, après tout ? Pourtant je n'avais pas vu un seul de ces animaux dans Innsmouth... Ce bruit mat de sautillements sourds était monstrueux... Non, je ne regarderais pas les créatures dégénérées qui le produisaient ; je garderais les yeux fermés jusqu'à ce qu'elles eussent disparu... A présent, la horde était très proche : l'air retentissait de grondements rauques, le sol frémissait sous des pas au rythme étrange. Je cessai presque de respirer, et fis appel à toute ma volonté pour tenir mes paupières baissées.

Aujourd'hui encore, je ne saurais dire si ce qui suivit fut une hideuse réalité ou un simple cauchemar. L'action entreprise par le gouvernement, à la suite de mes appels désespérés, tendrait à prouver qu'il s'agit d'une abominable vérité ; mais une hallucination n'a-t-elle pu se répéter sous l'influence ensorcelante de cette ville maudite ? Les lieux de cette sorte ont d'étranges vertus : l'héritage de légendes démentes pourrait bien avoir affecté plus d'une imagination humaine parmi ces rues mortes et empestées, cet amas de toits délabrés et de clochers croulants. Pourquoi la malédiction qui plane sur Innsmouth ne renfermerait-elle pas le germe d'une folie contagieuse ? Qui pourrait être sûr du réel après avoir entendu des récits semblables à celui de Zadok Allen ? (A ce propos, les envoyés du gouvernement ne retrouvèrent jamais le vieillard, et ne savent ce qu'il est devenu). Où finit la folie ? Où commence la réalité ? La plus récente de mes craintes elle-même ne serait-elle qu'une simple illusion ?

Mais il faut que j'essaie de raconter ce que je crus voir cette nuit-là, sous les rayons de la lune sarcastique, ce que je crus voir ou que je vis déferler en sautillant sur la route de Rowley, tandis que je me blottissais dans les broussailles de cette tranchée de chemin de fer. Naturellement, ma résolution de garder les yeux fermés avait échoué. Il ne pouvait en être autrement : qui donc aurait pu se transformer en aveugle volontaire alors qu'une légion de monstres coassants défilait à cent yards de lui, en immonde théorie ?

Je me croyais prêt au pire (comme j'aurais dû l'être en raison de ce que j'avais déjà vu). Mes autres poursuivants étant affligés de déformations hideusement anormales, n'aurais-je pas dû m'attendre à des êtres n'offrant

plus rien de normal ? Je tins mes paupières closes jusqu'à
ce que la rumeur me semblât provenir d'un point situé
juste en face de moi. A ce moment, jugeant que bon
nombre de ces créatures se trouveraient bien en vue à
l'intersection de la route et de la voie, je ne pus m'empêcher de connaître l'horreur que la lune pourrait me révéler.

Ce fut la fin, pour ce qu'il me reste de jours à   passer
à la surface de la terre, de toute paix, de toute confiance
en l'intégrité de la nature et de l'esprit humain. Rien de
ce que j'aurais pu imaginer, même en ajoutant foi à
l'histoire folle du vieux Zadok dans ses moindres détails,
ne saurait se comparer à la réalité blasphématoire de
ce que je vis ou crus voir. J'ai essayé de suggérer ce que
c'était pour différer l'horreur de l'écrire sans détour. Se
peut-il que notre planète ait engendré semblables créatures ? que des yeux humains aient vraiment contemplé ce
que l'homme n'a jamais connu jusqu'ici en dehors de ses
cauchemars ou des légendes les plus folles ?

Pourtant, ces monstres, je les vis de mes yeux, en un
flot ininterrompu, sautillant, coassant, aboyant, grotesque
et pernicieuse sarabande qui se déroulait sous le clair de
lune spectral. Et certains étaient coiffés de hautes tiares
de ce métal inconnu semblable à de l'or,... et d'autres
avaient d'étranges robes,... et l'un d'eux, qui ouvrait la
marche, portait une veste noire soulevée en bosse dans le
dos, des pantalons rayés, et un chapeau de feutre sur la
chose informe qui lui tenait lieu de tête...

Ils étaient de couleur verdâtre et avaient le ventre blanc.
Leur peau semblait luisante et lisse, mais leur échine se
hérissait d'écailles. Leur corps vaguement anthropoïde
se terminait par une tête de poisson aux yeux saillants toujours ouverts. Sur le côté de leur cou s'ouvraient des
ouïes palpitantes, et leurs longues pattes étaient palmées.
Ils avançaient par bonds irréguliers, tantôt sur deux pattes, tantôt sur quatre. Leur voix coassante, qu'ils utili-
saient nettement pour un langage articulé, avait toutes les
nuances d'expression dont leur visage était dépourvu.

Ces monstres ne m'étaient pas inconnus. Je savais trop
bien ce qu'ils devaient être, car je n'avais pas oublié la
tiare du musée de Newburyport.   C'étaient les poissons-
grenouilles des dessins qui ornaient le bijou maudit ; et

tandis que je les contemplais, bien vivants, immondes, abominables, je compris pourquoi la silhouette du prêtre entrevu dans la vieille église m'avait inspiré une crainte inexplicable. J'eus l'impression que leur nombre était infini ; pourtant mon coup d'œil rapide ne m'avait révélé qu'une petite partie de la horde. Un instant plus tard, tout s'effaçait devant mes yeux, et, pour la première fois de ma vie, je sombrais dans un évanouissement profond.

-:-

Quand je revins à moi il faisait grand jour. Une pluie tiède tombait sur les broussailles. Ayant gagné la route en chancelant, je ne vis aucune empreinte dans la boue fraîche. Les toits et les clochers d'Innsmouth s'érigeaient dans le ciel gris ; par contre, je n'aperçus pas un seul être vivant dans les marécages désolés. Ma montre qui marchait encore m'apprit qu'il était plus de midi.

Mon esprit doutait de la réalité des épreuves que j'avais subies, mais je sentais tout au fond de moi que la ville recélait des présences hideuses. Il me fallait à tout prix m'éloigner de ce lieu maudit. Malgré la fatigue, la faim, l'horreur, l'hébétude, je constatai que j'avais la force de marcher, et m'acheminai lentement le long de la route de Rowley. Avant la fin du jour, j'atteignis le village où je dévorai un bon repas et me procurai des vêtements présentables. Je pris le train de nuit pour Arkham où, le lendemain, je m'entretins longuement avec les autorités. Je fis de même à Boston un peu plus tard. Le public connaît maintenant le résultat de ces conversations, et je voudrais bien n'avoir plus rien à ajouter... Après tout, peut-être suis-je en proie à la folie ; mais, d'autre part, il est possible qu'une plus grande horreur (ou une plus grande merveille) me soit réservée...

Comme on peut l'imaginer facilement, je renonçai au programme prévu pour le reste de mon voyage, aux plaisirs touristiques et archéologiques tant espérés. Je n'osai pas non plus demander à voir l'étrange spécimen d'orfèvrerie qui devait se trouver au Musée de l'université de Miskatonic. Par contre, je profitai de mon séjour à Arkham pour prendre quelques notes sur ma généalogie que je désirais connaître depuis longtemps déjà. Le conservateur des archives de la Société d'études historiques, M. E. Lapham Peabody, fit preuve d'une complaisance rare, et manifesta un très vif intérêt en apprenant que j'étais le petit-fils d'Eliza Orne, d'Arkham, née en 1867, qui avait épousé James Williamson, d'Ohio, à l'âge de dix-sept ans.

En effet, l'un de mes oncles maternels était venu trouver M. Peabody, plusieurs années auparavant, pour obtenir des renseignements analogues à ceux que je sollicitais, et la famille de ma grand-mère était l'objet de la curiosité des gens du pays. Immédiatement après la guerre civile, le mariage de son père, Benjamin Orne, avait suscité de grandes discussions, car la parenté de la future épouse semblait assez mystérieuse. L'on croyait savoir que c'était une orpheline, une Marsh du New Hampshire, mais elle avait été élevée en France et ignorait presque tout de sa famille. Son tuteur avait déposé des fonds dans une banque de Boston pour subvenir à ses besoins et à ceux de sa gouvernante. Toutefois, ce tuteur, dont le nom n'était pas familier aux gens d'Arkham, ayant brusquement disparu, la gouvernante avait assumé son rôle par décision du tribunal. Cette femme, une Française, morte depuis plusieurs années, était extrêmement taciturne ; certains prétendaient qu'elle aurait pu en dire beaucoup plus qu'elle ne l'avait fait.

Le point le plus curieux de toute l'histoire, c'est que personne n'avait jamais pu situer les parents prétendus de la jeune fille : Enoch et Lydia Marsh, parmi les familles connues du New Hampshire. Plusieurs suggérèrent qu'elle était l'enfant naturel de quelque Marsh haut placé. En tout cas elle avait bien les yeux caractéristiques des Marsh. On se livra à la plupart de ces hypothèses après sa mort prématurée qui eut lieu à la naissance de ma grand-mère, son unique enfant. Le nom de Marsh étant associé dans mon esprit à des impressions fort désagréables, il me déplut fort d'apprendre qu'il figurait sur mon arbre généalogique ; et je ne fus pas davantage satisfait d'entendre M. Peabody suggérer que j'avais, moi aussi, les yeux caractéristiques des Marsh. Néanmoins je le remerciai de ces renseignements précieux, puis je pris d'abondantes notes et références au sujet de la famille

Orne, dans l'intention de les collationner et de les classer par la suite.

De Boston je rentrai directement chez mes parents, à Toledo ; peu de temps après, j'allai passer un mois à Maumee pour me remettre de mes fatigues. En septembre je regagnai l'université d'Oberlin pour y faire ma dernière année d'études. Jusqu'en juin je me consacrai au travail et à d'autres occupations salutaires ; mes terreurs passées ne me revenaient en mémoire qu'à l'occasion des visites de certains fonctionnaires gouvernementaux, ayant trait à la campagne suscitée par mes rapports. Vers le milieu du mois de juillet, un an exactement après mon aventure d'Innsmouth, je me rendis à Cleveland dans la famille de ma défunte mère. J'y confrontai mes nouveaux renseignements généalogiques avec les notes, traditions et souvenirs d'héritage que je pus trouver, en vue de dresser un tableau complet et cohérent.

Cette tâche ne me fut guère agréable, car l'atmosphère de la maison des Williamson m'avait toujours déprimé. J'y sentais un élément morbide, et, dans mon enfance, ma mère ne m'avait jamais encouragé à visiter ses parents, bien qu'elle accueillît toujours son père avec joie lorsqu'il venait à Toledo.   Ma grand-mère, née à Arkham, me paraissait étrange sinon terrifiante : je crois que je ne versai pas une seule larme quand elle mourut. J'avais huit ans à cette époque, et l'on prétendit qu'elle avait succombé au chagrin causé par le suicide de son fils aîné, mon oncle Douglas. Celui-ci s'était tiré une balle dans la tête à son retour d'un voyage en Nouvelle-Angleterre, (voyage au cours duquel il avait consulté M. Peabody, conservateur de la Société d'études historiques d'Arkham).

Cet oncle ressemblait beaucoup à sa mère et me déplaisait autant qu'elle. L'expression de leur visage aux yeux fixes m'inspirait un malaise inexplicable.   Ma mère et mon oncle Walter n'avaient pas cet aspect : ils ressemblaient à leur père. Néanmoins, mon pauvre petit cousin Lawrence, fils de Walter, avait été la vivante image de sa grand-mère jusqu'au jour où l'on avait dû l'interner à l'asile d'aliénés de Canton. Je ne l'avais pas vu depuis quatre ans, mais, à en croire mon oncle, son état de santé mentale et physique était déplorable. Sa mère en était morte de chagrin deux ans auparavant.

Mon grand-père et son fils Walter vivaient donc maintenant tous les deux seuls dans la maison de Cleveland ; néanmoins les souvenirs du passé pesaient sur ce logis qui me déplaisait toujours autant. Mon grand-père me fournit de nombreux documents sur les Williamson ; en ce qui concernait les Orne, j'eus recours à mon oncle Walter qui mit à ma disposition le contenu de tous ses dossiers : notes, lettres, coupures de journaux, photographies, miniatures.

L'examen de la correspondance et des portraits des Orne m'inspira une vague terreur de mes ancêtres. Comme je l'ai déjà dit, ma grand-mère et mon oncle Douglas m'avaient toujours déplu. A présent, plusieurs années après leur mort, je regardais leurs effigies avec une véritable répulsion. Tout d'abord je ne pus comprendre ce changement ; mais, peu à peu, une horrible espèce de *comparaison* s'imposa à mon subconscient, bien que mon esprit conscient refusât de l'admettre. De toute évidence l'expression caractéristique de ces visages me suggérait une chose qu'ils ne m'avaient jamais suggérée auparavant, une chose qui engendrerait en moi une folle panique si j'y pensais avec trop de lucidité.

J'éprouvai un choc beaucoup plus terrible lorsque mon oncle me fit voir les bijoux des Orne, enfermés dans un coffre-fort d'une banque de la ville basse. Certains d'entre eux étaient exquis ; par ailleurs, il y avait un coffret contenant d'étranges pièces d'orfèvrerie ayant appartenu à ma mystérieuse arrière-grand-mère, que mon oncle hésita à me montrer. Ils étaient ornés, me dit-il, de dessins grotesques, voire hideux, et, à sa connaissance, personne ne s'en était jamais paré en public ; cependant, ma grand-mère prenait un vif plaisir à les contempler. Diverses légendes leur attribuaient des propriétés maléfiques. La gouvernante française de mon arrière-grand-mère disait que l'on ne devait pas les porter en Nouvelle-Angleterre ; par contre, ajoutait-elle, on pouvait les porter en Europe sans courir le moindre risque.

Tout en commençant à déballer les bijoux avec lenteur, mon oncle me pria instamment de ne pas me laisser impressionner par la hideur des dessins. Des experts avaient déclaré qu'ils étaient d'un travail merveilleux, de caractère nettement exotique, mais personne n'avait pu identifier le métal dont ils étaient faits, ni les rattacher à aucune tradition artistique. Le coffret renfermait deux bracelets, une tiare, et une espèce de pectoral : ce dernier présentait des figures en haut-relief d'une extravagance presque intolérable.

J'avais eu beau maîtriser mes émotions pendant que l'oncle Walter me décrivait ces bijoux, mon visage dut trahir ma terreur croissante, car mon compagnon interrompit sa besogne pour scruter mes traits. Je lui fis signe de continuer, et il s'exécuta en manifestant toujours autant de répugnance. Il semblait s'attendre à une réaction de ma part lorsque apparut le premier objet : la tiare, mais je doute fort qu'il eût prévu ce qui arriva. En vérité, je ne l'avais point prévu davantage, car je me croyais dûment averti de la nature de ces pièces d'orfèvrerie. Or, ce qui arriva, c'est que je m'évanouis sans mot dire, comme je l'avais fait dans la tranchée de chemin de fer obstruée par les broussailles, un an auparavant.

Depuis ce jour, ma vie a été un cauchemar de sombres méditations et de craintes, et je suis toujours incapable de faire la part de la folie et de la hideuse réalité. Mon arrière-grand-mère était une Marsh née de parents inconnus, dont le mari était originaire d'Arkham... Or, le vieux Zadok ne m'avait-il pas dit qu'Obed Marsh s'était arrangé pour que la fille de sa seconde femme, cette créature monstrueuse que *nul n'avait jamais vue,* épousât un homme d'Arkham ? Le vieil ivrogne n'avait-il pas marmonné que mes yeux ressemblaient à ceux du capitaine Obed ? Et, à Arkham, M. Peabody ne m'avait-il pas déclaré que j'avais les yeux caractéristiques des Marsh ? Obed Marsh était-il donc mon arrière-grand-père ? En ce cas, qui était mon arrière-grand-mère ? ou, plus exactement, qu'était-elle ?... Peut-être que tout cela relevait de la démence pure. Ces bijoux d'or, le père de mon arrière-grand-mère, quel qu'il fût, les avait probablement achetés à un marin d'Innsmouth. Quant à ce regard fixe de ma grand-mère et de mon oncle Douglas, je devais l'attribuer à ma seule imagination, surexcitée par mon aventure dans la ville maudite... Mais alors, pourquoi mon oncle s'était-il tué au retour de son voyage en Nouvelle-Angleterre ?

Pendant plus de deux ans, je luttai contre ces pensées avec un certain succès. Mon père me procura une situation dans une compagnie d'assurances, et je me mis au travail avec ardeur. Malgré cela, au cours de l'hiver 1930-1931, les rêves commencèrent. D'abord rares et insidieux, ils se firent plus nets et plus fréquents à mesure que les semaines passaient. De grandes étendues d'eau s'ouvraient devant moi, où j'errais sous de gigantesques portiques, dans des labyrinthes de murs cyclopéens couronnés d'algues, en compagnie de grotesques poissons. Puis *les autres formes* apparurent, m'emplissant d'une horreur sans nom lorsque je m'éveillais. Par contre, au cours des rêves, ces monstres ne m'inspiraient aucune épouvante car j'étais un des leurs : je portais leurs ornements inhumains, je parcourais leurs routes aquatiques, j'allais prier dans leurs temples sous-marins.

Je ne pouvais me rappeler toutes mes visions, mais les souvenirs que je retrouvais chaque matin suffiraient à me faire passer pour un fou ou pour un génie si je les couchais par écrit. Je sentais qu'une effroyable influence essayait de m'arracher progressivement au monde normal de la vie quotidienne pour me plonger dans un abîme de monstrueuses ténèbres, et la lutte que je devais soutenir m'affectait durement. Ma santé ne tarda pas à décliner ; bientôt je dus renoncer à mon travail pour mener l'existence recluse d'un malade. J'étais en proie à d'étranges troubles du système nerveux, et, parfois, je me trouvais presque incapable de clore les paupières.

Ce fut alors que je commençai à examiner mon visage dans mon miroir avec une inquiétude croissante. Les lents ravages exercés par la maladie ne sont pas agréables à contempler, mais dans mon cas, il y avait une altération plus subtile et plus déconcertante. Mon père parut s'en apercevoir, car je le surpris maintes fois à m'examiner d'un air intrigué nuancé d'un certain effroi. Que m'arrivait-il donc ? Etait-il possible que j'en vinsse à ressembler à ma grand-mère et à mon oncle Douglas ?

Une nuit j'eus un rêve terrifiant au cours duquel je rencontrais mon aïeule au fond de la mer. Dans son palais phosphorescent aux multiples terrasses, entouré de jardins où poussaient d'étranges coraux lépreux et des efflorescences grotesques, elle m'accueillait avec une cordialité qui pouvait bien être narquoise. Elle avait subi la métamorphose de ceux qui se réfugiaient dans l'eau. Elle m'apprit qu'elle n'était jamais morte. Après s'être rendue en un lieu bien connu de son fils Douglas, elle avait plongé dans un royaume dont il avait repoussé les merveilles en se tuant d'un coup de pistolet. Ce royaume m'était destiné : je ne saurais éviter de m'y rendre. Jamais je ne mourrais, moi non plus : je vivrais éternellement avec ceux qui avaient vécu bien avant que les hommes eussent foulé la terre.

Je rencontrais aussi celle qui avait été sa grand-mère. Pendant quatre-vingt mille ans, Pht-thyar-l'yi avait vécu dans Y'ha-nthlei, où elle était revenue à la mort d'Obed Marsh. Y'ha-nthlei n'était pas détruite. Ceux des profondeurs ne pouvaient pas être anéantis, quoique, parfois, la magie paléogène des Anciens aujourd'hui oubliés pût les tenir en échec. Pour le présent, ils restaient en repos ; mais quelque jour, s'ils se souvenaient, ils monteraient à nouveau du fond des eaux pour prélever le tribut que le grand Cthulhu désirait ardemment. Ce jour-là, ils s'attaqueraient à une ville plus importante qu'Innsmouth. Ils avaient formé le projet de se répandre à la surface du globe, et ils avaient apporté ce qui les y aiderait ; néanmoins, il leur fallait attendre encore une fois. Quant à moi, je devais expier le péché que j'avais commis en causant la mort des hommes de la terre d'en haut ; cependant, ma pénitence serait légère.

Tel fut le rêve où je vis un *shoggoth* pour la première fois, et je m'éveillai devant ce spectacle en poussant d'effroyables cris d'épouvante. Ce matin-là, mon miroir m'apprit irrévocablement que j'avais acquis *le masque d'Innsmouth*.

Je ne me suis pas tué comme l'a fait mon oncle Douglas. A vrai dire, j'ai envisagé le suicide et acheté un pistolet automatique, mais certains rêves m'ont dissuadé de me donner la mort. L'horreur que j'éprouvais au début s'amoindrit de jour en jour : je me sens étrangement attiré par les abîmes sous-marins au lieu de les craindre. Dans mon sommeil j'entends et j'accomplis des choses bizarres, et, quand je me réveille, je ressens une formida-

ble exaltation de tout mon être. Je crois que je n'atten-
drai pas que ma métamorphose soit complète, sans quoi
mon père m'enfermerait probablement dans un   asile,
comme mon pauvre petit cousin. De stupéfiantes splen-
deurs me sont réservées dans les profondeurs de l'océan,
et j'irai bientôt à leur recherche. *Iâ-R'lyeh! Cthulhu
fhtagn! Iâ! Iâ!* Non, je ne me tuerai pas : rien ne peut
m'amener à me tuer !

Je vais préparer la fuite de mon cousin enfermé dans
l'asile d'aliénés de Canton, et nous nous rendrons tous
les deux à la cité prodigieuse d'Innsmouth. Nous gagne-
rons à la nage le récif au sein des flots, puis nous plon-
gerons à travers de noirs abîmes jusqu'à la cyclopéenne
Y'ha-nthlei aux milles colonnes : là, en compagnie de Ceux
des profondeurs, nous vivrons à jamais dans un univers
de merveilles et de gloire.

Celui qui chuchotait dans les ténèbres

Par-dessus tout, rappelez-vous bien que je ne vis, au dernier moment, aucune horreur concrète susceptible d'affecter ma raison. Dire qu'un choc mental détermina ma conclusion finale (cette suprême goutte d'eau qui me fit quitter en toute hâte la ferme isolée d'Akeley, et rouler au cœur de la nuit, dans une vieille automobile, à travers les collines en dôme du Vermont), ce serait ignorer délibérément les faits purs et simples de mon aventure. Malgré les choses terribles que j'ai vues et entendues, malgré l'impression particulièrement vive qu'elles ont produite sur moi, je suis, aujourd'hui encore, incapable de démontrer la justesse de mon effroyable hypothèse. En effet, la disparition d'Akeley ne prouve rien. Personne n'a relevé quoi que ce soit de suspect dans sa maison, en dehors des traces de balles à l'extérieur et à l'intérieur. En vérité, on aurait pu croire qu'il était parti faire une promenade dans les collines et n'était pas revenu. Nul indice ne révélait que le maître du logis eût reçu un visiteur, ni que ces horribles cylindres eussent été mis en dépôt dans le cabinet de travail. Sans doute Akeley avait-il toujours manifesté une frayeur mortelle à l'égard des collines verdoyantes arrosées de mille ruisseaux au milieu desquelles il était né ; mais cela non plus ne prouve rien, car des milliers de gens sont sujets à des craintes morbides du même ordre. En outre, il serait facile d'imputer à

la seule excentricité son étrange attitude et ses vives
alarmes.

Pour moi, cette affaire commence avec l'inondation
sans précédent qui eut lieu dans l'Etat du Vermont, le
3 novembre 1927. A cette époque, j'enseignais la littérature à l'université de Miskatonic, Arkham, Massachusetts,
et j'étais très féru du folklore de la Nouvelle-Angleterre.
Peu après le cataclysme, parmi les divers récits de priva-
tions, de souffrances et de secours organisés qui remplis-
saient les journaux, on vit apparaître des histoires bizarres mentionnant la découverte de certaines créatures inconnues flottant sur les eaux de quelques rivières en crue.
Aussitôt plusieurs de mes amis s'embarquèrent dans de
curieuses discussions à ce sujet et eurent souvent recours
à mes lumières. Flatté de ce que l'on prît au sérieux mes
études folkloriques, je fis tout mon possible pour rame-
ner à de justes proportions des contes extravagants manifestement inspirés par de vieilles superstitions campa-
gnardes. Je m'égayai beaucoup de voir des gens cultivés
affirmer que ces rumeurs pourraient bien être basées sur
des faits réels plus ou moins déformés.

Les histoires que l'on porta ainsi à mon attention provenaient de coupures de journaux ; toutefois, l'une d'elles
avait été racontée oralement à la mère d'un de mes amis,
qui l'avait relatée par écrit à son fils. Dans tous les cas,
les descriptions concordaient sur certains points essentiels.
Je remarquai que les créatures en question avaient été découvertes en trois endroits : dans la rivière Winooski,
près de Montpelier (1) ; dans la West River, en aval de
Newfane, comté de Windham ; dans la Passumpsic, en
amont de Lyndonville, comté de Caledonia. Les habitants
de ces diverses régions déclaraient avoir aperçu un ou plusieurs objets extrêmement bizarres dans les eaux tumultueuses qui se déversaient du haut des collines peu fréquentées, et la tendance générale consistait à les rattacher à un cycle primitif de légendes presque oubliées que
les vieillards exhumaient à cette occasion.

Ce que les gens croyaient avoir vu, c'était des formes
organiques différentes de toutes celles qu'ils connaissaient.
Naturellement il y eut de nombreux corps humains char-

_____

(1) Capitale de l'État du Vermont. (*N. d. T.*)

riés par les eaux pendant cette période tragique ; mais
ceux qui décrivirent ces êtres étranges avaient la conviction qu'il ne s'agissait pas d'hommes, malgré certaines res-
semblances superficielles de dimensions et de contours.
Ce ne pouvait pas être non plus des animaux familiers
aux habitants du Vermont. C'étaient des créatures rosâtres
d'environ cinq pieds de long ; leur corps crustacéen portait une paire de vastes nageoires dorsales ou d'ailes membraneuses, et plusieurs groupes de membres articulés ; une
espèce d'ellipsoïde couvert d'une multitude de courtes an-
tennes leur tenait lieu de tête. Tous les récits, je l'ai déjà
dit, coïncidaient d'une façon remarquable ; néanmoins,
il ne fallait pas trop s'en émerveiller, car les vieilles légendes autrefois répandues dans le pays fournissaient une
image morbide particulièrement vive qui avait sans doute
impressionné le cerveau des témoins en cause. Je conclus
que lesdits témoins, défricheurs de forêts à l'âme naïve,
avaient dû apercevoir les cadavres mutilés et distendus
d'hommes et d'animaux dans les eaux tourbillonnantes, pitoyables objets que leurs souvenirs confus des anciennes
traditions avaient dotés d'attributs fantastiques.

Le vieux folklore assez obscur, à demi oublié par la génération actuelle, offrait un caractère hautement original
et reflétait l'influence très nette des contes indiens qui
l'avaient précédé. Je le connaissais bien, quoique je n'eusse
jamais visité le Vermont, grâce à la rarissime monogra-
phie d'Eli Davenport, particulièrement riche en documents de source orale fournis par les habitants de cet
Etat avant 1839. Ces documents se trouvaient coïncider
avec des récits que je tenais moi-même de la bouche de
vieux montagnards du New Hampshire. Les uns et les autres mentionnaient une race d'êtres monstrueux qui s'embusquaient dans les bois sombres couronnant les collines
les moins accessibles, et au fond des vallées où ruissellent
des cours d'eau à la source mystérieuse. On les apercevait rarement, mais des preuves de leur existence avaient
été découvertes par ceux qui s'étaient aventurés plus haut
que de coutume sur certains pics et dans des gorges
abruptes que les loups eux-mêmes évitaient.

Il y avait d'étranges empreintes de pieds ou de griffes
au bord des ruisseaux, sur des étendues de terrain dénudé,
et de curieux cercles de pierre autour desquels l'herbe

avait été arrachée. Il y avait aussi, au flanc des collines, des cavernes inexplorées dont l'entrée était fermée par des rochers qui ne se trouvaient pas là accidentellement : un grand nombre d'empreintes menaient vers elles et s'en éloignaient (si tant est que l'on pût déterminer exactement la direction de ces pistes). Enfin, et c'était le pire, il y avait les créatures que des montagnards particulièrement hardis avaient aperçues très rarement dans la pénombre de vallées écartées ou au cœur des bois épais situés sur des pentes inaccessibles.

L'horreur eût été moindre si les diverses descriptions des monstres n'avaient pas si bien concordé. En l'occurrence, elles présentaient plusieurs points communs. Ces êtres fantastiques étaient des espèces d'énormes crabes rosâtres munis de plusieurs paires de pattes et de deux grandes ailes membraneuses fixées au milieu du dos. Parfois elles marchaient sur toutes leurs pattes, et parfois uniquement sur la paire postérieure, utilisant les autres pour transporter des objets de nature indéterminée. L'un des témoins en avait observé un jour toute une troupe qui passait à gué un cours d'eau peu profond : elles avançaient trois par trois, en rangs bien ordonnés. Un soir, on avait vu l'une d'elles prendre son vol : après s'être lancée du haut d'une colline solitaire, elle avait disparu dans le ciel sous les rayons de la pleine lune.

D'une façon générale, ces monstres paraissaient disposés à laisser les hommes en paix. Néanmoins, on leur imputait la disparition de quelques personnes téméraires qui avaient bâti leur demeure trop près de certaines vallées ou du sommet de certaines montagnes. On finit par admettre qu'il était imprudent de s'installer dans diverses localités, et ce sentiment persista bien après que sa cause fut oubliée. Les gens continuaient à regarder en frissonnant des pics abrupts, alors même qu'ils ne se rappelaient plus combien de colons avaient été perdus, combien de fermes avaient été réduites en cendres, sur les pentes basses de ces farouches sentinelles.

Mais si, d'après les légendes primitives, ces créatures semblaient n'avoir molesté que ceux qui troublaient leurs retraites, des contes plus récents mentionnaient leur curiosité à l'égard des simples mortels et leurs tentatives d'établir des avant-postes secrets dans le monde des hommes. On parlait d'étranges empreintes de griffes découvertes le matin sous les fenêtres des fermes, et de quelques disparitions dans des lieux fort éloignés des régions hantées. On mentionnait également des voix bourdonnantes imitant la voix humaine, qui faisaient des offres singulières aux voyageurs attardés sur les routes solitaires et sur les pistes des bois profonds. Des enfants avaient été terrorisés à en perdre la raison par ce qu'ils avaient vu et entendu à la lisière des forêts enserrant le logis de leurs parents. Enfin, les dernières légendes (celles qui précèdent le déclin de la superstition et l'abandon des localités proches des lieux redoutables) font des allusions horrifiées à des fermiers isolés qui, à une certaine période de leur existence, ont subi une répugnante transformation mentale et ont été accusés de s'être vendus à ces étranges créatures. Dans un comté du nord-est, il semble que l'on ait eu coutume, vers l'année 1800, de reprocher à certains reclus d'être les alliés ou les représentants des monstres abhorrés.

En ce qui concerne la nature de ces derniers, les explications différaient. Généralement on les appelait : « Ceux-là » ou encore « les Anciens », bien qu'il eût existé d'autres noms purement locaux. Les colons puritains, les considérant comme des rejetons du diable, en faisaient le sujet de spéculations théologiques terrifiantes. Ceux qui avaient du sang celte, en particulier les Irlandais et les Ecossais du New Hampshire, ainsi que leurs descendants établis dans le Vermont à la suite des concessions de terrain octroyées par le gouverneur Wentworth, les rattachaient vaguement au « petit peuple » des tourbières et des collines : ils tentaient de se protéger contre eux au moyen de fragments d'incantations légués par leurs ancêtres. Mais c'étaient les Indiens qui professaient à leur égard les théories les plus fantastiques. Si les légendes des diverses tribus présentaient certaines divergences, l'unanimité se faisait sur un point déterminé : les monstres n'appartenaient pas à cette terre.

Les mythes des Pennacooks étaient les plus pittoresques et les plus cohérents. Ils enseignaient que Ceux-des-Ailes-Noires venaient de la Grande Ourse ; ils possédaient dans nos montagnes des mines d'où ils tiraient une pierre qu'ils ne pouvaient se procurer dans aucun autre monde. Ils ne résidaient pas sur la terre ; ils y conservaient simplement des avant-postes, et regagnaient à tire-d'aile leurs planètes du nord en emportant de vastes cargaisons de pierres. Ils ne faisaient pas de mal aux hommes, sauf à ceux qui les approchaient de trop près ou les épiaient. Les animaux les évitaient, non point parce qu'ils les chassaient, mais sous l'effet d'une aversion instinctive. Ils ne pouvaient rien manger de ce qui se trouvait sur la terre, et devaient apporter de la nourriture de leurs planètes. Il n'était pas bon de s'aventurer à proximité de leurs retraites, et, parfois, de jeunes chasseurs partis pour leurs collines n'en revenaient jamais. Il n'était pas bon non plus d'écouter ce qu'ils chuchotaient la nuit dans la forêt avec des voix d'abeilles qui s'appliquaient à imiter des voix d'hommes. Ils connaissaient tous les dialectes : ceux des Pennacooks, des Hurons, des Cinq Nations, mais ils n'avaient pas de langage à eux. Ils parlaient avec leurs mains dont la couleur changeait de diverses façons selon ce qu'ils voulaient exprimer.

Naturellement, toutes ces légendes avaient pris fin au XIXᵉ siècle. L'existence des habitants du Vermont s'était stabilisée : dès que leurs routes et leurs résidences furent établies selon un plan bien arrêté, ils se rappelèrent de moins en moins les craintes qui avaient déterminé ce plan, et oublièrent même que des craintes eussent existé. La plupart des gens savaient seulement que certaines régions montagneuses étaient considérées comme malsaines, et que plus on s'en tenait loin, mieux on s'en trouvait. Peu à peu, la coutume et l'intérêt creusèrent des ornières si profondes dans des lieux bien famés qu'il n'y eut plus aucune raison d'en sortir : les collines hantées furent abandonnées plutôt par pur hasard que volontairement. En dehors de rares paniques locales seuls quelques nonagénaires penchés sur leur passé et quelques grand-mères éprises de merveilleux parlaient de la présence de créatures bizarres sur les collines ; mais ces radoteurs eux-mêmes admettaient que l'on n'avait plus rien à craindre d'elles maintenant qu'elles étaient habituées aux demeures des hommes qui, de leur côté, ne troublaient jamais plus leurs retraites.

J'avais appris tout ceci au cours de mes lectures et grâce à certaines histoires que m'avaient racontées les paysans du New Hampshire. C'est pourquoi, lorsque les rumeurs qui suivirent l'inondation commencèrent à se répandre, je pus deviner aisément quel arrière-plan imaginatif leur avait permis de se développer. Je m'évertuai à expliquer cela à mes amis, et je m'égayai fort de voir certains discuteurs acharnés soutenir que ces récits pouvaient renfermer un élément de vérité. Ils essayèrent de souligner que la persistance des légendes primitives était assez troublante, et qu'il semblait fort hasardeux d'affirmer que les collines du Vermont n'abritaient aucun habitant alors qu'elles étaient pratiquement inexplorées. Je ne pus les réduire au silence en leur exposant que les motifs principaux de ces mythes se retrouvaient dans le monde entier, et qu'ils étaient déterminés par des phases primitives d'expérience imaginative produisant toujours le même type d'illusion.

Je leur démontrai en vain que les superstitions du Vermont différaient très peu dans leur essence de ces légendes universelles personnifiant les forces de la nature, qui emplirent le monde antique de faunes, de satyres et de dryades, suscitèrent les *kallikanzaraï* de la Grèce moderne, et dotèrent l'Irlande et le Pays de Galles de leurs terribles races de petits troglodytes. Je leur exposai sans plus de succès un mythe encore plus semblable : la croyance des indigènes du Népal au terrible Mi-Go, « l'abominable homme des neiges », embusqué dans les glaciers et les rocs des pics de l'Himalaya. Mes adversaires retournèrent ces preuves contre moi en déclarant qu'elles impliquaient une base historique des antiques légendes : elles révélaient l'existence d'une étrange race terrestre très ancienne qui avait été contrainte à se cacher après l'arrivée des hommes, et pouvait fort bien avoir survécu, en nombre très réduit, jusqu'à une période assez récente sinon jusqu'à la nôtre.

Plus je me moquais de ces théories, plus mes amis les soutenaient avec acharnement ; d'après eux, même en dehors des vieilles traditions, les rapports récents étaient trop nets, cohérents, et détaillés, pour que l'on pût se permettre de ne pas en tenir compte. Deux ou trois fanatiques allèrent jusqu'à trouver plausibles les contes indiens attribuant aux êtres mystérieux une origine supraterrestre : pour appuyer leurs dires ils me citaient les ouvrages

extravagants de Charles Fort, où cet auteur prétend que
des voyageurs venus d'autres univers ont souvent visité
notre planète. Néanmoins, mes adversaires étaient pour
la plupart des esprits romanesques qui s'efforçaient de
transposer sur le plan de la vie réelle la démonologie po-
pularisée par les remarquables histoires fantastiques d'Ar-
thur Machen.

-:-

En raison des circonstances, il n'est pas surprenant que
cette discussion ait fini par entrer dans le domaine public sous la forme de lettres adressées à l'*Arkham Advertiser*, dont certaines furent reproduites dans les journaux
des régions du Vermont d'où provenaient les histoires. Le
Rutland Herald consacra une demi-page à des extraits de
la correspondance des deux partis opposés. Le *Brattleboro
Reformer* imprima intégralement un de mes longs exposés historico-mythologiques, accompagné de commentaires signés : « le Chroniqueur », qui appuyaient chaleureu-
sement mes conclusions sceptiques. Au printemps de
1928, j'étais devenu célèbre dans l'Etat du Vermont, bien
que je n'y eusse jamais mis le pied. Ensuite vinrent les
lettres de Henry Akeley qui m'impressionnèrent fortement et m'amenèrent pour la première et dernière fois de
ma vie à cette fascinante contrée de collines verdoyantes
et de cours d'eau murmurants.

Presque tout ce que je sais de Henry Wentworth Akeley, je l'ai appris grâce à un échange de lettres avec ses
voisins et avec son fils unique domicilié en Californie,
bien après mon aventure dans sa ferme solitaire. C'était
le dernier représentant d'une longue lignée de juristes,
d'administrateurs et de gentilshommes campagnards,
jouissant d'une excellente réputation. Il différait de ses
ancêtres en ce sens que son esprit s'était détourné des sujets d'intérêt pratique pour s'attacher à la science pure :
il avait fait de très fortes études de mathématiques, d'astronomie, de biologie, d'anthropologie et de folklore à
l'université de Vermont. Je n'avais jamais entendu parler
de lui auparavant, et, dans sa correspondance, il ne me
donna guère de détails sur sa personne ; toutefois, je compris immédiatement que ce reclus si peu attaché aux cho-

ses de ce monde était un homme cultivé, intelligent et énergique.

Malgré la nature incroyable de ses assertions, je ne pus m'empêcher de prendre Akeley beaucoup plus au sérieux que les autres adversaires de mes théories. En premier lieu, il avait été témoin des faits réels qui servaient de base à ses grotesques spéculations ; de plus, en homme de science véritable, il était prêt à soumettre ses conclusions à toutes sortes d'expériences. Loin de se laisser entraîner par des préférences personnelles, il s'appuyait toujours sur ce qu'il considérait comme une preuve formelle. Naturellement, je commençai par juger qu'il faisait erreur, mais je reconnus qu'il se trompait intelligemment. Je ne m'associai jamais à certains de ses amis qui attribuèrent ses idées et sa crainte des collines solitaires à la démence pure et simple. Je vis bien que mon correspondant était un homme remarquable : ce qu'il relatait provenait sûrement d'étranges circonstances méritant une enquête, si éloignées fussent-elles des causes fantastiques qu'il leur attribuait. Plus tard, il m'expédia des preuves matérielles qui placèrent cette histoire sur un plan différent et extrêmement bizarre.

Je ne saurais mieux faire que de transcrire le plus fidèlement possible la première lettre qui me fut envoyée par Akeley et qui marqua un tournant si important dans ma vie intellectuelle. Elle n'est plus en ma possession, mais j'ai conservé dans ma mémoire presque tous les mots de ce sinistre message ; et j'affirme à nouveau que son auteur jouissait de toute sa raison. En voici le texte, à peu près tel qu'il me parvint au printemps de 1928 :

R. F. D. No. 2
Townshend, Windham Co
Vermont.
Le 5 mai 1928.

A M. Albert N. Wilmarth
118, Saltonstall Street
Arkham. Massachusetts.

Cher Monsieur,

J'ai lu avec le plus vif intérêt, dans le Brattleboro Reformer *du 23 avril 1829, la reproduction de votre lettre concernant les récentes histoires de corps flottants dans nos rivières en crue, ainsi que le curieux folklore avec lequel elles s'accordent si bien. Il est facile de comprendre pourquoi vous adoptez une pareille attitude : c'est celle de presque tous les gens cultivés du Vermont et d'ailleurs ; ce fut la mienne au temps de ma jeunesse (j'ai aujourd'hui 57 ans), avant que mes études générales et mon examen approfondi du livre de Davenport ne m'eussent amené à explorer certaines collines de mon pays que l'on ne visite jamais.*

J'ai été poussé à entreprendre ces études par les contes bizarres de vieux fermiers ignorants, mais, à l'heure actuelle, je regrette vivement d'avoir touché à ces questions. Je puis dire, en toute modestie, que l'anthropologie et le folklore me sont choses assez familières. Je leur ai consacré beaucoup de temps lorsque je suivais les cours de l'université du Vermont, et je connais fort bien la plupart des auteurs qui font autorité en la matière : Tylor, Lubbock, Frazer, Quatrefages, Murray, Osborn, Keith, Boule, G. Elliott Smith, etc... Je n'ignore pas que les histoires d'êtres mystérieux sont aussi vieilles que l'humanité. J'ai lu dans le Rutland Herald *vos lettres et celles de vos adversaires, et je crois pouvoir affirmer que je sais où en est votre controverse à l'heure actuelle.*

Or, je tiens à vous dire ceci : je crains fort que vos contradicteurs ne soient beaucoup plus près que vous de la vérité, quoique la raison semble de votre côté. En fait, ils sont plus près de la vérité qu'eux-mêmes ne l'imaginent, car, naturellement, ils avancent de simples théories et ne peuvent savoir ce que je sais. Si je n'en connaissais pas plus qu'eux sur la question, je serais un de vos partisans les plus acharnés.

Comme vous pouvez le constater, j'ai du mal à en arriver à mon propos, probablement parce que je redoute d'y arriver. En un mot, je possède la preuve que des êtres monstrueux vivent bel et bien dans les bois des hautes collines où personne ne s'aventure. *Je n'ai pas vu les corps flottant à la surface des rivières, mais* j'ai vu des créatures qui leur ressemblent, *dans des circonstances que je n'ose rapporter. J'ai découvert des empreintes de pas en des lieux déserts, et, récemment, auprès de ma maison (j'habite dans la vieille demeure de mes ancêtres, au sud du village de Townshend, sur le flanc de la Montagne Noire). J'ai aussi entendu des voix sous les arbres, en plusieurs points que je ne me hasarderai pas à noter par écrit.*

A un certain endroit, elles s'exprimaient si clairement que j'ai apporté avec moi un phonographe muni d'un dictaphone et d'un disque de cire non gravé. J'essaierai de vous expédier l'enregistrement ainsi obtenu. Les vieillards du village à qui je l'ai fait entendre ont été pétrifiés d'horreur, car l'une des voix (cette voix bourdonnante mentionnée par Davenport), ressemblait étrangement à celle dont leurs grand-mères leur avaient parlé et qu'elles avaient tâché d'imiter à leur intention. Je sais comment la plupart des gens jugent un homme « *qui entend des voix* »... *Néanmoins, avant de tirer vos conclusions, écoutez donc ce disque et demandez à quelques vieux pionniers ce qu'ils en pensent. Si vous pouvez fournir une explication normale, j'en serai ravi ; mais il faut bien qu'il y ait quelque chose là derrière.* Ex nihilo nihil fit.

Toutefois, je ne vous écris pas pour entamer une discussion mais pour vous donner des renseignements que j'estime devoir intéresser un homme de votre sorte. Je vous les donne à titre purement privé. Publiquement, je souscris à vos théories, *car certains incidents me prouvent qu'il vaut mieux ne pas savoir trop de choses à ce sujet. Les études que je poursuis à l'heure actuelle ne sont connues de personne ; je me garderai de dire quoi que ce soit qui pût attirer l'attention des gens et les amener à visiter les lieux explorés par moi. Il est vrai, terriblement vrai,* que des créatures n'appartenant pas à cette terre exercent sur l'humanité une surveillance constante, *grâce à certains espions vivant parmi nous pour glaner des renseignements. Ceci m'a été affirmé par un malheureux homme qui, s'il jouissait de toute sa raison (comme je le crois),* était lui-même un de ces espions. *Il s'est suicidé par la suite ; néanmoins, j'ai tout lieu de croire qu'il a eu de nombreux successeurs.*

Ces créatures viennent d'une autre planète, car elles peuvent vivre dans l'espace interstellaire et y voler *au moyen d'ailes puissantes capables de résister à l'éther mais trop grossièrement faites pour leur permettre de se diriger dans l'air terrestre. Je vous en dirai davantage à ce propos, à moins que vous ne me teniez de prime abord pour fou. Elles descendent sur terre pour extraire certains métaux de mines situées sous les collines,* et je crois savoir d'où elles viennent. *Elles ne nous feront aucun mal si nous les laissons en paix ; par contre, nul ne peut dire ce qui arrivera si nous manifestons une curiosité excessive à leur égard. Naturellement, une armée bien équipée pourrait anéantir leur colonie de mineurs, et c'est ce qu'elles redoutent. Mais, dans ce cas, il en viendrait d'autres de l'extérieur, en nombre infini. Il leur serait facile de s'emparer de la terre : elles ne l'ont jamais fait parce qu'elles n'en avaient pas besoin. Elles préfèrent conserver le* statu quo *pour s'éviter des ennuis.*

Je crois qu'elles ont l'intention de se débarrasser de moi en raison de ce que j'ai découvert. Dans les bois qui entourent Round Hill, à l'est de ma ferme, j'ai trouvé un jour une grosse pierre noire couverte d'hiéroglyphes inconnus. Or, depuis que je l'ai rapportée chez moi, tout a changé. Si elles jugent que je soupçonne trop de choses, ou bien elles me tueront ou bien elles m'enlèveront de cette terre pour me transporter sur la planète d'où elles viennent. *De temps à autre, elles se plaisent à enlever des savants afin de se tenir au courant de ce qui se passe dans le monde des humains.*

Ce qui m'amène à vous exposer le but secondaire de **cette lettre** : *vous prier instamment de mettre fin à la discussion en cours au lieu de lui donner une plus grande pu-*

blicité. Il faut absolument écarter les gens de ces collines, *et, pour obtenir ce résultat, il convient de ne pas pi-
quer davantage leur curiosité. Le danger est déjà assez
grand, étant donné que les agences immobilières envahis-
sent le Vermont et se proposent de couvrir ces collines de
villas à bon marché.*

*Je serais très heureux de poursuivre avec vous des rela-
tions épistolaires. J'essaierai de vous envoyer par colis express, si vous y consentez, le disque de phonographe et
la pierre noire (cette dernière est si usée que des photographies ne donneraient rien). Je dis que j'essaierai car
je crois que ces créatures se mêlent beaucoup trop de mes
affaires. Dans une ferme proche du village, il y a un individu maussade et furtif, nommé Brown, qui doit être un
de leurs espions. Peu à peu, elles essaient de me couper
de notre monde parce que j'en sais trop au sujet du leur.*

*Elles sont renseignées sur tous mes faits et gestes d'une
façon vraiment stupéfiante. Il se peut même que vous ne
receviez jamais cette lettre. Je crois que je serai contraint
de quitter ce pays pour aller m'installer chez mon fils, à
San Diego (Californie), si les choses empirent ; mais il ne
me sera pas facile de quitter l'endroit où je suis né, où ma
famille a vécu pendant six générations. D'ailleurs, je ne
sais si j'oserai vendre ma maison à qui que ce soit maintenant qu'elle a attiré l'attention de ces créatures. J'ai
l'impression qu'elles essaient de reprendre la pierre noire
et de détruire le disque, mais je les en empêcherai si je le
peux. Mes gros chiens policiers les ont tenues en respect
jusqu'aujourd'hui, car elles sont encore assez peu nombreuses et se déplacent maladroitement (comme je l'ai déjà dit,
leurs ailes ne leur sont pas très utiles pour effectuer des
vols de courte durée au-dessus du sol). Je suis sur le point
de déchiffrer l'inscription de cette pierre ; grâce à vos études folkloriques, peut-être pourrez-vous me fournir les
éléments qui me manquent. Je suppose que vous n'igno-
rez pas les effroyables mythes antérieurs à la venue des
hommes sur la terre, les cycles de Yog-Sothoth et de
Cthulhu mentionnés dans le* Necronomicon. *J'ai eu un
jour l'occasion de parcourir cet ouvrage, et je crois savoir
que vous en avez un exemplaire dans la bibliothèque de
votre université.*

Pour conclure, cher monsieur, j'estime que, en raison de

nos connaissances respectives, chacun de nous peut être très utile à l'autre. Je ne voudrais pas compromettre votre sécurité, et je considère qu'il est de mon devoir de vous avertir que la possession du disque et de la pierre peut vous exposer à certains risques : mais je suppose que vous n'hésiterez pas à les courir dans l'intérêt de la science. J'irai dans ma voiture à Newfane ou à Brattleboro pour vous envoyer ce que vous me permettrez de vous envoyer, les services des colis express de ces deux localités me paraissant plus dignes de confiance. J'ajoute encore que je vis absolument seul depuis quelque temps car je ne peux plus garder de domestiques. Ils refusent de rester à cause des créatures qui essaient d'approcher de la maison au cours de la nuit et font aboyer les chiens sans arrêt. Je me félicite de ne pas m'être engagé trop avant dans cette affaire du vivant de ma femme : elle en serait devenue folle.

Dans l'espoir que vous ne me trouverez pas trop importun, et que vous déciderez d'entrer en relations avec moi au lieu de jeter cette lettre au panier en me traitant de fou, je vous prie de croire à mes sentiments très distingués.

                            Henry W. AKELEY

P.-S. — Je vais tirer quelques clichés supplémentaires de certaines photographies prises par moi, qui, je pense, m'aideront à prouver certains des points que je vous ai exposés. Les vieilles gens d'ici les trouvent monstrueusement ressemblantes. Je vous les enverrai bientôt si elles vous intéressent.

                            H. W. A.

Il me serait difficile de décrire les sentiments que m'inspira la lecture de cet étrange message. Normalement, j'aurais dû rire beaucoup plus de ces extravagances que des théories relativement modérées qui avaient jusqu'à présent suscité ma gaieté ; or, quelque chose dans le ton de la lettre d'Akeley me porta à la prendre très au sérieux. Non pas que je crusse le moins du monde à cette race

mystérieuse venue des étoiles, dont parlait mon correspondant ; mais, après avoir été assailli tout d'abord par de
graves doutes, j'en arrivai promptement à me convaincre
que cet homme n'était ni un fou ni un imposteur : à coup
sûr, il avait assisté à des phénomènes anormaux auxquels
il avait donné une explication par trop imaginative. Il était
impossible qu'il eût raison ; toutefois, cette affaire méritait
bien une enquête. Si Akeley semblait déraisonnablement
inquiet au sujet de quelque chose, je ne pouvais pourtant
pas penser que son inquiétude fût entièrement dépourvue
de fondement. Il se montrait extrêmement précis sur plusieurs points et, après tout, son histoire coïncidait de façon
très curieuse avec certains mythes anciens, voire avec les
plus extravagantes légendes indiennes.

Qu'il eût vraiment entendu des voix inquiétantes dans
les collines, qu'il eût vraiment trouvé la pierre noire dont
il parlait, c'était parfaitement possible malgré les conclusions insensées auxquelles il avait abouti : conclusions
probablement suggérées par l'homme qui prétendait être
l'espion des monstres et s'était suicidé peu après. Sans
aucun doute, cet individu devait être complètement fou
en possédant une logique apparente qui avait amené le
naïf Akeley (déjà préparé à de telles chimères par ses
études folkloriques) à ajouter foi à son récit. Si mon correspondant ne trouvait personne pour le servir, c'était tout
simplement parce que ses voisins avaient, eux aussi, la
conviction que sa maison était assiégée, au cours de la
nuit, par des créatures surnaturelles. Quant aux chiens,
il me fallait bien admettre qu'ils aboyaient pour un motif quelconque.

Je ne pouvais pas non plus refuser de croire qu'il eût
enregistré ce disque de phonographe comme il le prétendait. Ceci aussi correspondait à une réalité, qu'il s'agit de
bruits animaux ressemblant d'une manière trompeuse à
la voix humaine, ou du langage d'un être humain dégé-
néré, ravalé au niveau de l'animal, errant à travers bois.
Puis je songeai à la pierre noire couverte d'hiéroglyphes : que pouvait-elle bien signifier ? Et que fallait-il
penser des photographies « monstrueusement ressemblantes » que mon correspondant offrait de m'envoyer ?

En relisant cette lettre, j'eus l'impression très nette que
mes adversaires avaient plus d'atouts dans leur jeu que

je ne l'avais cru. Après tout, peut-être existait-il des pa-
rias bizarrement déformés sur ces collines interdites, auquel cas la présence de corps à l'aspect étrange dans les
rivières en crue paraissait vraisemblable. Etait-il trop pré-
somptueux de supposer que les anciennes légendes et les
récits plus récents reposaient sur cet élément de réalité ?... Mais, alors même que ces doutes m'assaillaient,
j'avais honte de penser qu'ils avaient été suscités par une
chose aussi extravagante que l'épître de Henry Akeley.

Finalement j'envoyai à ce dernier une lettre où j'expri-
mai un intérêt sympathique et sollicitai de plus amples
détails. Sa réponse me parvint par retour du courrier.
L'enveloppe renfermait, comme il me l'avait promis, plusieurs clichés à l'appui de ses dires. En regardant ces
images, je me sentis envahi par une étrange sensation
de crainte, car, bien que la plupart d'entre elles ne fussent pas très nettes, toutes possédaient un terrible pouvoir de suggestion accentué par le fait que c'étaient d'au-
thentiques photographies, c'est-à-dire des traits d'union
tangibles avec les objets représentés, le résultat d'un procédé de transmission impersonnel, exempt de préjugé, d'erreur ou de mensonge.

Plus je les regardais, plus je comprenais que j'avais eu
raison de prendre au sérieux Henry Akeley et son récit. Elles prouvaient de façon absolue que les collines du
Vermont renfermaient des créatures en dehors des limites de nos connaissances et de nos croyances habituelles.
La plus inquiétante de toutes était une empreinte de pas
dans un sol boueux, en plein soleil, au sommet d'un plateau désert. Je constatai d'un coup d'œil qu'il ne s'agissait pas d'un faux : les cailloux et les brins d'herbe nettement marqués fournissaient une échelle très précise et
excluaient l'hypothèse d'une double pose. J'ai parlé d'empreinte de pas, mais il serait plus exact de dire empreinte
de griffe ou de pince. Aujourd'hui encore, je ne puis en
donner une description exacte. Je dois me contenter de
déclarer qu'elle évoquait hideusement une pince de
crabe, et que son orientation était assez douteuse. Bien
qu'elle ne fût ni très profonde ni très fraîche, elle semblait avoir la dimension d'un pied d'homme. D'un bourre-
let central partaient en tous sens des pinces dentelées
dont on ne pouvait guère deviner l'usage, si l'on admet-

tait que l'ensemble fût exclusivement un organe locomo-
teur.

Une autre photographie (une pose prise dans une ombre dense), représentait l'entrée d'une caverne sous bois,
fermée par un rocher arrondi. Sur le sol nu qui s'étendait devant elle, on pouvait discerner un réseau de curieuses traces : après les avoir examinées à la loupe j'eus
la conviction qu'elles étaient identiques à celles du cliché
précédent. Une troisième image montrait un cercle de
pierres levées, au faîte d'une colline solitaire. Tout autour, l'herbe était foulée ou arrachée, mais je ne distinguai aucune empreinte. On se rendait compte de l'isole-
ment de ce lieu d'après l'océan de montagnes désertes qui
s'étendaient à l'arrière-plan jusqu'à l'horizon brumeux.

Mais, si ces premiers clichés semblaient particulièrement alarmants, le plus suggestif était celui de la grosse
pierre noire trouvée dans les bois de Round Hill. Akeley
l'avait probablement photographiée sur sa table de travail, car on apercevait plusieurs rangées de livres et un
buste de Milton. Elle avait été prise de face, dans le sens
vertical. Ce que je vis clairement, c'est une surface
courbe d'environ trente centimètres sur soixante ; néanmoins je suis incapable de décrire avec précision ladite
surface ou la forme générale de l'ensemble. En effet, la
pierre avait été taillée selon des principes géométriques
inconnus des humains ; je n'avais jamais rien vu auparavant qui m'eût donné l'impression d'être si totalement
étranger à notre univers. Je ne pus discerner que très
peu des hiéroglyphes qui la couvraient, mais deux d'entre
eux me troublèrent profondément. Bien sûr, ils pouvaient être le résultat d'une supercherie, car je n'étais
pas le seul à avoir lu le monstrueux *Necronomicon* de
l'Arabe dément Abdul Alhazred ; malgré cela, je frissonnai en reconnaissant des idéogrammes que mes
études m'avaient appris à associer aux récits les plus terrifiants, les plus blasphématoires, concernant des créatures qui auraient existé avant la création de la terre et de
plusieurs autres mondes du système solaire.

Parmi les cinq autres photographies, trois représentaient des paysages montagneux ou marécageux qui paraissaient porter des traces d'une vie cachée. La qua-
trième montrait une empreinte sur le sol, près de la mai-

son d'Akeley (celui-ci disait l'avoir prise le lendemain d'une nuit où les chiens avaient aboyé plus fort que de coutume). Elle était si floue que l'on ne pouvait guère en tirer des conclusions précises, mais elle ressemblait terriblement à l'empreinte du plateau désert. Sur le dernier cliché on voyait la ferme d'Akeley, coquette maison blanche à deux étages, vieille d'un siècle et demi, précédée d'une pelouse bien entretenue. Une allée bordée de pierres menait à une entrée sculptée avec goût. Plusieurs gros chiens policiers étaient étendus sur la pelouse près d'un homme au visage sympathique, à la courte barbe grise, qui ne pouvait être que le maître du logis : il avait dû se photographier lui-même, à en juger par la poire de caoutchouc qu'il tenait à la main.

Après avoir longuement examiné ces clichés, je passai à la lettre volumineuse qui les accompagnait, et, au cours des trois heures suivantes, je fus plongé dans un abîme d'horreur inexprimable. Mon correspondant m'exposait en détail ce dont il m'avait donné un simple aperçu dans sa première missive. Il me présentait de longues transcriptions de mots entendus sous les arbres au cœur de la nuit, me décrivait minutieusement de monstrueuses formes rosâtres entrevues au milieu des fourrés au crépuscule, et me faisait un effroyable récit cosmique où il utilisait à la fois sa profonde érudition et les propos extravagants du soi-disant espion des monstres qui s'était suicidé dans un accès de folie. Je lus des noms et des termes que j'avais déjà entendus ailleurs et que je savais avoir trait aux mystères les plus hideux : Yuggoth, le Grand Cthulhu, Tsathoggua, Yog-Sothoth, R'lyeh, Nyarlathotep, Azathoth, Hastur, Yian, Leng, le lac de Hali, Bethmoora, le Signe Jaune, L'mur-Kathulos, Bran, et le Magnum Innominandum ; à travers des éons inconnus, des dimensions inconcevables, je fus conduit dans des mondes extérieurs au nôtre dont l'auteur du *Necronomicon* avait très vaguement deviné l'existence ; je pris connaissance des abîmes de la vie originelle, des courants divers qui en découlaient, et, finalement, de l'infime ruisselet, issu de l'un de ces courants, qui se trouvait mêlé aux destinées de notre planète.

Je sentis mon cerveau chanceler. Alors que j'avais tenté jusqu'à présent de tout nier par des explications logiques,

voilà que je commençais à croire aux prodiges les plus
incroyables ! Cette accumulation de preuves décisives
m'écrasa. L'attitude froidement scientifique d'Akeley, si
différente de celle d'un fou, d'un fanatique, ou d'un rê-
veur hyper-imaginatif, produisit un effet extraordinaire
sur ma pensée et mon jugement. Quand j'eus achevé la
lecture de cette lettre, je compris les craintes de mon correspondant, et me sentis prêt à faire tout mon possible
pour éloigner les gens de ces collines hantées. Même à
l'heure actuelle, alors que le temps a émoussé mes impressions et me fait parfois douter de la réalité de mon
aventure, je n'oserais citer certains passages de cette funeste missive. Je me réjouis de ce qu'elle ait disparu
ainsi que le disque et les photographies ; et je regrette,
pour des raisons que j'exposerai plus tard, que l'on ait
découvert une nouvelle planète au-delà de Neptune.

À dater de ce jour, je renonçai à ma discussion publique au sujet des incidents du Vermont. Les arguments de
mes adversaires restèrent sans réponse ; puis, peu à peu,
cette controverse sombra dans l'oubli. Au cours des mois
de mai et de juin, j'entretins une correspondance suivie
avec Akeley. De temps en temps, je dois le signaler, une
de nos lettres se trouvait perdue, de sorte que nous devions revenir en arrière et nous livrer à un laborieux travail de copie. Notre but était d'échanger nos impressions
en matière de science mythologique pour arriver à rattacher nettement les événements récents à l'ensemble des
légendes primitives du monde entier.

Entre autres choses, nous décidâmes que les monstres
étudiés par mon correspondant, et l'infernal *Mi-Go* de
l'Himalaya, constituaient un seul et même genre de cauchemar. Il y avait également des hypothèses zoologiques
fascinantes que j'aurais volontiers soumises à mon collègue le professeur Dexter, si Akeley ne m'eût enjoint
formellement de ne souffler mot à quiconque de toute
cette affaire. (Si je lui désobéis aujourd'hui c'est parce que
j'estime contribuer davantage à la sécurité publique en
lançant un avertissement solennel qu'en gardant le silence : j'ai le devoir de détourner les hommes des collines du Vermont et de ces pics himalayens que de hardis explorateurs semblent de plus en plus décidés à gravir). Ce à quoi nous tendions essentiellement, c'était le

déchiffrage des hiéroglyphes sur cette infâme pierre noire, pour arriver peut-être à connaître les secrets les plus prodigieux que l'homme eût jamais appris.

-:-

Vers la fin juin, je reçus le disque de phonographe. Akeley l'avait expédié de Brattleboro, car il se méfiait du réseau du nord. Depuis quelque temps, il avait l'impression d'être l'objet d'une surveillance très active, comme le prouvait la perte de quelques-unes de nos lettres. Il ne tarissait pas sur les actes insidieux de certains individus en qui il voyait les espions des monstres cachés. Ses soupçons se portaient plus particulièrement sur le fermier Walter Brown : celui-ci vivait seul dans une maison branlante, à la lisière des bois profonds, et on le voyait souvent flâner aux coins des rues à Brattleboro, Bellow Falls, Newfane, South Londonderry, alors qu'il n'avait aucun motif de se trouver en ces lieux. Akeley était persuadé d'avoir entendu un jour la voix de Brown participer à une terrible conversation qu'il avait surprise par hasard ; une autre fois, il avait découvert aux abords de la demeure du fermier une empreinte de « pince » qui laissait deviner bien des choses, car elle se trouvait très près de quelques empreintes de pas de Brown dirigées vers elle.

Donc, le disque fut expédié de Brattleboro où Akeley s'était rendu dans sa vieille Ford. Dans une lettre jointe, il m'avouait qu'il commençait à craindre de s'aventurer sur les routes solitaires du Vermont ; il n'osait même plus aller s'approvisionner à Townshend autrement qu'en plein jour. Il était extrêmement dangereux d'en savoir trop pour qui n'habitait pas très loin de ces collines mystérieuses. Bientôt il irait rejoindre son fils en Californie, quoiqu'il dût lui en coûter beaucoup d'abandonner la demeure de ses ancêtres.

Avant d'essayer le disque sur un phonographe emprunté à l'administration de l'université, je relus soigneusement toutes les explications contenues dans les diverses lettres de mon correspondant. Cet enregistrement avait été fait vers 1 heure du matin, le 1er mai 1915, près de l'entrée close d'une caverne, à l'endroit où la pente ouest

de la Montagne Noire s'élève au-dessus du marécage de
Lee. Ce lieu ayant toujours été particulièrement hanté par
d'étranges voix, Akeley s'était muni d'un phonographe,
d'un dictaphone et d'un disque de cire vierge, dans l'espoir d'obtenir des résultats satisfaisants. D'après ses expériences antérieures, il savait que la veille du 1er mai (la hideuse nuit de sabbat des légendes souterraines d'Europe) serait plus propice que les autres, et il ne fut pas
déçu. Par ailleurs, il convient de noter qu'il n'entendit
jamais plus rien en ce lieu.

Les paroles recueillies étaient quasi rituelles (à la différence de celles qu'il avait maintes fois perçues dans la
forêt), et prononcées par deux voix. La première était
manifestement une voix humaine qu'il n'avait pu identifier. Elle n'appartenait pas à Brown, mais à un homme
évidemment fort cultivé. Néanmoins, la deuxième constituait le nœud de l'énigme : car c'était ce *bourdonnement*
maudit qui n'avait rien d'humain en dépit des mots prononcés dans un anglais impeccable, avec un accent raffiné.

L'enregistrement était loin d'être parfait ; le rituel ayant
eu lieu sous terre à une distance appréciable de l'appareil, Akeley n'avait recueilli que des fragments de phrases assez incohérents. Il m'avait fait parvenir une transcription des paroles qu'il jugeait avoir entendues, et je
la parcourus du regard avant de mettre l'appareil en
marche. Le texte était mystérieux plutôt que terrifiant :
mais son origine et les circonstances dans lesquelles il
avait été obtenu lui prêtaient une horreur que nul n'aurait pu recéler. Je le reproduis ci-dessous intégralement,
tel que je me le rappelle ; j'ai la certitude de le connaître par cœur car j'ai lu la transcription et écouté le disque plus souvent que je ne saurais le dire. D'ailleurs, ce
n'est pas une chose que l'on puisse oublier facilement !

(Bruits confus.)
(Une voix d'homme cultivé.)

« ... est le seigneur des forêts, jusqu'à... et les présents
des hommes de Leng... des abîmes de la nuit jusqu'aux
gouffres de l'espace, et des gouffres de l'espace aux abîmes de la nuit, que retentissent à jamais les louanges du
Grand Cthulhu, de Tsathoggua, et de Celui-que-l'on-ne-

doit-pas-nommer ! Que retentissent à jamais Leurs louanges, et que soit accordée l'abondance au Bouc Noir des Forêts! Iä ! Shub-Niggurath ! Le bouc aux mille chevreaux ! »

(Imitation bourdonnante de la voix humaine.)

« Iä ! Shub-Niggurath ! Le Bouc Noir des Forêts aux mille chevreaux ! »

(Voix humaine.)

« Et il est advenu que le Seigneur des Forêts, étant... sept et neuf, au bas des degrés d'onyx... (tri)buts apportés a Celui de l'abîme, Azathoth, Celui duquel Tu nous as enseigné les mer(veilles)... sur les ailes de la nuit, bien au-delà de l'espace, bien au-delà du... à Ce dont Yuggoth est la dernière née, roulant solitaire dans l'éther noir à la lisière de... »

(Voix bourdonnante.)

« ... allez parmi les hommes et instruisez-vous de leurs usages, afin que Celui de l'Abîme puisse savoir. A Nyarlathotep, le Puissant Messager, tout doit être rapporté. Et Il assumera la ressemblance de l'homme, le masque de cire et la robe qui dissimule, et Il descendra du monde des Sept Soleils pour se moquer... »

(Voix humaine.)

« (Nyarl) athotep, Grand Messager, Toi qui apportes d'étranges joies dans Yuggoth à travers le vide de l'espace Père des millions d'élus, Chasseur parmi... »

(Fin de l'enregistrement.)

Tels sont les mots que je m'apprêtais à écouter lorsque je mis le phonographe en marche. Ce fut avec une crainte mêlée de dégoût que je pressai sur le levier et entendis le grincement préliminaire de la pointe de saphir : je me réjouis grandement de ce que les premiers fragments fussent prononcés par une voix humaine, une voix douce, cultivée, dont l'accent rappelait celui de Boston, et qui n'appartenait sûrement pas à un habitant des collines du Vermont. Tout en tendant l'oreille pour mieux percevoir les paroles à peine perceptibles, il me sembla qu'elles correspondaient exactement à la transcription d'Akeley. La voix douce poursuivait lentement sa mélopée.

« ... Iä ! Shub-Niggurath ! Le Bouc aux mille chevreaux !... »

Et puis, *l'autre voix* résonna. Aujourd'hui encore, je frissonne rétrospectivement en songeant à l'effet qu'elle produisit sur moi, quoique je fusse préparé par les lettres d'Akeley. Ceux à qui j'ai parlé de ce disque déclarent n'y voir qu'imposture ou folie ; *mais s'ils avaient pu entendre eux-mêmes les paroles maudites, ou lire la correspondance d'Akeley*, je suis bien sûr qu'ils changeraient d'opinion. En fin de compte, il est infiniment dommage que je n'aie pas désobéi à mon correspondant et fait écouter ce disque à d'autres ; il est infiniment dommage, aussi, que toutes ses lettres aient été perdues. Quant à moi, connaissant par avance les sons et les circonstances dans lesquelles ils avaient été recueillis, je trouvai cette voix positivement monstrueuse. Elle succédait rapidement à la voix humaine pour lui fournir les répons rituels ; néanmoins, dans mon imagination, c'était un écho morbide, issu d'inconcevables enfers, qui me parvenait à travers d'inconcevables abîmes. Voilà plus de deux ans que j'ai entendu pour la dernière fois cette cire abominable ; mais, en ce moment même, je crois encore percevoir le diabolique bourdonnement :

Iä Shub-Niggurath ! Le Bouc Noir des Forêts aux mille chevreaux !

Bien que la voix résonne toujours à mes oreilles, je reste incapable de l'analyser suffisamment pour en donner une description complète. On eût dit le bourdonnement d'un insecte gigantesque, modulé de façon à reproduire un langage articulé, et j'ai l'absolue certitude que les organes d'où il provenait ne peuvent offrir la moindre ressemblance avec les organes vocaux de l'homme, ni avec ceux d'aucun mammifère. Ce phénomène présentait des singularités de timbre, de registre, d'harmoniques, qui le situaient entièrement en dehors de la sphère de l'humanité. Lorsque je l'entendis pour la première fois, j'en fus littéralement hébété, et j'écoutai le reste du disque dans un état de stupeur distraite. Au moment du passage le plus long, j'éprouvai avec une intensité accrue cette sensation

d'infini monstrueux qui m'avait frappé au début. Quand
le disque eut pris fin au milieu d'une phrase particulièrement claire prononcée par la voix humaine, je restai assis, l'air effaré, les yeux fixés dans le vide, longtemps après
que la machine se fût arrêtée automatiquement.

Je n'ai pas besoin d'ajouter que je fis tourner ce disque
plusieurs fois, et que j'échangeai de nombreuses lettres
avec Akeley pour tâcher d'arriver à une analyse complète.
Il me paraît inutile et inopportun de rapporter ici toutes
nos conclusions. Je me contenterai de dire que nous fûmes d'accord sur un point précis : nous avions en notre
possession un indice nous permettant de retrouver l'origine de certaines coutumes particulièrement répugnantes
qui caractérisaient les plus vieilles et mystérieuses reli-
gions de l'humanité. Par ailleurs, il nous paraissait évident
qu'il existait depuis toujours des alliances entre les créatures du dehors et certains membres de la communauté
humaine. Nous étions incapables de deviner quelle en était
l'étendue, et dans quelle mesure celles d'aujourd'hui pouvaient se comparer à celles des premiers temps ; néanmoins, même en mettant les choses au mieux, il y avait
place pour un grand nombre de spéculations terrifiantes.
Il semblait qu'il y eût, entre l'homme et cet infini mystérieux, des relations bien déterminées. Les êtres blasphématoires qui apparaissaient sur la terre venaient de la redoutable planète Yuggoth, à la lisière du système solaire ;
mais celle-ci n'était que l'avant-poste d'une effroyable
race interstellaire dont le lieu d'origine devait se trouver
très en dehors du plus grand cosmos connu : le continu espace-temps d'Einstein.

Nous poursuivions également une discussion au sujet
de la pierre noire et du meilleur moyen de l'expédier à Arkham, (mon correspondant jugeant qu'il serait imprudent
de ma part d'aller lui rendre visite). Pour une raison quelconque, Akeley redoutait de faire suivre à cet objet redoutable un itinéraire normal. Finalement, il prit la décision de la transporter lui-même à Bellows Falls pour
l'envoyer ensuite sur le réseau Boston-Maine, par Keene,
Winchendon et Fitchburg, bien que ceci dût le contraindre
à emprunter des chemins plus déserts que la grand-route
de Brattleboro. Il affirmait que, le jour où il avait expédié le disque de phonographe, il avait vu dans cette même

ville, près du bureau des colis express, un individu à la mine peu rassurante qui s'était montré particulièrement désireux de converser avec les employés et avait pris le train transportant le disque. Il avouait ne s'être jamais senti très rassuré sur le sort de ce premier colis jusqu'à ce que je lui en eusse accusé réception.

Vers cette époque, pendant la deuxième semaine de juin, une de mes lettres s'égara. A partir de ce moment, Akeley me pria de ne plus lui écrire à Townshend, mais de lui adresser tout mon courrier à la poste restante de Brattleboro où il se rendrait assez souvent soit dans sa voiture soit dans l'un des autobus récemment mis en service. Je compris que son inquiétude croissait de jour en jour, car il me racontait avec force détails que ses chiens aboyaient de plus en plus fréquemment pendant les nuits sans lune, et qu'il trouvait parfois des empreintes de pinces toutes fraîches dans le sol boueux de sa cour de derrière. Une fois, il me parla de toute une ligne de ces empreintes, rangées face à une ligne d'empreintes de pattes de chiens, et il m'envoya une troublante photographie à l'appui de ses dires. Il avait pris le cliché au lendemain d'une nuit où ses molosses s'étaient surpassés en hurlements.

Le mercredi 18 juin au matin, je reçus un télégramme de Bellows Falls, dans lequel Akeley m'informait qu'il m'envoyait la pierre noire sur le réseau Boston-Maine par le train n° 5508 partant de Bellows Falls à 0 h 15 pour arriver à Boston à 16 h 12. Je calculai que le colis serait à Arkham le lendemain à midi au plus tard, et, en conséquence, je restai chez moi toute la matinée du jeudi pour le recevoir. N'ayant rien vu venir, je téléphonai au bureau des colis express, où l'on m'informa que rien n'était arrivé pour moi. En proie à une vive inquiétude, je téléphonai alors au bureau de la gare du Nord de Boston, et ne fus guère surpris d'apprendre qu'il n'y avait eu aucun envoi à mon adresse. Le train n° 5508 était arrivé la veille avec trente-cinq minutes de retard, mais il ne transportait pas de caisse à mon nom. L'employé de service me promit de faire une enquête, et, à la fin de la journée, j'expédiai à Akeley une lettre lui exposant la situation.

Dans l'après-midi du lendemain, je reçus un appel téléphonique du bureau de Boston qui me communiqua le résultat de ses recherches. L'employé chargé de la surveillance des colis du nº 5508 s'était rappelé un incident susceptible de m'intéresser : à savoir, une discussion avec un homme maigre, aux cheveux roux, à l'air campagnard, pendant un arrêt du convoi à Keene (New Hampshire), vers 1 heure de l'après-midi.

Cet homme semblait fort inquiet au sujet d'une lourde caisse qu'il prétendait attendre, mais qui ne se trouvait pas dans le train et ne figurait pas sur les registres de la compagnie. Il s'était présenté sous le nom de Stanley Adams ; sa voix étrangement monotone, épaisse, *bourdonnante*, avait produit un curieux effet sur l'employé : celui-ci s'était senti envahi par une invincible torpeur, et il ne pouvait absolument pas se rappeler la fin de la conversation. Cet employé était un jeune homme entièrement digne de confiance, aux antécédents connus, depuis longtemps au service de la compagnie.

M'étant fait donner son nom et son adresse, je partis le soir même pour Boston afin de l'interroger. Ce garçon au visage ouvert et sympathique ne put rien ajouter à ses premières déclarations. Chose bizarre, il ne se sentait même pas certain de pouvoir reconnaître son interlocuteur. Comprenant qu'il ne me serait d'aucun secours, je regagnai Arkham où je passai le reste de la nuit à écrire des lettres à Akeley, à la Compagnie, au commissaire de police et au chef de gare de Keene. Supposant que l'homme à la voix étrange était le pivot de toute cette affaire, j'espérais que les employés de la gare et du bureau des télégraphes de Keene se souviendraient de lui et des circonstances de son passage.

Toutes mes recherches s'avérèrent inutiles. On avait aperçu le soi-disant Stanley Adams aux abords de la gare de Keene au début de l'après-midi du 17 juillet, et un flâneur semblait se rappeler vaguement qu'il portait une lourde caisse ; mais personne ne le connaissait, et nul ne l'avait jamais revu. Il n'était pas entré dans le bureau des télégraphes où l'on n'avait reçu aucun message, adressé à quiconque, mentionnant la présence de la pierre noire à bord du nº 5508. Naturellement, Akeley m'aida à mener cette enquête, et se rendit à Keene pour interroger les gens habitant près de la gare. Néanmoins, il adopta dès le début une attitude beaucoup plus fataliste que la mienne. Considérant la perte de ce colis comme l'inévitable consé-

quence des événements précédents, il n'exprima jamais
le moindre espoir de le retrouver. Il me parla du pouvoir
hypnotique des monstres des collines et de leurs agents ;
dans l'une de ses lettres, il me laissa entendre que, pour
lui, la pierre ne se trouvait plus sur cette terre. Quant à
moi, j'étais furieux, car j'avais senti que nous avions au
moins une chance d'apprendre des choses surprenantes en
déchiffrant les hiéroglyphes. J'aurais longtemps remâché
mon amère déception si les messages que je reçus peu
après ne m'avaient révélé une nouvelle phase de l'horrible problème des collines, qui retint immédiatement toute
mon attention.

-:-

Dans la première de ces missives, dont les feuillets
étaient couverts d'une écriture tremblée, mon correspondant m'informait que les monstres avaient commencé à
l'assaillir avec une résolution nouvelle. Par les nuits sans
lune, les aboiements des chiens étaient positivement hideux, et leur maître avait subi plusieurs attaques sur les
routes solitaires qu'il devait emprunter en plein jour. Le
2 août, alors qu'il se rendait au village dans sa voiture, il
avait trouvé un tronc d'arbre en travers de la chaussée,
à un endroit où elle était enserrée par une partie du bois
extrêmement touffue ; les hurlements furieux des deux
molosses qui l'accompagnaient toujours dans ses déplace-
ments lui avaient permis de deviner quelles créatures devaient s'embusquer dans les parages. Il n'osait imaginer ce
qui se serait passé en l'absence des animaux. Le 5 août,
toujours sur la même route, une balle de fusil avait ef-
fleuré sa voiture. Le lendemain, les aboiements des chiens
lui avaient révélé la présence de quelques monstres dans
les sous-bois.
Le 15 août, je reçus une lettre terrifiée qui me bouleversa
et me fit souhaiter que mon correspondant se décidât à
recourir à la police. Dans la nuit du 12 au 13, plusieurs
coups de feu avaient retenti aux abords de la ferme, et,
le lendemain matin, trois molosses sur douze gisaient
morts dans la cour. Sur la route on voyait des milliers
d'empreintes de pinces mêlées à plusieurs empreintes de
pas de Walter Brown. Akeley avait téléphoné à **Brattleboro** pour se faire envoyer d'autres chiens, mais la com-

munication avait été coupée presque immédiatement.
S'étant rendu à la ville dans sa voiture, il avait appris que
des poseurs de lignes téléphoniques avaient trouvé le câ-
ble principal sectionné à l'endroit où il traversait les collines désertes au nord de Newfane. Au moment où il écri-
vait sa lettre dans le bureau de poste de Brattleboro, il
s'apprêtait à regagner sa ferme, pourvu de quatre beaux
chiens et de plusieurs paquets de cartouches pour son fusil de gros calibre.

A dater de ce jour, j'abandonnai l'attitude purement
scientifique que j'avais adoptée jusqu'alors, pour devenir
la proie de perpétuelles alarmes. Je craignais qu'il n'arri-
vât malheur à Akeley dans sa ferme solitaire, et je n'étais
pas très rassuré sur mon compte personnel en raison de
ma participation à cette aventure. L'affaire prenait une
telle extension que je pourrais bien m'y trouver englobé
directement. J'écrivis à mon correspondant pour le sup-
plier de solliciter le secours de la police, en ajoutant que
j'agirais moi-même au cas où il demeurerait inactif. Je lui
offris de me rendre personnellement dans le Vermont,
et de l'aider à expliquer la situation aux autorités compé-
tentes. Je reçus en réponse le télégramme suivant, expédié
de Bellows Falls :

*Apprécie votre attitude mais ne peux rien faire. Prière
vous abstenir toute action qui serait nuisible à tous deux.
Attendez explication.*

AKELEY

Mais l'affaire se corsait. En effet, après avoir répondu
au télégramme, je reçus un billet d'Akeley m'informant
qu'il n'avait ni envoyé ce message ni reçu la lettre à laquelle ledit message était censé répondre. Une enquête rapide à Bellows Falls lui avait appris que le télégramme avait
été déposé par un homme aux cheveux roux à l'étrange
voix bourdonnante. L'employé lui montra le texte original griffonné au crayon par l'envoyeur ; toutefois, il ne
put identifier l'écriture. Il convenait de remarquer que la
signature était orthographiée A-K-E-L-Y et non A-K-E-
L-E-Y.

Mon correspondant mentionnait la mort de **nouveaux**

chiens, immédiatement remplacés par d'autres, ainsi que
les fusillades qui crépitaient au cours des nuits sans lune.
Dans la cour de derrière et sur la route, il trouvait réguliè-
tement, parmi les empreintes de pinces, les empreintes de
pas de Brown et d'au moins deux autres hommes. Akeley
reconnaissait que le danger ne cessait de croître. Il serait probablement contraint de rejoindre son fils en Californie, même s'il ne réussissait pas à vendre sa ferme.
Néanmoins, il voulait essayer de résister encore : peut-être
arriverait-il à décourager ses ennemis, surtout s'il renonçait ouvertement à toute tentative de découvrir leurs secrets.

Je lui écrivis par retour du courrier pour renouveler
mon offre d'aller lui rendre visite et de l'aider à convaincre
les autorités du péril où il se trouvait. Dans sa réponse, il
me sembla beaucoup moins opposé à ce projet que par
le passé ; néanmoins, il préférait tenir seul assez longtemps
pour mettre ses affaires en ordre et s'habituer à quitter
un lieu qu'il chérissait. Les gens voyaient d'un très mauvais œil ses études et ses recherches ; aussi jugeait-il préférable de s'en aller tranquillement, au lieu de créer une
vive agitation dans le pays et de passer pour fou. Il reconnaissait être presque à bout de force, mais il préférait
se retirer dignement s'il le pouvait.

Cette lettre me parvint le 28 août, et j'envoyai à Akeley une réponse aussi réconfortante que possible. Dans sa
missive suivante, il me relatait beaucoup moins d'incidents redoutables ; toutefois, il ne se montrait guère opti-
miste : d'après lui, c'était la pleine lune qui tenait les
monstres à l'écart. Il espérait qu'il n'y aurait pas beaucoup
de nuits nuageuses, et parlait vaguement d'aller s'installer à Brattleboro quand l'astre commencerait à décroître.
Je lui adressai derechef quelques encouragements ; mais,
le 5 septembre, je reçus une nouvelle épître qui s'était
croisée avec la mienne et n'admettait plus la moindre
exhortation. Etant donné son importance, j'estime devoir
la reproduire intégralement, autant que ma mémoire me
le permet :

Lundi.

Mon cher Wilmarth,

Ceci est un dramatique post-scriptum à ma dernière lettre. Hier au soir, le ciel était couvert de nuages, et il n'y avait pas la moindre trace de clarté lunaire. Après minuit, quelque chose étant tombé sur le toit de la maison, les chiens se sont précipités pour l'identifier. Je les ai entendus bondir en faisant claquer leurs dents, et l'un d'eux a fini par gagner le toit. Au cours de la terrible bataille qui a suivi, j'ai entendu un affreux bourdonnement que je n'oublierai jamais. Puis j'ai senti une odeur atroce. A ce moment des balles ont brisé mes vitres et m'ont presque frôlé. Je crois que le gros des forces des monstres avait dû s'approcher de la maison pendant que les chiens surveillaient le toit. J'ignore encore ce qui y est tombé, mais je crains fort que les créatures des collines n'apprennent peu à peu à mieux se servir de leurs ailes. Après avoir éteint ma lampe, j'ai utilisé les fenêtres en guise de meurtrières, et j'ai fait feu dans toutes les directions en visant assez haut pour ne pas toucher les chiens, ce qui a mis fin à l'échauffourée. Le lendemain matin, j'ai trouvé dans la cour de grandes flaques de sang, à côté de véritables mares d'un liquide verdâtre et gluant d'où émanait la pire odeur que j'aie jamais sentie. Il y avait des traces de ce même liquide sur le toit. Cinq des chiens ont été tués : je crains d'en avoir abattu un moi-même en visant trop bas, car il était touché dans le dos. Je vais remettre des vitres aux fenêtres ; après quoi j'irai à Brattleboro pour me procurer d'autres chiens. Je suppose que les employés du chenil me croient fou. Vous enverrai un autre mot plus tard. Serai sans doute prêt à partir dans une dizaine de jours, mais cette idée me tue.

En hâte...

AKELEY

Le lendemain, 6 septembre, une seconde lettre me parvenait. Son écriture presque indéchiffrable révélait une terreur panique. J'en fus bouleversé au point de ne plus savoir que faire ni que dire. En voici le texte tel que je me le rappelle :

Mardi.

*Les nuages ne se sont pas dissipés, donc toujours pas
de lune ; d'ailleurs, elle commence à décroître. J'avais
songé à faire installer l'électricité et à monter un projec-
teur, mais je sais trop bien que mes ennemis couperaient
les câbles à mesure qu'on les réparerait.*

*Je crois que je deviens fou. Tout ce que je vous ai écrit
relève peut-être du rêve ou de la démence. J'ai enduré de
terribles épreuves jusqu'à présent, mais, cette fois, c'en est
trop.* Ils m'ont parlé la nuit dernière... *Ils m'ont parlé de
leur infernale voix bourdonnante, et* m'ont dit des choses
que je n'ose pas vous répéter. *Je les ai entendus au-dessus
des aboiements des chiens, et, à un moment où leurs paroles ont été étouffées par le vacarme,* une voix humaine
est venue à leur aide. *Tenez-vous en dehors de cette affaire, Wilmarth : c'est pire que tout ce que nous avons
pu imaginer.* A présent ils n'ont pas l'intention de me laisser partir pour la Californie : ils veulent m'emmener vivant, (ou plutôt sous une forme qui me permettrait de me
considérer comme théoriquement et mentalement vivant),
*non seulement jusqu'à Yuggoth mais encore bien plus
loin, au-delà de la voie lactée,* au-delà du dernier cercle
de l'espace. *Je leur ai répondu, que je refusais d'aller où
ils désiraient que j'aille,* surtout par l'effroyable moyen
qu'ils me proposaient ; *néanmoins, je crains fort que toute
résistance ne soit inutile. Ma ferme est tellement loin de
toute autre habitation que rien ne les empêchera bientôt
de venir le jour aussi bien que la nuit. Six autres chiens
tués, et, aujourd'hui, en allant à Brattleboro, j'ai senti leur
présence tout le long de cette partie de la route qui traverse le bois.*

*J'ai eu tort de vous expédier le disque de phonogra-
phe et la pierre noire. Mieux vaut détruire le disque avant
qu'il ne soit trop tard. Vous enverrai un mot demain si
je suis encore ici. Je voudrais bien pouvoir transporter
mes livres et mes affaires à Brattleboro et m'y installer.
En vérité, je m'en irais sans rien si je le pouvais, mais il
y a en moi quelque chose qui me retient. J'ai beau pouvoir m'esquiver à mon gré jusqu'à Brattleboro, je m'y sens
aussi prisonnier que dans ma maison. Et j'ai la certitude*

que je serais incapable d'aller plus loin, même si je re-
nonçais à tout. C'est terrible... restez en dehors de cette
affaire.
   Votre

                                        AKELEY

Je ne dormis pas de la nuit après avoir lu cette lettre,
et je me demandai jusqu'à quel point Akeley jouissait encore de sa raison. La teneur du message était absolument
démentielle ; néanmoins, si l'on tenait compte des événements précédents, mon correspondant s'exprimait d'une
façon étrangement convaincante. Je décidai de ne rien
écrire avant d'avoir reçu sa réponse à ma dernière lettre
avec laquelle s'étaient croisées les deux missives que je
viens de citer. Cette réponse arriva le lendemain : les faits
nouveaux qu'elle relatait rejetaient dans l'ombre les questions
soulevées par ma lettre. Voici ce que j'ai retenu de ces
lignes griffonnées en toute hâte et constellées de taches
d'encre :

                                        Mercredi.

J'ai bien reçu votre mot, mais il est inutile de discuter
davantage : je suis entièrement résigné. M'étonne d'avoir
encore assez de volonté pour les tenir à distance. Ne
pourrais leur échapper, même si je voulais tout abandon-
ner et fuir. Ils me prendront.
   Hier, j'ai reçu une lettre de ces monstres ! Dactylogra-
phiée, portant le tampon de Bellows Falls. Me disant ce
qu'ils veulent faire de moi,... ne puis le répéter. Prenez
garde à vous, Wilmarth ! Brisez ce disque. Nuits toujours
nuageuses ; la lune ne cesse pas de décroître. Voudrais
bien oser demander du secours, mais ceux qui consenti-
raient à venir me traiteraient de fou si je ne pouvais pas
leur fournir de preuves. Impossible de demander à des
gens de venir sans donner d'explication,... ne suis plus en
contact avec qui que ce soit, et cela depuis des années.
   Je ne vous ai pas encore dit le pire, Wilmarth. Armez-
vous de courage avant de lire ceci, car vous allez subir
un choc. Et pourtant je vous jure que c'est la vérité : j'ai
vu et touché une de ces créatures... grand Dieu, mon

*ami, c'est épouvantable !... Bien sûr, elle était morte ; tuée
par un chien. Je l'ai trouvée près du chenil. J'ai essayé de
la mettre à l'abri dans le bûcher comme pièce à conviction ; elle s'est évaporée en quelques heures, sans laisser
la moindre trace. (Je vous rappelle que tous les corps
charriés par les rivières en crue n'ont été vus qu'une
seule fois :   le lendemain de l'inondation.) Et
voici le plus terrifiant : j'ai essayé de photographier le ca-
davre à votre intention, mais, quand j'ai développé la
pellicule, elle ne portait que l'image du bûcher. De
quoi ce monstre pouvait-il être fait ? Je l'ai vu et touché :
il était donc composé d'une certaine matière. Laquelle ?
Je ne saurais le décrire exactement. C'était une espèce de
crabe géant ayant en guise de tête des cercles d'une matière visqueuse, superposés dans un ordre décroissant de
manière à former une espèce de cône, et   hérissés de
courts tentacules.*

*Walter Brown a disparu ; on ne l'a pas vu flâner se-
lon son habitude dans les rues des villages voisins. J'ai
dû le toucher d'un coup de fusil : il semble que ces créatures essaient toujours d'emporter leurs morts et leurs
blessés.*

*Cet après-midi, je suis arrivé à la ville sans encombre :
mais, je le crains fort, si les monstres relâchent leur surveillance, c'est qu'ils sont sûrs de moi. Vous écris ceci du
bureau de poste de Brattleboro. C'est peut-être une lettre d'adieu : si vous n'avez pas de mes nouvelles d'ici
un semaine, écrivez à mon fils, George Goodenough
Akeley, 176, Pleasant Street, San Diego, mais ne venez
pas à Townshend.*

*Je vais jouer mes deux dernières cartes, si j'ai la force
de volonté nécessaire. D'abord, je compte essayer d'employer des gaz asphyxiants : je possède les produits chimiques nécessaires, et j'ai déjà fabriqué des masques
pour moi et pour les chiens. En cas d'échec, j'avertirai
le shérif. Même si l'on doit m'enfermer dans un asile
d'aliénés, cela vaudra mieux que ce que ces créatures
voudraient faire de moi. Peut-être pourrai-je amener les
policiers à examiner les empreintes qui entourent la maison : elles ne sont pas très nettes, mais j'en trouve de
nouvelles tous les matins. Il est possible, néanmoins, que*

l'on m'accuse de les avoir truquées, car tout le monde estime que j'ai l'esprit un peu dérangé.

Il faudrait que j'essaie d'obtenir qu'un inspecteur de la police fédérale vînt passer une nuit sous mon toit ; cependant, si les créatures l'apprenaient, elles seraient très capables de ne pas se manifester cette nuit-là ! Elles coupent mes fils chaque fois que je téléphone après le coucher du soleil. Les agents qui les réparent trouvent cela très étrange et pourraient au besoin témoigner en ma faveur... à moins qu'ils n'imaginent que je coupe les fils moi-même ! Je n'ai pas essayé de faire réparer la ligne depuis plus d'une semaine.

Je pourrais obtenir le témoignage de quelques campagnards ignorants pour appuyer mes dires, mais tout le monde se moque de ce qu'ils racontent. D'ailleurs, ils évitent ma ferme depuis si longtemps qu'ils ne connaissent pas les derniers événements. Rien ne saurait amener ces vieux paysans à venir à un mille de distance de ma demeure. Le facteur me rapporte leurs propos dont il s'amuse beaucoup... Seigneur ! Si j'osais lui dire combien ils sont exacts ! Je crois que je vais essayer d'attirer son attention sur les empreintes : malheureusement, il ne passe que dans l'après-midi, et, à ce moment-là, elles ont presque totalement disparu. Si j'en conservais une intacte en la recouvrant, il ne manquerait pas de croire à une supercherie.

Je regrette d'avoir vécu en ermite depuis si longtemps, car, aujourd'hui, plus personne ne vient me rendre visite. Je n'ai jamais osé montrer la pierre noire et les photographies ni faire entendre le disque à qui que ce soit, à l'exception d'individus ignorants. Les autres se moqueraient de moi et m'accuseraient d'avoir monté l'affaire de toutes pièces. Je peux toujours essayer de montrer les clichés : ils reproduisent les empreintes très nettement. Quel dommage que personne n'ait été là ce matin pour voir le monstre avant qu'il ne se soit évanoui !

Et puis, tout cela m'est égal. Après ce que j'ai enduré, un asile d'aliénés me paraîtra un agréable refuge. Peut-être les médecins m'aideront-ils à me décider à quitter ma maison · c'est la seule chose susceptible de me sauver.

*Ecrivez à mon fils George si vous ne recevez pas de
mes nouvelles sous peu. Adieu. Brisez le disque et ne
vous mêlez plus de rien.*
  Votre

          AKELEY

 Ce message suscita en moi une profonde terreur. Ne
sachant trop que faire, je griffonnai quelques conseils
incohérents dans une lettre recommandée que j'expédiai
sans plus tarder. Je me rappelle avoir supplié Akeley de
gagner Brattleboro immédiatement pour se placer sous la
protection des autorités. J'ajoutais que j'allais le rejoindre
dans cette ville en apportant avec moi le disque et les
clichés afin de convaincre les magistrats qu'il jouissait de
toute sa raison. En conclusion, je déclarais qu'il était
temps de mettre les gens en garde contre le péril qui
les menaçait. L'on observera que, en l'occurrence, j'ajoutais
foi entièrement à toute l'histoire d'Akeley ; néanmoins,
j'estimais que, s'il n'avait pu prendre une photographie
du monstre, c'était par suite d'une erreur de sa part et
non d'une anomalie de la nature.

-:-

 Ce fut dans l'après-midi du samedi 8 septembre que me
parvint la curieuse lettre reproduite ci-après, cette lettre rassurante et calme, contenant une invitation inat-
tendue, qui marquait une prodigieuse transition dans le
drame des collines solitaires. Encore une fois, je vais citer de mémoire, en m'efforçant, pour certaines raisons
particulières, de conserver le style de l'original. Elle
portait le tampon de Bellows Falls et était fort proprement dactylographiée, y compris la signature, selon la
coutume de presque tous les débutants. Néanmoins, ce
texte entièrement dépourvu de fautes ne pouvait être
l'œuvre d'un novice : j'en conclus que mon correspondant avait dû se servir d'une machine à écrire à une
période précédente de son existence. Cette lettre m'apporta un soulagement considérable, mais un certain malaise subsista tout au fond de moi. Si Akeley avait été
sain d'esprit lorsqu'il subissait les affres de la terreur,

l'était-il encore maintenant qu'il s'en prétendait délivré ?
Que voulait-il dire quand il parlait de « l'élargissement
des relations » ?... Tout ceci impliquait un renversement complet de son attitude, et je ne pouvais qu'en être
surpris. Mais voici la teneur de cette missive :

Townshend, Vermont.
Jeudi, 6 septembre 1928.

Mon cher Wilmarth,

*J'ai la grande joie de pouvoir vous rassurer entière-
ment au sujet des sottises que je vous ai écrites. Quand je
dis « sottises », je fais allusion à mes terreurs et non
point à mes descriptions de certains phénomènes. Ces
phénomènes sont on ne peut plus réels et fort impor-
tants : mon erreur a consisté à prendre une attitude
anormale vis-à-vis d'eux.*

*Je crois vous avoir appris que mes étranges visiteurs
essayaient de communiquer avec moi. La nuit dernière,
en réponse à certains signaux, j'ai laissé entrer chez
moi un de leurs messagers : je me hâte d'ajouter que
c'était un homme. Il m'a instruit de bien des choses que
ni vous ni moi ne soupçonnions, et m'a montré clairement combien nous avions mal compris le but que pour-
suivent Ceux du Dehors en maintenant leur colonie secrète sur notre globe.*

*A ce qu'il semble, les terribles légendes concernant ce
qu'ils ont offert aux hommes et ce qu'ils désirent obtenir
d'eux, résultent uniquement de l'interprétation erronée
d'un langage allégorique façonné par un fonds de culture
et des modes de pensée totalement différents de ce que
nous pouvons imaginer. Mes conjectures personnelles, je
l'avoue, ont passé aussi loin du but que celles des paysans
illettrés et des Indiens. Ce que je jugeais ignoble est en
réalité admirable : mon opinion primitive constitue simplement un exemple lyrique de l'éternelle tendance de
l'esprit humain à détester et à craindre ce qui diffère
radicalement de ses conceptions habituelles.*

*Je regrette à présent le mal que j'ai infligé à ces êtres
prodigieux au cours de nos échauffourées nocturnes.*

*Que n'ai-je consenti dès le début à m'entretenir raison-
nablement avec eux! Mais ils ne m'en gardent point ran-
cune, leurs émotions n'ayant rien de commun avec les
nôtres. La malchance a voulu qu'ils aient comme représentants humains dans le Vermont des individus très in-
férieurs, par exemple feu Walter Brown dont la conduite
m'a beaucoup prévenu contre eux. En fait, ils ne nous
ont jamais causé aucun mal de propos délibéré; par
contre, plusieurs d'entre nous leur ont nui cruellement.
Il existe une secte secrète d'hommes malfaisants (l'érudit
que vous êtes comprendra aisément que je les rattache à
Hastur et au Signe Jaune) dont le seul but est de les
capturer et de les tuer pour le compte de puissances
monstrueuses appartenant à d'autres dimensions. C'est
seulement contre ces agresseurs que sont dirigées les rigoureuses mesures défensives de Ceux du Dehors. (A ce
propos, j'ai appris que nos lettres perdues avaient été
volées par des émissaires de ce culte pernicieux.)*

*Ceux du Dehors ne demandent qu'à vivre en paix
avec les hommes avec qui ils souhaitent entretenir des
relations intellectuelles de plus en plus développées. L'éta-
blissement de ces relations est devenu absolument nécessaire maintenant que nos inventions et nos appareils
accroissent le champ de nos connaissances, empêchant
ainsi Ceux du Dehors de maintenir secrètement leurs
avant-postes sur notre planète. Ces étrangers veulent
mieux connaître l'humanité, et désirent que les principaux savants du globe terrestre apprennent à mieux les
connaître. Une fois cet échange établi, tous les dangers
disparaîtront et il sera possible d'instaurer un modus vi-
vendi satisfaisant. Il est parfaitement ridicule de croire
qu'ils puissent tenter de nous asservir ou de nous dégra-
der.*

*Pour inaugurer l'élargissement des relations entre eux
et les mortels, Ceux du Dehors m'ont naturellement
choisi (en raison de tout ce que je sais à leur sujet)
comme leur principal interprète sur cette terre. J'ai appris la nuit dernière bon nombre de faits qui ouvrent
des perspectives stupéfiantes; d'autres me seront commu-
niqués ultérieurement, de vive voix et par écrit. Pour l'instant, je ne serai pas appelé à faire un voyage à l'extérieur, mais je désirerai probablement l'entreprendre un*

peu plus tard en utilisant des moyens spéciaux qui trans-
cendent toute expérience humaine. Ma maison ne sera
plus assiégée, les chiens n'auront plus de raison d'être.
Plus de terreur pour moi ; par contre, un riche pré-
sent de connaissances et d'aventure intellectuelle, que
très peu de mortels ont reçu jusqu'aujourd'hui.

Ceux du Dehors sont peut-être les créatures organiques
les plus prodigieuses qui existent dans l'espace et le
temps, ou au-delà de tout espace et de tout temps :
membres d'une race cosmique dont toutes les autres for-
mes vivantes ne sont que des variantes dégénérées. Ils
tiennent du végétal plutôt que de l'animal (si l'on peut
appliquer ces termes à la matière qui les compose). Leur
structure est sensiblement fongoïde, mais la présence en
leur corps d'une substance semblable à la chlorophylle et
d'un curieux système nutritif les différencie totalement
des champignons cormophytiques.

En réalité, ils sont faits d'une matière inconnue de
nous, dont les électrons ont une vitesse de vibration dif-
férente. C'est pourquoi ils ne peuvent être photographiés
sur des pellicules ou des plaques ordinaires, bien que
nos yeux puissent les voir. Néanmoins, après des études
préalables, n'importe quel bon chimiste pourrait prépa-
rer une émulsion photographique susceptible d'enregistre
leur image.

Cette race est unique par sa faculté de traverser le
vide interstellaire dépourvu d'air et de chaleur, en con-
servant sa forme corporelle intacte : certaines de ses va-
riantes n'y peuvent parvenir qu'après avoir subi de cu-
rieuses transpositions chirurgicales. Très peu de ses es-
pèces possèdent les ailes capables de résister à l'éther,
qui caractérisent la variété de l'Etat du Vermont. Leur
capacité cérébrale l'emporte de beaucoup sur celle de
n'importe quelle autre forme vivante ; mais les spécimens
ailés de nos collines sont loin d'être les plus développés
dans ce domaine. Leur mode d'entretien habituel est la
télépathie ; cependant, ils ont des organes vocaux rudi-
mentaires qui, après une opération (car ils pratiquent
communément une chirurgie incroyablement subtile),
peuvent reproduire le langage de tous les types d'orga-
nismes ayant recours encore à la parole.

Leur lieu de résidence le plus proche de la terre est

une planète presque obscure, encore non découverte, si-
tuée à l'extrême lisière de notre système solaire, au-delà
de Neptune. Conformément à nos conclusions, c'est elle
qui porte le nom mystique de « Yuggoth » dans certains
écrits d'autrefois. Elle sera bientôt le théâtre d'une
étrange concentration de pensée dirigée sur notre monde
afin de faciliter les relations intellectuelles. Je ne serais
pas surpris que certains astronomes devinssent assez sen-
sibles à ces courants de pensée pour découvrir Yuggoth
quand Ceux du Dehors le désireront. Mais Yuggoth n'est
qu'un avant-poste. La plupart de ces êtres habitent dans
des abîmes curieusement organisés, entièrement inconce-
vables pour l'esprit humain. Le continu espace-temps qui
constitue pour nous la totalité du cosmos est un simple
atome dans l'infini de leur monde à eux. Et, le moment
venu, tout ce qu'un cerveau humain peut contenir de cet
infini me sera révélé, comme il l'a été à cinquante autres
mortels depuis l'arrivée de l'homme sur la terre.

Sans doute allez-vous considérer tout ceci comme un
tissu de divagations, mais, peu à peu, vous apprécierez à
sa juste valeur la formidable occasion qui m'est offerte.
Je veux que vous en profitiez le plus possible, et, à cet
effet, je dois vous apprendre certaines choses que je puis
confier à ce papier. Jusqu'à présent je vous ai interdit de
venir me voir. Maintenant que tout danger est passé, je
prends plaisir à lever mon interdiction et à vous inviter.

Pourriez-vous me rendre visite avant l'ouverture de
vos cours? Je serais vraiment enchanté de vous rencon-
trer. Si vous acceptez, ne manquez pas d'apporter le dis-
que et toutes mes lettres comme matériaux à consulter:
nous en aurons besoin pour reconstituer intégralement
cette extraordinaire aventure. Vous pourriez aussi appor-
ter les photographies que je vous ai envoyées: dans mon
agitation de ces derniers temps, il semble que j'aie perdu
mes propres clichés ainsi que les négatifs. Mais j'ai une
masse de faits inestimables à ajouter à cette documenta-
tion rudimentaire, et une machine absolument stupéfiante pour compléter ces faits.

N'hésitez pas à venir. Je ne suis plus l'objet de la
moindre surveillance, et vous ne trouverez ici rien d'alar-
mant. Prenez le train: ma voiture vous attendra à la
gare de Brattleboro. Préparez-vous à rester aussi long-

*temps que vous le pourrez, et attendez-vous à de longues
discussions sur des sujets qui passent l'imagination des
hommes. Naturellement, ne soufflez mot de tout ceci à
qui que ce soit.*

*Il est très facile de se rendre à Brattleboro par le che-
min de fer (vous pouvez vous procurer un indicateur à
Boston). Prenez le Boston-Maine jusqu'à Greenfield où
vous changerez ensuite pour le peu de trajet qui vous
restera à faire. Je vous suggère de choisir le train qui
part de Boston à 16 h 10 et arrive à Greenfield à
19 h 35. Un autre train quitte Greenfield à 21 h 18
pour arriver à Brattleboro à 22 h 01. Indiquez-moi la
date précise, et vous trouverez ma voiture à la gare.*

*Je m'excuse de taper cette lettre à la machine, mais,
comme vous le savez, mon écriture est de plus en plus
tremblée, et je ne me sens plus le courage de rédiger de
longues lettres à la plume. J'ai acheté hier à Brattleboro une Corona qui marche fort bien.*

*En attendant votre réponse, et dans l'espoir de vous
voir arriver bientôt avec le disque et toutes mes lettres,
ainsi que les photographies.*

Je vous prie de me croire
   Sincèrement vôtre

                 Henry W. AKELEY

Je ne saurais décrire exactement les émotions complexes
que j'éprouvai en lisant et relisant cette missive inatten-
due. J'ai déjà que je me sentis à la fois soulagé et
mal à l'aise, mais ceci n'exprime pas les harmoniques de
sentiments comprises entre ces deux états d'âme. En premier lieu, cette lettre différait radicalement de toute la série de messages horrifiés qui l'avaient précédée ; le passage d'une terreur panique à une satisfaction exultante
était si brusque, si imprévu ! J'avais du mal à croire qu'il
eût suffi de vingt-quatre heures pour transformer à ce
point l'attitude psychologique de celui qui m'avait envoyé
l'épître désespérée du mercredi, quelles qu'aient pu être
les révélations rassurantes survenues au cours de ces mêmes vingt-quatre heures. A certains moments, le contraste
entre les deux phases m'emplissait d'une telle sensation
d'irréalité que je me demandais si ce drame lointain entre

des forces surnaturelles n'était pas une sorte de rêve ‑ une hallucination née dans mon seul esprit. Alors, je songeais au disque de phonographe et m'abandonnais à une stupeur accrue.

Lorsque j'analysai l'impression que m'avait produite cette lettre, je constatai qu'elle comprenait deux éléments distincts. Tout d'abord, en admettant que mon correspondant eût toujours été et fût encore en possession de sa raison, le renversement de la situation était inconcevablement rapide. De plus, le changement dans l'attitude et le langage d'Akeley me paraissait positivement anormal. Sa personnalité tout entière semblait avoir subi une insidieuse métamorphose, si profonde que l'on ne pouvait admettre que ses deux aspects représentassent un même équilibre mental... Le choix des mots était différent, et mon éducation universitaire me faisait déceler des divergences surprenantes dans le rythme des phrases... Néanmoins, sur un autre plan, la lettre était bien caractéristique d'Akeley : j'y trouvais cette même passion de l'infini, cette insatiable curiosité du savant. Il ne m'était pas permis d'envisager l'idée d'un faux ou d'une substitution malveillante. L'invitation à vérifier sur les lieux la teneur de ce message ne suffisait-elle à prouver son authenticité ?

Je passai la nuit du samedi à méditer sur les ombres et les merveilles que laissait entrevoir cette épître. Mon cerveau, fatigué par la série de conceptions monstrueuses qu'il avait dû assimiler au cours des quatres mois précédents, se mit en devoir d'absorber cette nourriture nouvelle et connut un second cycle de doute et d'acceptation semblable à celui qu'il avait parcouru au début de la prodigieuse aventure. Longtemps avant l'aube, une ardente curiosité et un très vif intérêt commencèrent à remplacer la première tourmente de perplexité et de malaise. Que mon correspondant fût sain d'esprit ou fou, simplement soulagé ou complètement transformé, il y avait de fortes chances pour qu'il eût vraiment découvert une perspective entièrement différente qui non seulement annihilait ses craintes (réelles ou imaginaires) mais encore lui ouvrait un domaine de connaissances cosmiques vertigineuses. Je sentis brûler en moi une passion de l'inconnu égale à la sienne, un même désir d'abolir les barrières de notre univers. Echapper aux exaspérantes frontières de l'espace et

du temps, entrer en contact avec un univers extérieur au
nôtre, connaître les insondables secrets de l'infini et du
fondamental : voilà qui valait de risquer sa vie, son âme,
sa raison ! Or, Akeley me disait qu'il n'y avait plus aucun
danger ; il m'invitait à lui rendre visite, au lieu de me l'interdire comme au début. Mon sang bouillonnait à l'idée
de ce qu'il pouvait bien avoir à me révéler ; j'étais fasciné par la perspective de passer plusieurs soirées dans
cette ferme solitaire, récemment assiégée par des êtres
surnaturels, en compagnie d'un homme qui avait parlé à
des émissaires du monde du dehors.

Le dimanche matin, j'expédiai un télégramme à Akeley
pour l'informer que je le rencontrerais à la gare de
Brattleboro le mercredi 12 septembre, si cette date lui
convenait. Toutefois, je ne suivis pas son avis en ce qui
concernait le choix de mon train. A vrai dire, je n'avais
pas la moindre envie d'arriver dans cette région hantée
du Vermont à 10 heures du soir. En conséquence, je téléphonai à la gare et adoptai une autre combinaison. En
prenant le train de 8 h 07 je me trouvais à Boston assez
tôt pour prendre le train de 9 h 25 qui m'amenait à
Greenfield à 12 h 22. Là, j'avais le temps de monter dans
un autre convoi qui atteignait Brattleboro à 13 h 08. Le
début de l'après-midi me semblait infiniment plus agréable que la nuit pour pénétrer avec Akeley au cœur de
ces collines mystérieuses.

Je mentionnai dans mon télégramme l'horaire choisi
par moi, et je fus tout heureux d'apprendre qu'il avait
l'approbation de mon hôte futur en lisant la réponse de
ce dernier, qui me parvint dans la soirée :

*Entièrement d'accord serai train une heure huit mer-
credi n'oubliez pas disque lettres clichés gardez votre destination secrète attendez-vous à surprenantes révélations.*

                              AKELEY

Au reçu de ce message répondant immédiatement au
mien (qui avait dû, par conséquent, être transmis à Akeley depuis le bureau de poste de Townshend soit par messager, soit par téléphone). aucun doute, même subconscient, sur l'authenticité de la lettre de mon correspondant

ne subsista dans mon esprit. J'éprouvai un soulagement considérable que je ne m'expliquai guère car je croyais n'avoir plus le moindre soupçon, et, cette nuit-là, je dormis d'un profond sommeil.

-:-

Le mercredi, je me mis en route en emportant avec moi une valise pleine de linge, d'objets de toilette et de documents scientifiques comprenant notamment le disque de phonographe, les clichés, et toutes les lettres d'Akeley. Conformément au vœu de ce dernier, je n'avais révélé à personne le lieu de ma destination, car je comprenais que cette affaire exigeait le secret absolu. La seule idée d'entrer en contact mental avec des entités étrangères à notre monde stupéfiait mon esprit pourtant bien préparé à cette perspective ; cela étant, quel effet aurait-elle pu produire sur la masse des non-initiés ?...

Je ne saurais dire si la crainte ou l'attente fiévreuse de l'aventure l'emportait en moi lorsque je changeai de train à Boston et commençai le long trajet vers l'ouest à travers une contrée peu familière. Waltham, Concord, Ayer, Fitchburg, Gardner, Athol se succédèrent, puis le train arriva enfin à Greenfield. Il avait sept minutes de retard, mais l'express en direction du nord l'avait attendu pour assurer la correspondance, et je me hâtai de faire mon changement. Tandis que le convoi roulait avec bruit dans un territoire que je connaissais bien d'après mes lectures sans l'avoir jamais visité, je me sentais en proie à une curieuse agitation. Je savais que je pénétrais dans une région de la Nouvelle-Angleterre beaucoup plus primitive que les districts industrialisés du sud et de la côte où j'avais passé toute ma vie ; une région à l'écart de la civilisation moderne, où l'on ne trouvait ni étrangers, ni cheminées d'usines, ni routes cimentées. J'allais y rencontrer d'étranges survivances de cette existence traditionnelle aux racines profondes qui semble être un produit naturel du paysage, et qui, en perpétuant les souvenirs d'autrefois, prépare un terrain propice aux croyances les plus prodigieuses et les plus secrètes.

De temps à autre, je voyais luire au soleil les eaux bleues du Connecticut que nous franchîmes au-delà de

Northfield. Bientôt des collines verdoyantes s'érigèrent
devant nous, et, lorsque le chef de train passa, il m'apprit que j'étais enfin dans l'Etat du Vermont. Il me re-
commanda de retarder ma montre d'une heure, car les
gens du pays ont toujours refusé d'adopter l'heure d'été.

Le train longeait maintenant le cours d'eau. Sur la rive
opposée, dans le New Hampshire, je voyais approcher les
pentes raides du Wantastiquet au sujet duquel circulent
de singulières légendes. Puis des rues apparurent à ma
gauche, tandis qu'une île verte surgissait dans le lit du
fleuve à ma droite. Des voyageurs se dirigèrent vers la
portière et je les suivis. Le train s'arrêta. Je descendis sur
le quai de la gare de Brattleboro.

Je parcourus du regard la file des voitures en station-
nement pour tâcher de distinguer la Ford d'Akeley, mais
mon identité fut devinée avant que j'eusse eu le temps
de prendre la moindre initiative. Pourtant, celui qui
s'avançait vers moi, la main tendue, et me demandait
d'un ton aimable si j'étais bien M. Albert N. Wilmarth,
d'Arkham, ne pouvait pas être mon correspondant. Ce
jeune homme courtois, impeccablement vêtu, dont la lèvre supérieure s'ornait d'une petite moustache noire, n'offrait aucune ressemblance avec le savant à la courte barbe
grise dont j'avais vu la photographie. Sa voix cultivée me
sembla étrangement familière, néanmoins je fus incapable de la situer dans ma mémoire.

Pendant que je l'examinais, je l'entendis m'expliquer
qu'il était un ami d'Akeley, et qu'il arrivait de Townshend
à sa place, car mon hôte, souffrant d'une violente crise
d'asthme, devait momentanément garder la chambre.
Toutefois, rien ne serait changé en ce qui concernait ma
visite et mon séjour. Je ne pus deviner ce que M. Noyes
(tel était le nom de mon interlocuteur) savait des recherches d'Akeley : son attitude désinvolte me le fit considérer
comme un profane. Je fus un peu surpris que mon correspondant eût trouvé si aisément un ami pour le remplacer, étant donné la vie recluse qu'il avait menée jusqu'alors ; néanmoins ceci ne m'empêcha pas de monter
dans le véhicule que Noyes me désigna d'un geste de la
main. Ce n'était pas la vieille automobile que je m'attendais à voir, mais une confortable et luxueuse voiture,

d'un modèle récent, portant une plaque d'immatriculation du Massachusetts, qui devait appartenir à mon guide.

Celui-ci prit place à côté de moi et démarra sans plus attendre. Je fus heureux de constater qu'il semblait vouloir garder le silence, car je sentais dans l'atmosphère une étrange tension qui m'enlevait toute envie de bavarder. La ville me parut fort agréable sous le soleil de septembre. Elle somnolait comme ces vieilles cités de la Nouvelle-Angleterre qu'on se rappelle avoir vues dans son enfance ; il y avait dans la disposition des toits, des cheminées et des clochers, un je ne sais quoi qui éveillait en moi une émotion ancestrale. Je comprenais que je me trouvais sur le seuil d'une région ensorcelée par l'entassement successif de mystères séculaires qui persistent et se développent parce qu'ils n'ont jamais été troublés.

Lorsque nous sortîmes de Brattleboro, mon malaise augmenta : cette contrée montagneuse, avec son amoncellement de pentes granitiques verdoyantes, suggérait la présence d'obscurs secrets et de survivances immémoriales hostiles à l'humanité. Pendant quelque temps, nous longeâmes un large cours d'eau venu du nord, et je frissonnai lorsque mon compagnon m'apprit que c'était la West River : en effet, je me rappelai qu'on avait vu l'un des monstres semblables à des crabes flotter sur ses eaux le lendemain de l'inondation.

Peu à peu, le pays devenait plus sauvage et plus désert. D'archaïques ponts couverts, s'embusquaient d'une façon terrifiante dans les plis des collines, et, de la voie ferrée en bordure de la rivière, semblait s'exhaler une trouble désolation. Dans de spacieuses vallées s'érigeaient de hautes falaises dont le granit vierge formait un austère contraste avec la verdure qui les escaladait. Au fond de gorges sauvages, bondissaient des torrents dont les eaux tumultueuses apportaient à la rivière les inconcevables secrets de mille pics inviolés. De chaque côté de la route, des chemins s'enfonçaient à travers des masses compactes d'antiques forêts où pouvaient s'abriter des armées entières de démons. En les voyant, je ne m'étonnai pas qu'Akeley eût été attaqué par des êtres invisibles le long de cette même route.

Le joli village de Newfane, où nous arrivâmes en moins d'une heure, fut notre dernier lien avec ce monde

que l'homme peut revendiquer comme sien par droit de
conquête et d'occupation exclusive. Après quoi, nous re-
jetâmes toute allégeance vis-à-vis de l'immédiat et du tan-
gible en pénétrant dans un univers fantastique, irréel, où
l'étroit ruban de la route montait, descendait, et se tor-
dait comme un être vivant au milieu des cimes désertes.
En dehors du grondement du moteur et des bruits légers
provenant de rares fermes solitaires, je n'entendais que le
ruissellement insidieux de mille sources cachées au cœur
des bois.

La proximité des collines rondes me coupait littéralement le souffle. Elles étaient encore plus abruptes que je
ne l'avais imaginé, et ne suggéraient rien de commun avec
le monde banal des hommes. Les bois touffus de ces pentes inaccessibles semblaient abriter des êtres d'une autre
planète, et j'eus l'impression que le contour même des
sommets avait une étrange signification : on eût dit des
hiéroglyphes colossaux laissés par une antique race de ti-
tans dont la gloire ne vivait plus que dans certains rêves.
Toutes les légendes du passé, toutes les révélations stupéfiantes de Henry Akeley, surgirent dans ma mémoire, ac-
croissant mes sinistres pressentiments. Le but de ma visite, l'idée des effroyables anomalies qui m'attendaient,
m'inspirèrent soudain une vive appréhension et refroidi-
rent considérablement mon ardent désir de découverte.

Noyes dut deviner mon trouble, car, à mesure que la
route montait et que notre allure se ralentissait, ses rares
commentaires se firent plus fréquents et plus longs. Il me
parla de la surnaturelle beauté du pays, et montra qu'il
était au courant des études d'Akeley. Néanmoins, il ne
semblait pas se rendre compte du degré de connaissance
auquel son ami en était arrivé.

En raison de son attitude cordiale et franche, ses remarques auraient dû me rassurer ; or, tout au contraire,
mon inquiétude ne cessait de croître tandis que nous
poursuivions notre chemin à travers le désert de collines
boisées. Il me semblait parfois que mon compagnon me
sondait pour voir ce que je savais des monstrueux secrets
de la région, et, à chacune de ses phrases, le son de sa
voix me donnait une déconcertante sensation de *familiarité*. Bien qu'elle fût très douce et cultivée, elle n'évoquait
pas en moi des souvenirs agréables ; tout au contraire, je

la rattachais vaguement à des cauchemars oubliés. Si
j'avais eu la moindre excuse valable, je crois que j'aurais
renoncé à ma visite. En l'occurrence, j'étais contraint de
continuer, et il me vint à l'esprit qu'une bonne conversation scientifique avec mon hôte dès mon arrivée contri-
buerait beaucoup à me rendre mon sang-froid.

De plus, il y avait un élément de beauté cosmique curieusement apaisant dans le paysage d'hypnose où nous
montions et descendions sans trêve. Le temps s'était égaré
à travers les labyrinthes que nous laissions en arrière ;
autour de nous, les siècles passés déferlaient en houles
fleuries d'un charme inexprimable : bosquets vénérables,
prairies verdoyantes bordées de fleurs automnales aux vives couleurs, petites fermes brunes éparses, nichées parmi les
arbres énormes, au pied d'abruptes falaises couvertes
d'églantiers. Le soleil même possédait un éclat prodigieux
comme si le pays tout entier baignait dans une atmosphère surnaturelle. Je n'avais jamais rien vu de semblable, sauf dans les perspectives magiques à l'arrière-plan
des tableaux des primitifs italiens. Sodoma et Vinci ont
conçu des paysages de ce genre ; toutefois, ils nous les
présentent dans le lointain à travers des arcades Renaissance. A présent, nous pénétrions au cœur du tableau, et
il me semblait trouver dans son indicible sortilège une
chose dont j'avais la connaissance innée mais que j'avais
toujours cherchée en vain.

Soudain, après un tournant brusque au haut d'une
pente raide, la voiture s'arrêta. Sur la gauche, au-delà
d'une pelouse bien entretenue, bordée de pierres blanches,
qui s'étendait jusqu'à la route, se dressait une habitation
spacieuse, d'une taille et d'une élégance peu communes
dans la région. Un peu en arrière sur la droite se trouvaient des granges, des appentis, et un moulin à vent. Je
reconnus immédiatement la ferme d'Akeley telle que je
l'avais vue sur l'une des photographies, et je ne fus pas
surpris de lire le nom de son propriétaire sur la boîte aux
lettres en fer galvanisé. A quelque distance derrière la
maison s'étendait un terrain marécageux planté d'arbres
clairsemés ; plus loin s'élevait une colline abrupte aux
pentes très boisées, au faîte déchiqueté : le sommet de
la Montagne Noire.

Noyes descendit de la voiture, ma valise à la main, et

me pria d'attendre quelques instants pendant qu'il allait
informer son ami de mon arrivée. Lui-même ne pouvait
s'attarder, car une affaire importante l'appelait ailleurs.
Pendant qu'il remontait d'un pas rapide l'allée menant à
la porte de la maison, je sortis à mon tour du véhicule
afin de me dégourdir les jambes. Ma tension nerveuse
avait atteint son plus haut point maintenant que je me
trouvais sur le théâtre même des événements surnaturels
décrits par Akeley dans ses lettres : j'étais en proie à une
vive appréhension à l'idée des conversations prochaines
qui devaient me révéler des mondes interdits.

Le contact avec le fantastique est presque toujours terrifiant : je ne me sentis pas très rassuré en songeant que,
sur cette même étendue de route, mon hôte avait trouvé
des empreintes monstrueuses et un liquide verdâtre nau-
séabond, au lendemain de nuits sans lune hantées par la
crainte et par la mort. Je remarquai distraitement qu'il
n'y avait aucun chien autour de la maison. Akeley les aurait-il vendus immédiatement après avoir fait la paix avec
Ceux du Dehors ? Malgré tous mes efforts, je n'arrivais
pas à croire à la sincérité de cette paix : j'étais loin de partager la sereine confiance manifestée par mon correspondant dans sa dernière lettre, si curieusement différente des
autres. Après tout, c'était un homme simple, sans grande
expérience du monde. Cette nouvelle alliance ne cachait-
elle pas un sinistre but secret ?

Guidés par mes pensées, mes yeux se tournèrent vers
la surface poudreuse de la route qui avait enregistré des
témoignages si hideux. Bien que la région fût très peu
fréquentée, des traces de toute sorte s'accumulaient sur
cette chaussée creusée d'ornières. J'essayai, par pure curiosité, d'en définir les contours, tout en essayant de re-
fréner les lugubres envolées d'imagination que détermi-
nait en moi ce lieu peuplé de souvenirs. Il y avait une
sourde menace dans le silence funèbre, dans le murmure
étouffé des ruisseaux lointains, dans les cimes verdoyantes
et les précipices tapissés de bois noirs obstruant l'horizon.

Soudain jaillit en moi une image qui annihila ces menaces chimériques. Ma curiosité fit place à une houle de terreur paralysante. Car, au milieu de ces marques presque
toutes brouillées et superposées, mon regard venait de déceler, près de l'endroit où l'allée du jardin rejoignait la

route, certains détails dont il avait reconnu l'effroyable
signification. Je ne pouvais douter de ce que je voyais. Ce
n'était pas pour rien que j'avais passé des heures à scruter les clichés des empreintes de Ceux du Dehors. Je ne
connaissais que trop bien les contours de ces immondes
pinces appartenant à des créatures d'une autre planète.
Devant mes yeux, sous une forme concrète, trois marques
très nettes se détachaient des nombreuses traces de pas
indistinctes qui allaient vers la ferme et en revenaient.
*C'étaient les empreintes infernales des êtres fongoïdes ve-
nus de Yuggoth.*

Je repris mon sang-froid juste à temps pour étouffer
un cri. Après tout, qu'y avait-il là de tellement surprenant, si j'ajoutais entièrement foi aux lettres d'Akeley ? Il
m'avait dit qu'il avait fait la paix avec ces monstres :
n'était-il pas naturel que certains d'entre eux eussent visité sa demeure ? Pourtant la terreur subsistait dans mon
esprit : comment aurais-je pu contempler pour la première
fois, sans en être bouleversé, les empreintes d'entités appartenant aux régions les plus lointaines de l'espace ?...
Juste à ce moment, je vis Noyes sortir de la maison et
se diriger vers moi à grandes enjambées. Je devais absolument garder un visage impassible, car, selon toute pro-
babilité, le jeune homme ignorait l'ultime et stupéfiante
incursion d'Akeley dans ce domaine interdit.

Noyes m'informa que son vieil ami était très heureux
de mon arrivée et prêt à me recevoir. Néanmoins, sa crise
d'asthme l'empêcherait d'être un hôte attentionné. Cette
maladie l'éprouvait durement, étant donné qu'elle s'accompagnait d'une poussée de fièvre très débilitante. Pendant toute la durée de ces accès, il n'était guère bon à
rien, parlait à voix basse, se déplaçait avec beaucoup de
difficulté. Ses pieds et ses chevilles enflaient : il devait les
bander comme s'il eût souffert de la goutte. Aujourd'hui,
il se sentait si faible que je devrais pourvoir moi-même
à mes besoins, mais il n'en était pas moins très désireux
de me parler. Je le trouverais dans son bureau, à gauche
du vestibule : la pièce aux stores fermés. Il ne pouvait supporter la lumière au cours de ses crises, car ses yeux
étaient extrêmement sensibles.

Pendant que Noyes, après avoir pris congé, s'éloignait
en direction du nord, je me dirigeai lentement vers la

maison. La porte était entrouverte ; néanmoins, avant de
la franchir, je regardai tout autour de moi pour essayer
de découvrir pourquoi cette ferme me paraissait si bizarre. Les granges et les appentis semblaient banals   à
souhait ; un vaste hangar non fermé contenait la vieille
Ford d'Akeley. Brusquement, je compris le secret de
l'étrangeté des lieux : c'était le silence total qui y régnait.
D'habitude, il y a un certain nombre de bruits dans une
ferme en raison de la présence de divers animaux : ici,
je ne percevais pas la moindre trace de vie. Où étaient
donc les poules et les porcs ? Les vaches dont mon correspondant m'avait parlé pouvaient être au pâturage ;
les chiens pouvaient avoir été vendus ; mais l'absence de
tout grognement ou caquètement paraissait vraiment singulière.

Sans m'attarder davantage, je poussai résolument la
porte entrebâillée et la refermai derrière moi. Ce geste
me coûta un gros effort psychologique, et, une fois à l'intérieur, j'éprouvai le désir passager de battre en retraite
précipitamment. Non pas que le vestibule eût un aspect
sinistre : au contraire, j'en admirai les proportions gra-
cieuses et l'ameublement d'un goût parfait. Mon envie
de fuir était due à quelque chose d'indéfinissable ; peut-
être fallait-il l'attribuer à l'odeur bizarre qui régnait dans
l'air, mais je savais bien, pourtant, que l'on trouve une
odeur de moisi dans les vieilles fermes les mieux tenues.

-:-

Refusant de m'abandonner à ces vagues alarmes, je me
rappelai les instructions de Noyes, et ouvris la porte
blanche à ma gauche. Le bureau était sombre, ainsi
qu'on m'en avait averti. Au moment où j'y pénétrai, je
remarquai que l'odeur étrange devenait plus forte ; il me
sembla également percevoir dans l'air une espèce de
rythme ou de vibration. L'espace d'un instant, je ne distinguai rien ; puis, un toussotement étouffé attira mon
attention sur un grand fauteuil dans le coin le plus obscur et le plus éloigné de la pièce. J'aperçus dans ses
profondeurs les taches blanches du visage et des mains
d'un homme. Je me hâtai d'aller vers lui, et reconnus
aussitôt mon hôte : ayant étudié sa photographie à plu-

sieurs reprises, je ne pouvais me tromper sur l'identité
de ce visage ferme, à la courte barbe grise.

Néanmoins, j'éprouvai une vive anxiété au moment
même où je le reconnaissais, car, de toute évidence, je
me trouvais en présence d'un grand malade. L'asthme ne
suffisait pas à expliquer cette expression tendue, ces yeux
vitreux au regard fixe. Je me rendis compte que son effroyable aventure avait dû l'affecter terriblement. En
fait, ces événements étaient de nature à briser l'homme
le plus énergique, fût-il beaucoup plus jeune que cet
intrépide chercheur. Je craignis que son étrange et sou-
daine délivrance ne fût survenue trop tard pour le sauver d'une grave dépression. Il y avait quelque chose de
pitoyable dans ses mains maigres et inertes reposant mol-
lement sur ses genoux. Il portait une robe de chambre
très ample ; une écharpe jaune vif enveloppait sa tête et
son cou.

Je m'aperçus bientôt qu'il essayait de me parler, mais
sa voix était si basse que j'eus beaucoup de mal à
l'entendre : en effet son timbre avait quelque chose de fort
surprenant, et la moustache grise cachait les mouvements
des lèvres. Néanmoins, en concentrant toute mon attention, je parvins à distinguer les paroles de mon interlocuteur. Son accent était particulièrement raffiné, et son langage encore plus choisi que ses lettres ne me l'avaient fait
espérer.

« Monsieur Wilmarth, sans doute ? Veuillez m'excuser
si je reste assis. Ainsi que Noyes a dû vous le dire, je
suis vraiment très mal en point, mais je n'ai pu résister à
ma furieuse envie de vous voir et de vous parler. Ce que
je vous ai écrit dans ma dernière lettre n'est rien en
comparaison de tout ce que je vous apprendrai demain
lorsque je serai mieux. Je ne saurais exprimer le plaisir que j'ai à vous voir en personne, après notre longue
correspondance. Naturellement, vous avez apporté toutes mes lettres, ainsi que le disque et les photographies ?
Parfait. Noyes a déposé votre valise dans le vestibule où
vous avez dû la voir. Pour ce soir, je crains que vous
n'en soyez réduit à vous servir vous-même. Votre chambre est au premier étage, juste au-dessus de cette pièce.
Le cabinet de toilette se trouve sur le palier. Un repas
froid vous attend dans la salle à manger : la porte que

vous voyez là, à votre droite. Demain, je serai un hôte
moins déplorable ; pour l'instant, je suis trop faible pour
bouger. Faites comme chez vous.

« Avant de monter dans votre chambre, vous pourriez
laisser ici sur la table les lettres, les clichés et le disque.
C'est dans mon bureau que nous en discuterons : mon
phonographe se trouve sur ce guéridon à l'autre bout de
la pièce...

« Non, vous ne pouvez m'aider en rien. Il y a longtemps que je suis sujet à ces crises : il faut attendre
qu'elles passent. Revenez me voir avant la tombée de
la nuit, après quoi vous irez vous coucher quand il vous
plaira. Pour moi, je vais rester à me reposer ici : il est
probable que j'y dormirai comme cela m'arrive souvent.
Demain matin, je serai mieux à même d'examiner avec
vous ce que nous devons examiner. Bien entendu, vous
comprenez qu'il s'agit d'une chose vraiment formidable.
Les abîmes du temps et de l'espace vont nous être ré-
vélés ; un savoir transcendant la philosophie et la science
humaine va nous être donné.

« Savez-vous qu'Einstein s'est trompé, et que certains
objets, certaines forces, peuvent se déplacer plus vite
que la lumière ? Avec l'aide de Ceux du Dehors, j'espère
voyager dans le temps, voir et toucher la terre des époques passées et à venir. Vous ne sauriez imaginer quels
sommets ces êtres ont atteint dans le domaine scientifique. Il n'est rien qu'ils ne puissent faire de l'esprit et du
corps des organismes vivants. Je m'attends à visiter d'autres planètes, peut-être même d'autres étoiles et d'autres
galaxies. Tout d'abord, j'irai à Yuggoth, le monde le
plus proche peuplé par Ceux du Dehors. C'est un étrange
globe à la lisière de notre système solaire, encore inconnu
des astronomes. J'ai déjà dû vous en parler dans mes lettres. Le jour venu, ses habitants dirigeront sur nous des
courants de pensée et feront découvrir leur planète, à
moins qu'ils n'autorisent un de leurs alliés terrestres à
renseigner nos savants.

« Il y a de puissantes cités dans Yuggoth, d'immenses
tours en gradins bâties en pierres noires comme celle
que j'ai essayé de vous envoyer. Le soleil n'y brille pas
plus qu'une étoile, mais Ceux du Dehors n'ont pas besoin de lumière. Ils possèdent d'autres sens plus subtils,

et leurs temples et leurs maisons sont dépourvus de fenêtres. A vrai dire, la lumière les gêne, car elle n'existe
pas dans le noir cosmos au-delà de l'espace et du temps,
d'où ils sont venus originellement. Une visite à cette planète suffirait à rendre un homme fou : pourtant je vais
m'y rendre. Les rivières de poix coulant sous les ponts
cyclopéens construits par une race qui avait déjà disparu
au moment où Ceux du Dehors vinrent peupler Yog-
goth, devait suffire à transformer n'importe quel mortel
en Dante ou en Poe s'il pouvait conserver assez de
raison pour raconter ce qu'il aurait vu.

« Néanmoins, songez-y bien : ce monde ténébreux de
jardins fongoïdes et de cités sans fenêtres n'est pas si
terrible en réalité. Nous seuls le considérerions comme
tel. Il a dû sans doute paraître effrayant aux yeux de
Ceux du Dehors quand ils l'ont exploré pour la première
fois. Sachez qu'ils y sont arrivés avant la fin de la
fabuleuse époque de Cthulhu, et qu'ils se rappellent la
cité de R'lyeh qui émergeait alors au-dessus des eaux.
Ils ont également pénétré dans les entrailles de la terre.
Il existe en effet des ouvertures ignorées des hommes
(on en trouve dans les collines du Vermont) et d'immenses univers grouillant de vie : K'n-yan à la lumière bleue,
Yoth à la lumière rouge, N'Kaï où règnent les ténèbres.
C'est de N'Kaï qu'est venu le redoutable Tsathoggua,
ce dieu semblable à un crapaud, mentionné dans les *Ma-
nuscrits pnakotiques*, le *Necronomicon*, et le cycle des
mythes Commoriom sauvegardé par le grand-prêtre Klar-
kash-Ton.

« Mais nous parlerons de tout cela un peu plus tard.
Il doit être près de 5 heures. Donnez-moi donc vos documents, allez vous restaurer, puis revenez bavarder avec
moi. »

Je sortis de la pièce pour exécuter les instructions de
mon hôte. Ayant retiré de ma valise et déposé sur la table les objets désirés, je montai l'escalier qui menait à
ma chambre. Les propos d'Akeley m'avaient troublé profondément, et je frissonnai en me rappelant sa description d'un univers inconnu peuplé d'êtres fongoïdes. J'étais
navré que le vieux savant fût si malade, mais je devais
reconnaître que son chuchotement rauque m'inspirait autant

d'aversion que de pitié. Si seulement il avait pu s'abstenir de parler de Yuggoth avec une telle complaisance !

Ma chambre était fort agréable et élégamment meublée ; je n'y décelai aucune odeur étrange et n'éprouvai pas cette sensation de vibration qui m'avait beaucoup gêné dans le bureau. Après avoir déposé ma valise, je descendis l'escalier, pénétrai à nouveau dans le bureau, saluai mon hôte, puis passai dans la salle à manger qui donnait directement sur une petite cuisine. Sur la table se trouvaient plusieurs sandwiches, du fromage et un gâteau ; une bouteille Thermos flanquée d'une tasse témoignait que l'on n'avait pas oublié le café. Je mangeai de grand appétit. Ensuite, je remplis ma tasse du liquide brûlant ; néanmoins, je n'en avalai qu'une seule gorgée, car je lui trouvai un léger goût amer assez désagréable. Pendant tout le repas, je ne cessai de penser à Akeley, solitaire et silencieux dans la pièce voisine. A un moment donné, j'allai le trouver pour le prier de partager mon repas, mais il murmura qu'il ne pouvait prendre aucune nourriture solide pendant toute la durée de sa crise. Avant de s'endormir, il boirait un peu de lait : il n'avait pas droit à autre chose.

Lorsque j'eus terminé, je débarrassai la table, lavai la vaisselle dans l'évier de la cuisine, et jetai le café que je n'avais pu boire. Après quoi je regagnai le bureau, tirai un fauteuil près du coin où se trouvait mon hôte, et attendis qu'il entamât la conversation. Les lettres, les clichés et le disque étaient toujours sur la table, mais nous n'eûmes pas à les utiliser. Avant peu, j'oubliai même l'odeur bizarre, ainsi que la curieuse vibration de l'air.

J'ai déjà dit que les lettres d'Akeley (surtout la deuxième) contenaient certaines choses que je n'osais pas reproduire par écrit. Ceci s'applique bien davantage à ce que j'entendis ce soir-là dans le bureau obscur, au milieu des collines hantées. Je ne puis même pas faire la moindre allusion à l'étendue des horreurs cosmiques relevées par cette voix chuchotante. Si mon hôte connaissait déjà des faits terrifiants avant de conclure son pacte avec les monstres, ce qu'il avait appris par la suite était presque impossible à supporter pour un cerveau normal. Même alors je refusai catégoriquement d'admettre ses théories sur la nature de l'infini suprême, la juxtaposition des dimensions, l'effroyable position de notre « continu » espace-temps dans la chaîne sans fin des atomes cosmiques reliés entre eux pour former le sur-cosmos des courbes, des angles, et de l'organisation électronique matérielle et semi-matérielle.

Jamais un homme sain d'esprit ne s'était approché si dangereusement des arcanes de l'entité originelle ; jamais un cerveau organique n'avait frôlé de si près l'annihilation totale dans le chaos qui transcende la forme, la force et la symétrie. J'appris d'où le Grand Cthulhu était venu pour la première fois, le secret dissimulé derrière les nuages magellaniques et les nébuleuses globulaires, la terrible vérité que cache l'immémoriale allégorie de Tao. La nature des Doels me fut clairement révélée, ainsi que l'essence (sinon l'origine) des chiens de Tindalos. La légende de Yig, père des serpents, cessa d'être un symbole ; et je frémis d'horreur en entendant la description du monstrueux chaos nucléaire au-delà de l'espace angulaire, que le *Necronomicon* voile miséricordieusement sous le nom d'Azathoth. C'était vraiment effroyable d'entendre les secrets mythiques les plus immondes ainsi exposés en termes concrets mille fois plus détestables que les allusions obscures des mystiques de l'Antiquité et du moyen âge. J'en vins inéluctablement à conclure que les premiers colporteurs de ces contes maudits avaient dû s'entretenir avec Ceux du Dehors, peut-être même visiter des domaines extra-cosmiques, comme Akeley se proposait de le faire.

Mon hôte me parla aussi de la pierre noire et de sa signification. Je me réjouis alors de ne l'avoir jamais reçue, car mes conjectures au sujet des hiéroglyphes n'étaient que trop exactes ! Et maintenant, Akeley semblait réconcilié avec l'univers infernal qu'il venait de découvrir. Plus encore, il désirait sonder le monstrueux abîme jusqu'au fond. Je me demandai à quels êtres il avait pu parler depuis sa dernière lettre, et si beaucoup d'entre eux avaient été aussi « humains » que le premier émissaire... Ma tension d'esprit devint intolérable ; je me mis à bâtir toutes sortes de théories sur l'odeur étrange et les insidieuses vibrations qui persistaient dans la pièce enténébrée.

La nuit tombait. Me rappelant certaines lettres d'Akeley, je frissonnai à l'idée que ce serait une nuit sans lune. Je n'aimais pas non plus l'emplacement de la ferme au bas de cette énorme pente boisée menant à la cîme inviolée de la Montagne Noire. Avec la permission de mon hôte, j'allumai une petite lampe à pétrole, en baissai la mèche, et la posai sur une bibliothèque assez éloignée, près du buste de Milton. Toutefois, je ne tardai pas à regretter mon initiative, car la faible lumière prêtait un aspect cadavérique au visage immobile et aux mains inertes de mon interlocuteur qui semblait presque totalement incapable de bouger.

Après ce qu'il venait de m'exposer, je n'imaginais guère ce qu'il pouvait me réserver pour le lendemain ; mais, bientôt, il me donna à entendre que le prochain thème de conversation serait son voyage à Yuggoth et *ma participation éventuelle à ce voyage !*... Le sursaut d'horreur que je ne pus réprimer quand il me proposa d'entreprendre avec lui cette excursion cosmique dut l'égayer beaucoup, car il hocha vigoureusement la tête. Ensuite il m'expliqua d'un ton bienveillant que des êtres humains pouvaient accomplir et avaient déjà accompli ce trajet en apparence impossible à travers le vide interstellaire. Toutefois *ce n'était pas des corps complets qui se déplaçaient ;* Ceux du Dehors, grâce à leur prodigieuse science chirurgicale et à leurs connaissances extraordinaires en matière de biologie, de chimie et de mécanique, avaient trouvé un moyen de transporter des cerveaux humains sans leur structure physique concomitante.

Il existait un procédé parfaitement inoffensif pour extraire le cerveau, et un autre procédé permettant de maintenir vivant le résidu organique pendant son absence. La matière cérébrale était ensuite plongée dans un cylindre imperméable à l'éther, contenant un liquide que l'on renouvelait de temps à autre. Ce cylindre fait d'un métal provenant des mines de Yuggoth, pouvait se relier par certaines électrodes à des appareils compliqués reproduisant les trois facultés vitales : la vue, l'ouïe, la parole. Pour les êtres fongoïdes pourvus d'ailes, c'était un jeu de transporter les cylindres à travers l'espace. Sur chacune des planètes qu'ils habitaient, ils trouvaient un grand nombre d'appareils reproducteurs de facultés, que l'on pouvait mettre en contact avec les cerveaux. Finalement, après une certaine adaptation, ces intelligences ambulantes pouvaient être douées de la parole et d'une vie sensorielle à chaque étape de leur voyage à travers le cosmos espace-temps, et même au-delà. C'était aussi simple que de transporter un disque de phonographe et de le faire jouer partout où il existait un phonographe de la même marque. La réussite de cette opération n'était pas douteuse. Akeley ne craignait rien, car elle avait été effectuée avec succès à maintes reprises.

Pour la première fois, l'une des mains inertes se souleva lentement pour désigner de l'index une haute étagère à l'autre extrémité de la pièce. Là se trouvaient rangés en bon ordre plus de douze cylindres d'un métal que je n'avais jamais vu auparavant. Ils mesuraient environ trente centimètres de haut, et chacun d'eux présentait trois curieux alvéoles disposés de façon à former un triangle isocèle. L'un était relié par deux de ses alvéoles à une paire d'étranges machines placées à l'arrière-plan. Je compris immédiatement leur signification, et je frissonnai comme sous l'effet d'une violente fièvre. Puis, je vis la main désigner un coin beaucoup plus proche de moi, où s'entassaient des instruments compliqués munis de fils métalliques et de chevilles dont la plupart ressemblaient beaucoup aux deux machines placées sur l'étagère derrière les cylindres.

« Voyez-vous, Wilmarth, chuchota la voix, il y a là quatre espèces d'appareils ; chaque espèce représentant trois facultés, cela fait douze pièces en tout. Je dois vous dire que les cylindres de l'étagère renferment les cerveaux de quatre différentes sortes d'êtres : trois hommes, six créatures fongoïdes qui ne peuvent traverser l'espace corporellement, deux habitants de Neptune, et quelques entités originaires d'une planète très intéressante située au-delà de la voie lactée. Dans l'avant-poste principal, à l'intérieur de Round Hill, on trouve de temps en temps d'autres cylindres et d'autres machines : les cylindres contiennent des cerveaux extra-cosmiques pourvus de sens différents de ceux que nous connaissons, appartenant à des alliés ou des explorateurs venus des régions les plus reculées de l'Espace du Dehors ; les machines sont spécialement conçues pour leur donner différents genres d'impressions et d'expressions, adaptés à la fois à eux-mêmes et

à la compréhension de différents types d'auditeurs. Round
Hill, comme la plupart des avant-postes de Ceux du
Dehors, est un lieu très cosmopolite ! Naturellement, on
ne m'a prêté que des spécimens ordinaires.

« Prenez les trois machines que je vais vous montrer,
et posez-les sur la table : la plus grande qui a deux lentilles de verre sur le devant ; puis, la boîte munie de tubes à vide et d'une caisse de résonance : enfin, celle qui
porte un disque de métal sur le dessus. Maintenant saisis-
sez le cylindre étiqueté B-67. Montez sur cette chaise pour
atteindre l'étagère. Ne vous trompez pas : prenez bien
le B-67. Ne touchez pas à ce cylindre neuf et brillant relié aux deux appareils placés derrière lui et qui porte mon
nom. Posez le B-67 sur la table, puis vérifiez que l'aiguille
du cadran des trois machines est placée à l'extrême gauche.

« Maintenant, reliez le fil de la machine aux deux lentilles à l'alvéole supérieur du cylindre,... là, très bien !
Reliez la machine aux tubes à l'alvéole de gauche, et
l'appareil muni d'un disque à l'alvéole de droite... A présent déplacez l'aiguille de chaque cadran jusqu'à l'extrême droite : d'abord, la machine aux deux lentilles...
puis celle qui est munie d'un disque... enfin celle qui est
pourvue de tubes... C'est parfait ! Laissez-moi vous dire
que nous sommes en présence d'un être humain comme
vous et moi. Demain je vous ferai entendre quelques-uns
des autres spécimens. »

Aujourd'hui encore, je ne saurais dire pourquoi j'exécu-
tai servilement ces ordres, ni si je considérai Akeley
comme fou. Après tout ce que j'avais entendu, j'aurais dû
m'attendre à n'importe quoi ; mais cette mise en scène
ressemblait tellement aux divagations caractéristiques des
inventeurs frappés de démence qu'elle éveilla en moi un
doute que le discours précédent n'avait pas suscité. Ce que
mon hôte me donnait à supposer passait l'entendement
humain. Néanmoins les théories qu'il m'avait exposées
tout d'abord étaient beaucoup plus inconcevables : elles paraissaient moins ridicules uniquement parce qu'elles
n'admettaient aucune preuve concrète immédiate.

Tandis que mon esprit se perdait dans ce chaos, je perçus un ronflement grinçant provenant des trois machines, bientôt suivi d'un silence presque total. Qu'allait-il

se passer ? Allais-je entendre une voix ? Et, dans ce cas,
quelle preuve aurais-je qu'il ne s'agissait pas d'un ingénieux dispositif radiophonique ? A l'heure actuelle, je ne
puis expliquer exactement quel phénomène se produisit
en ma présence, mais je puis affirmer que quelque chose
se produisit.

La machine pourvue d'une caisse de résonance se mit
à parler avec tant d'intelligence et d'à-propos que je ne
pouvais douter que l'orateur fût présent et nous observât.
La voix était forte, grinçante, métallique, nettement artificielle. Incapable d'inflexion ou de nuance, elle débi-
tait les mots avec une lenteur et une précision inexora-
bles.

« Monsieur Wilmarth, j'espère que je ne vous effraie
pas. Je suis un être humain tout comme vous, mais mon
corps repose sain et sauf à plus de cinq kilomètres de
distance à l'intérieur de Round Hill où il est l'objet d'un
traitement vitalisateur. Moi-même je suis avec vous : mon
cerveau est dans ce cylindre, et je vois, entends et parle
grâce à ces vibreurs électroniques. Dans une semaine, je
vais franchir le vide, comme je l'ai déjà fait bien souvent ; j'espère avoir le plaisir de la compagnie de M. Akeley. Je serais très heureux que vous consentiez à vous joindre à nous : en effet, je vous connais de vue et de réputation, et j'ai suivi de très près votre correspondance avec
notre ami. Naturellement, je suis l'un des hommes qui ont
conclu un pacte d'alliance avec nos visiteurs de l'Espace
du Dehors. Je les ai rencontrés pour la première fois dans
l'Himalaya où je les ai aidés de plusieurs façons. En re-
vanche, ils m'ont fait connaître des aventures que très
peu d'hommes ont connues.

« Sachez que j'ai visité trente-sept corps célestes différents, dont huit au-delà de notre voie lactée, et deux en
dehors du cosmos espace-temps ! Tout ceci sans subir le
moindre mal. Mon cerveau a été séparé de mon corps au
moyen de scissions tellement subtiles qu'il serait ridicule
de les désigner sous le nom d'« opérations chirurgicales ».
Ceux du Dehors ont des méthodes qui rendent ces ex-
tractions presque normales, et le corps ne vieillit pas
lorsqu'il est privé de cerveau. Ce dernier est pratiquement immortel : il suffit de changer de temps à autre le
liquide nutritif dans lequel il baigne.

« Je souhaite de tout cœur que vous acceptiez de vous joindre à M. Akeley pour m'accompagner. Nos visiteurs désirent vivement connaître des hommes de science comme vous, pour leur montrer les grands abîmes dont la plupart d'entre nous ont dû se borner à rêver. Le premier contact avec eux peut paraître étrange, mais je sais que vous ne vous en préoccuperez pas outre mesure. Je crois que M. Noyes sera du voyage : c'est lui qui vous a sans doute amené ici dans sa voiture. Voilà des années qu'il est des nôtres : je suppose que vous avez reconnu sa voix sur le disque de M. Akeley. »

Je sursautai si violemment que l'orateur se tut l'espace d'un instant avant de conclure en ces termes :

« Monsieur Wilmarth, c'est à vous qu'il appartient de décider. Néanmoins, permettez-moi d'ajouter qu'un homme aussi épris de folklore que vous l'êtes ne devrait pas manquer une pareille occasion. Vous n'avez absolument rien à craindre. Toutes les transitions s'effectuent sans douleur, et il y a de grands plaisirs à goûter en matière de sensations entièrement mécanisées. Une fois les électrodes mises hors circuit, on s'enfonce dans un sommeil peuplé de rêves fantastiques.

« A présent, si vous le voulez bien, nous allons remettre cette séance à demain. Bonne nuit. Replacez toutes les aiguilles à gauche, dans n'importe quel ordre... Bonne nuit, monsieur Akeley : traitez notre invité le mieux possible ! Vous y êtes, monsieur Wilmarth ? Tournez les boutons. »

J'obéis machinalement, bien que mon esprit refusât d'admettre ce qui s'était passé. La tête me tournait encore quand j'entendis Akeley me demander de laisser tous les appareils sur la table. Sans formuler le moindre commentaire au sujet des propos que je venais d'entendre, il se contenta d'ajouter que je pouvais emporter la lampe dans ma chambre : d'où je conclus qu'il désirait se reposer seul dans l'obscurité. En fait, il était grand temps qu'il prît un peu de repos, car ses discours de l'après-midi et de la soirée auraient suffi à épuiser un homme vigoureux. Toujours plongé dans la stupeur, je souhaitai bonne nuit à mon hôte et gravis l'escalier la lampe à la main, bien que j'eusse sur moi une excellente torche électrique.

Une fois dans ma chambre, je me félicitai d'avoir

quitté le bureau où régnait cette étrange odeur, où l'air semblait vibrer si curieusement, mais je ne pus m'empêcher d'éprouver une terrible sensation de crainte en songeant au lieu où je me trouvais et aux forces qui m'entouraient. Cette région solitaire et sauvage, cette pente couverte de bois noirs qui s'érigeait derrière la maison, ces empreintes sur la route, ce malade chuchotant dans les ténèbres, ces machines et ces cylindres infernaux, cette invitation à subir une étrange opération chirurgicale pour entreprendre un voyage encore plus étrange : tout cela se pressait confusément dans mon esprit avec une violence qui sapait ma volonté et ma force physique.

Le fait que mon guide, Noyes, fût l'officiant humain du rite monstrueux enregistré sur le disque me bouleversait particulièrement. D'autre part, je n'étais pas moins troublé par ma propre attitude à l'égard de mon hôte : alors que j'avais éprouvé une grande sympathie instinctive pour Akeley, au cours de notre échange de lettres, il m'inspirait à présent une véritable répulsion. Sa maladie, au lieu de susciter ma pitié, me faisait frissonner de dégoût. Il était si rigide, si cadavérique !... et sa voix murmurante avait vraiment quelque chose d'inhumain...

Il me vint à l'esprit que ce chuchotement différait de tout ce que j'avais entendu d'analogue : malgré l'étrange immobilité des lèvres sous la moustache grise, il avait une force latente et une portée remarquables pour un asthmatique. J'avais pu comprendre mon hôte alors que je me trouvais à l'autre extrémité de la pièce, et, à deux reprises, il m'avait semblé que la faiblesse de sa voix était *voulue*. Dès le début son timbre m'avait paru inquiétant. Maintenant, après mûre réflexion il me semblait que mon malaise était dû à une impression de familiarité sinistre dont je ne pouvais absolument pas déterminer l'origine.

Une chose était bien certaine : je ne passerais pas une seconde nuit sous ce toit. Mon ardeur scientifique n'avait pas résisté à la crainte et au dégoût. Plus rien ne subsistait en moi que l'envie de fuir ce foyer de révélations morbides. J'en savais assez. Je veux bien admettre qu'il existe d'étranges liens inter-cosmiques, mais des êtres humains normaux ne doivent pas se mêler de pareils mystères.

Ayant l'impression d'être entouré par des influences

monstrueuses, je ne pouvais envisager de dormir. En conséquence, j'éteignis la lampe et me jetai sur mon lit tout habillé. Si absurde que cela paraisse, je me préparai à je ne savais quelle éventualité, tenant dans ma main droite le revolver que j'avais apporté, et ma torche électrique dans ma main gauche. Pas un bruit ne montait du rez-de-chaussée où je me représentais mon hôte assis, raide et inerte, dans les ténèbres de son bureau.

Une horloge tinta quelque part, et ce son *normal* m'emplit d'un vague sentiment de gratitude. Néanmoins, il me rappela une autre caractéristique inquiétante de la région : l'absence de toute vie animale. Il n'y avait certainement pas de bétail ni de volaille dans la ferme ; or, je m'apercevais maintenant que les bruits nocturnes qui peuplent habituellement la campagne faisaient aussi défaut. En dehors du sinistre ruissellement des eaux lointaines, il régnait un silence compact, interplanétaire : quelle malédiction intangible pouvait bien peser sur le pays environnant ? Je me rappelai que, d'après les vieilles légendes, les animaux haïssent Ceux du Dehors, et je m'interrogeai sur la signification de toutes ces empreintes sur la route.

-:-

Ne me demandez pas pendant combien de temps je m'abandonnai au sommeil sans m'en apercevoir, ni dans quelle mesure ce qui va suivre ne fut qu'un simple rêve. Si je vous dis que je m'éveillai à une certaine heure, que je vis et entendis certaines choses, vous me répondrez que je ne m'éveillai pas en réalité ; vous me répondrez que tout fut un rêve jusqu'au moment où je me précipitai hors de la maison, gagnai en trébuchant le hangar où était la vieille Ford, et entrepris une course folle, aveugle, à travers les collines hantées, pour arriver enfin, après avoir parcouru pendant des heures un labyrinthe de forêts, à un village qui se trouva être Townshend.

Naturellement, vous ne tiendrez non plus aucun compte de tout ce que j'ai relaté jusqu'ici : les photographies, les empreintes sur la route, les cylindres, les machines, vous considérerez tout cela comme une supercherie destinée à m'abuser. Vous insinuerez même que Henry Akeley conspira avec quelques originaux de son espèce pour élaborer une mystification stupide et compliquée ; qu'il fit voler lui-même la caisse renfermant la pierre noire, et qu'il demanda à Noyes de fabriquer ce disque terrifiant... Néanmoins, il est étrange que l'on n'ait jamais réussi à identifier Noyes ; que nul ne le connût dans les villages voisins, alors qu'il avait dû venir fréquemment dans la région. Je regrette de ne pas me rappeler le numéro d'immatriculation de sa voiture... mais, d'autre part, peut-être vaut-il mieux que je ne l'aie pas enregistré dans ma mémoire. Car, malgré tout ce que vous pourrez dire, malgré tout ce que j'essaie parfois de me dire à moi-même, je sais que des forces hideuses s'embusquent dans les collines inexplorées ; je sais qu'elles ont des espions et des émissaires dans le monde des humains.

Lorsque j'eus raconté mon incroyable histoire au shérif de Townshend, il partit pour la ferme à la tête d'une troupe d'hommes résolus ; mais il constata en arrivant que Henry Akeley n'était plus là. Sa robe de chambre, son écharpe jaune, ses bandages, gisaient sur le plancher du bureau, près de son fauteuil, et l'on ne put déterminer si d'autres vêtements avaient disparu avec lui. Il n'y avait effectivement ni chiens, ni bétail, ni volaille, et l'on voyait des trous de balles à l'extérieur comme à l'intérieur de la maison. A part cela, on ne découvrit rien d'extraordinaire : pas de cylindres, pas de machines, aucun des documents que j'avais apportés dans ma valise, pas d'odeur étrange ni de vibrations, pas d'empreintes sur la route.

Je séjournai une semaine entière à Brattleboro pour mener une enquête auprès de tous ceux qui avaient connu Akeley : elle me permit de conclure que cette affaire ne relevait ni du rêve ni de la supercherie. Tout le monde était au courant de ses achats de chiens et de munitions ; tout le monde savait que sa ligne téléphonique avait été coupée à plusieurs reprises. La plupart des personnes interrogées par moi affirmèrent que ses remarques sur les sciences occultes semblaient parfaitement cohérentes. Certains esprits rassis le tenaient pour fou ; d'après eux, toutes les preuves accumulées étaient autant de mystifications élaborées avec l'aide de quelques complices aussi excentriques que lui. Par contre, de vieux paysans confirmèrent ses théories dans les moindres détails. Akeley

leur avait montré les photographies et la pierre noire,
et leur avait fait entendre l'effroyable disque. Ils jurèrent
que les empreintes et la voix bourdonnante correspondaient exactement aux descriptions des légendes ancestrales.

A les en croire, des bruits suspects s'étaient multipliés
aux alentours de la ferme d'Akeley à la suite de sa découverte de la pierre ; tout le monde évitait depuis longtemps
de passer devant sa maison, à l'exception du facteur et
de quelques esprits forts. Round Hill et la Montagne
Noire avaient la réputation d'être hantées depuis un
temps immémorial, et je ne pus trouver personne qui les
eût jamais explorées. Plusieurs indigènes avaient bel et
bien disparu au cours des dernières années ; parmi eux
il fallait compter récemment le semi-nomade Walter
Brown mentionné dans les lettres d'Akeley. Je rencontrai
même un vieux fermier qui prétendait avoir aperçu l'une
des bizarres créatures dans les eaux de West River, le
lendemain de l'inondation, mais son récit était trop incohé-
rent pour que je pusse y ajouter foi.

A mon départ de Brattleboro, je résolus de ne jamais
revenir dans le Vermont, et je suis bien certain de m'en
tenir à cette décision. Ces collines farouches sont sûre-
rement l'avant-poste d'une effroyable race cosmique :
j'en doute moins que jamais depuis que, conformément
aux prédictions des monstres, on a découvert une neu-
vième planète au-delà de Neptune. Les astronomes l'ont
baptisée Pluton sans se rendre compte à quel point ce
nom lui convenait ! J'ai la conviction profonde qu'elle
n'est autre que Yuggoth, et je frissonne en me demandant *pourquoi* ses habitants ont jugé bon de faire connaître son existence en ce moment-ci. J'essaie vainement de
me persuader que ces démons ne mettent pas sur pied une
nouvelle politique susceptible de nuire à la terre et aux
hommes.

Mais il me reste encore à relater la fin de cette nuit
terrible dans la ferme d'Akeley. Ainsi que je l'ai dit, je
m'abandonnai à un sommeil agité, peuplé de rêves confus
où revenaient sans cesse des paysages monstrueux. Encore
aujourd'hui j'ignore ce qui m'éveilla ; toutefois, je suis
certain de m'être éveillé à un moment déterminé. Tout
d'abord je crus entendre grincer le parquet du couloir de-

vant ma porte, et il me sembla qu'une main tripotait maladroitement le loquer. Ceci ne dura que fort peu de
temps ; c'est pourquoi mes impressions vraiment nettes
commencèrent seulement avec les voix que je perçus dans
le bureau au-dessous de moi. Il y avait, à n'en pas douter, plusieurs interlocuteurs engagés dans une assez vive
discussion.

Après avoir écouté pendant quelques secondes, je me
sentis bien éveillé, car la qualité des voix bannissait définitivement toute idée de sommeil. Les timbres en étaient
curieusement variés, et, pour moi qui avais écouté cet
horrible disque de phonographe, il ne pouvait y avoir le
moindre doute sur la nature de deux d'entre elles. Si répugnante que me parût cette idée, je savais qu'il y avait
dans la maison deux créatures des espaces insondables,
car ces voix étaient les immondes bourdonnements utilisés par Ceux de l'Extérieur pour communiquer avec les
hommes. Elles différaient l'une de l'autre par le ton, le
rythme et l'accent, mais elles appartenaient à la même
catégorie.

La troisième provenait évidemment d'une machine
parlante reliée à l'un des cylindres : après ce que j'avais
entendu dans la soirée, je ne pouvais me tromper sur la
nature de cette voix métallique, grinçante, incapable d'inflexion ou de nuance. L'espace d'un instant, je ne doutais
pas que l'intelligence qui émettait ces sons fût celle qui
m'avait parlé quelques heures auparavant ; puis je me dis
que *n'importe quel* cerveau devait émettre les mêmes sons
une fois relié à la même machine : il ne pouvait y avoir
de différence sauf dans le langage, le rythme, le débit, et
la prononciation. Deux autres voix, humaines celles-là,
prenaient part au dialogue ; l'une appartenait à un campagnard inconnu, l'autre était celle de Noyes.

Tout en m'efforçant de distinguer les mots que le plancher épais interceptait d'irritante façon, je percevais également dans le bureau une agitation confuse, comme si la
pièce eût été pleine d'êtres vivants autres que les cinq in
terlocuteurs. Je ne saurais donner une idée exacte de la
nature de ces bruits, car je dispose de très peu de points
de comparaison. J'avais l'impression que des entités cons-
cientes se déplaçaient au-dessous de moi, leurs pas produisant un fracas étrange semblable au contact mal as-

suré d'une surface cornée sur du bois. Pour parler plus
clairement, on aurait dit que des gens chaussés de sabots
trop larges marchaient lourdement sur le plancher ciré.

Je ne tardai pas à comprendre qu'il me serait impossible de saisir des phrases cohérentes. Des mots isolés (entre autres mon nom et celui d'Akeley) montaient parfois
jusqu'à mon oreille, surtout quand ils étaient prononcés
par la machine parlante ; néanmoins, leur sens véritable
m'échappait par manque de contexte. Aujourd'hui encore,
je refuse d'essayer de les interpréter ; d'ailleurs, ils produi-
sirent sur moi un terrible effet de *suggestion* plutôt que de
révélation. Je sentais qu'un effroyable conclave était réuni
dans le bureau, mais je ne pouvais savoir le sujet du dé-
bat. Je fus surpris de constater à quel point j'étais envahi
par un sentiment de malignité blasphématoire, malgré les
assertions d'Akeley sur la bienveillance de Ceux du Dehors.

A force de tendre l'oreille, je distinguai nettement les
différentes voix, tout en ne percevant pas grand-chose de
ce qu'elles disaient. Néanmoins je crus deviner de temps
à autre certaines émotions caractérisées. Par exemple l'une
des voix bourdonnantes était pleine d'autorité ; la voix mécanique, malgré sa régularité artificielle, semblait implo-
rer humblement ; le ton de Noyes révélait un vif désir de
conciliation. Je n'entendis pas le chuchotement familier
d'Akeley, mais je savais bien qu'un tel son n'aurait pu
traverser le plancher de ma chambre.

Je vais essayer de coucher sur le papier quelques-uns
des mots et des sons qui me parvinrent, en mettant de
mon mieux des étiquettes sur les différents interlocuteurs.

(La machine parlante.)

« ... l'ai apporté moi-même... renvoyé les lettres et le disque... fin de cette affaire... dupé... vu et entendu... diable
vous emporte... force impersonnelle... cylindre neuf et lui-
sant... grand Dieu... »

(Première voix bourdonnante.)

« ... temps d'y mettre fin... petit et humain... Akeley...
cerveau... a dit... »

(Deuxième voix bourdonnante)

« ... Nyarlathotep... Wilmarth... disque et lettres... basse imposture... »

(Noyes.)

(un mot imprononçable, peut-être *N'gah-Kthun*).

« ... inoffensif... en paix... deux semaines... mise en scène... vous l'ai déjà dit... »

(Première voix bourdonnante)

« ... pas de raison... projet primitif... Noyes peut surveiller... Round Hill... cylindre neuf... voiture de Noyes... »

(Noyes.)

« ... ma foi.. entièrement à vous... ici... reposer... »

(Plusieurs voix prononçant en même temps des paroles indiscernables... Bruits de pas, y compris l'étrange fracas de sabots... Un curieux claquement d'ailes... Bruit d'une automobile démarrant et s'éloignant... Silence.)

Voilà l'essentiel de ce que je perçus, étendu sur mon lit dans cette ferme hantée, au milieu des collines infernales, étreignant un revolver dans ma main droite et une lampe électrique dans ma main gauche. Je l'ai déjà dit, j'étais bien éveillé ; mais une espèce de vague paralysie me contraignit à rester immobile longtemps après que les derniers échos de cette conversation se furent éteints. J'entendais le tic-tac de la vieille horloge au rez-de-chaussée, et, bientôt, je finis par distinguer les ronflements d'un dormeur : Akeley avait dû s'endormir au terme de cette étrange discussion.

Je ne savais absolument pas que penser ni que faire. Après tout, cet entretien ne devait pas me surprendre, en raison de mes renseignements précédents. Je n'ignorais pas que Ceux du Dehors pénétraient librement dans la ferme. Il était tout naturel que mon hôte eût reçu inopinément la visite de certains d'entre eux... Pourtant ces lambeaux de phrases m'avaient glacé jusqu'aux moelles, suscitant les soupçons les plus grotesques dans mon esprit, et m'amenant à souhaiter que tout cela ne fût qu'un rêve. Mon subconscient avait dû percevoir une chose que mon moi conscient n'avait pas encore identifiée. Mais quel rôle Akeley jouait-il donc dans cette affaire ? N'était-il pas mon ami ? N'aurait-il pas protesté si j'avais été exposé à subir le moindre mal ? Le paisible ronflement qui montait du bureau semblait jeter le ridicule sur mes craintes soudainement accrues.

Se pouvait-il que mon hôte eût été dupe, qu'il eût servi d'appât pour m'attirer dans les collines avec les lettres, les photographies et le disque ? Ces monstres avaient-ils l'intention de nous anéantir tous deux du même coup parce que nous en savions trop ? Je songeai de nouveau au brusque changement de situation qui avait dû se produire entre l'avant-dernière et la dernière lettre d'Akeley. Mon instinct me disait qu'il y avait quelque chose de terriblement louche dans toute cette histoire. Le café amer que je n'avais pas bu devait certainement contenir une drogue quelconque. Il fallait que je parle à mon hôte sans tarder pour l'amener à des vues plus sensées. Ses visiteurs l'avaient fasciné par leurs promesses de révélations cosmiques, mais il devait maintenant écouter la voix de la raison et quitter les lieux avec moi avant qu'il fût trop tard. S'il lui manquait la force de volonté nécessaire pour fuir, c'est moi qui la lui fournirais. Si je n'arrivais pas à le convaincre, je m'en irais seul. Il me permettrait sûrement de lui emprunter sa Ford que je laisserais dans un garage à Brattleboro. J'avais remarqué que la porte du hangar où elle se trouvait était ouverte, et je ne doutais pas que la vieille voiture fût en ordre de marche. Mon antipathie passagère pour Akeley avait disparu. Nous étions tous les deux dans la même situation : nous devions nous tenir les coudes. Je répugnais à l'éveiller en raison de son état de santé, mais je ne pouvais faire autrement. Il m'était impossible de rester dans cette ferme jusqu'au matin.

Me sentant à nouveau capable d'agir, je m'étirai vigoureusement pour reprendre le contrôle de mes muscles. Je me levai sans bruit, me coiffai de mon chapeau, saisis ma valise, et descendis l'escalier à la lueur de ma lampe électrique. Je tenais cette dernière dans ma main gauche en même temps que la valise, et j'étreignais le revolver dans ma main droite. J'ignorais pourquoi je prenais ces précau-

tions, puisque je m'apprêtais à aller réveiller le seul oc-
cupant de la maison autre que moi.

Dès que je fus arrivé dans le vestibule, j'entendis les
ronflements avec plus de netteté, et je constatai que le
dormeur devait se trouver dans la pièce à ma gauche, le
salon où je n'avais pas pénétré. A ma droite s'ouvrait le
bureau plein de ténèbres. Je poussai la porte du salon
dont le loquet n'était pas fermé, dirigeai le faisceau lumineux de ma lampe dans la direction du ronflement, et le
projetai enfin sur le visage du dormeur. Toutefois, je le
détournai presque aussitôt, puis battis prudemment en retraite vers le couloir, car c'était Noyes, et non pas Akeley, qui reposait sur le canapé.

A vrai dire, je ne pouvais deviner quelle était la véritable situation ; mais mon bon sens m'avertissait qu'il valait mieux faire une enquête avant d'éveiller qui que ce
fût. Après avoir refermé la porte du salon, j'entrai doucement dans le bureau où je m'attendais à trouver mon hôte
dans son grand fauteuil, éveillé ou endormi. Tandis que
j'avançais, le faisceau de ma lampe se posa sur la table,
éclairant l'un des cylindres infernaux relié à une machine
à voir et à une machine à écouter, tout près d'une machine parlante débranchée. Ce devait être le cerveau que
j'avais entendu s'exprimer au cours de la conversation précédente. L'espace d'un instant, je me sentis poussé par un
démon pervers à brancher la machine parlante pour voir
ce qu'elle dirait.

Le cerveau prisonnier avait certainement conscience de
ma présence, car les appareils représentant la vue et
l'ouïe ne pouvaient manquer de discerner la lumière de
ma lampe et les grincements des lattes du parquet. Mais,
finalement, je n'osai pas toucher à cet objet infernal. Je
remarquai distraitement que c'était le cylindre neuf portant le nom d'Akeley, celui que j'avais aperçu sur l'étagère et que mon hôte m'avait demandé de ne pas toucher.
A l'heure actuelle je ne puis que regretter ma timidité. Si
j'avais mis l'appareil en marche, Dieu sait quels horribles
doutes il aurait pu dissiper ! D'autre part, peut-être dois-
je rendre grâce au ciel de n'avoir pas cédé à mon impulsion.

Je projetai ensuite la lumière vers le coin où
je croyais trouver Akeley ; à ma grande surprise, je cons-

tatai que le fauteuil était vide. La robe de chambre s'étalait à moitié sur le siège, à moitié sur le plancher ; près
d'elle gisaient l'écharpe jaune et les bandages qui
m'avaient paru si bizarres. Tout en me demandant où
mon hôte pouvait bien être et pourquoi il avait brusquement abandonné ses vêtements de malade, je m'aperçus
que je ne sentais plus dans la pièce ni odeur ni vibrations.
Quelle avait pu être leur cause ? Tandis que je m'interro-
geais de la sorte, je fis une constatation curieuse : *je
n'avais remarqué cette odeur et ces vibrations que dans le
bureau où elles étaient particulièrement fortes près du fauteuil d'Akeley.* Je promenai le faisceau lumineux autour
de moi, en torturant mon cerveau pour tâcher de trouver
une solution de ce problème.

Plût au ciel que j'eusse quitté la pièce sans bruit avant
de laisser la lumière se poser à nouveau sur le fauteuil
vide ! En l'occurrence, je ne la quittai pas sans bruit,
mais en poussant un cri étouffé : le dernier son que j'entendis dans cette ferme sinistre au pied de la montagne
hantée, dans ce repaire d'horreurs cosmiques cerné par
des collines verdoyantes.

Je ne sais grâce à quel miracle je ne laissai tomber ni
valise, ni lampe, ni revolver, au cours de ma retraite
éperdue. Terrifié, tremblant de tous mes membres, je
parvins à sortir de la maison en silence, à monter dans
la vieille Ford et à la mettre en marche au cœur de la
nuit sans lune pour tâcher de gagner un refuge inconnu.
Au terme d'une course cauchemaresque digne de la
plume de Poe ou du crayon de Doré, j'arrivai au village
de Townshend... Ici finit mon histoire. Je pourrai m'esti-
mer heureux si ma raison n'a pas été ébranlée par cette
abominable aventure. Parfois je me demande avec effroi
ce que les années à venir vont nous apporter, surtout depuis la découverte de la nouvelle planète nommée Pluton.

Ainsi que je l'ai dit, j'avais dirigé de nouveau le faisceau
de ma lampe sur le fauteuil, après l'avoir promené tout
autour de la pièce. C'est alors que je remarquai pour la
première fois sur le siège, dans les plis de l'ample robe
de chambre, trois objets que les enquêteurs ne trouvèrent
pas au cours de leur examen des lieux. Leur aspect

n'avait rien de spécifiquement horrible, mais je tirai de leur présence une effroyable conclusion. Encore aujourd'hui, j'ai des moments de doute, des moments où j'accepte presque le scepticisme de ceux qui réduisent toute mon aventure à un rêve ou à une hallucination.

Ces trois objets, d'une facture extrêmement habile, étaient pourvus d'ingénieuses agrafes de métal destinées à les fixer à des structures organiques au sujet desquelles je n'ose formuler aucune hypothèse. J'espère fervemment, malgré la voix de mes craintes profondes, que c'était simplement les chefs-d'œuvre en cire d'un maître artiste...

Grand Dieu ! Cet être qui chuchotait dans les ténèbres, entouré d'une aura de vibrations et d'odeur morbides ! Sorcier, émissaire, habitant du Dehors... ce hideux bourdonnement réprimé..., et pendant tout ce temps-là, à l'intérieur de ce cylindre neuf, sur l'étagère... pauvre diable... « Une prodigieuse science chirurgicale, et leurs connaissances extraordinaires en matière de biologie, de chimie et de mécanique... »

Car, imitation parfaite ou réalité sinistre, ces objets n'étaient autres que les mains et le visage de Henry Wentworth Akeley.

TABLE

Achevé d'imprimer en août 1998
sur presse Cameron
*par **Bussière Camedan Imprimeries***
à Saint-Amand-Montrond (Cher)
pour le compte des Éditions Denoël